# 絕壁上的她們

安娜·諾思——著　力耘——譯

# OUTLAWED

獻給我的家人

# 第一章

主後一八九四年，我成為亡命天涯的法外之徒。不過就如同其他許多事情一樣，這件事並非突然發生的。

首先我得結婚。結婚舞會那天，我覺得自己挺幸運的：當年，十七歲的我並不是班上第一個嫁作人婦的女孩，但至少排在前幾名，而且我丈夫是個出身於好家庭的俊帥男生——他和我一樣，家裡有四個小孩，而他母親則有六個兄弟姊妹。當時我愛他嗎？以前我和女生朋友們老是在說我們有多愛那些帥男孩。我還記得我們可以花上好幾個鐘頭討論他的寬肩，他怪異但迷人的舞姿，還有他每次喊我名字時的害羞模樣。

新婚那幾個月的確非常甜蜜，我和丈夫無時無刻不渴望彼此。九年級的時候，學校將男生女生分班，為未來的婚姻生活作準備；那時，史賓賽女士就曾經解釋過，我們必須經常與丈夫同眠，如此才能生下屬靈的孩子。關於孩子那部份，我們以前就知道了，因為我們從三年級開始，每年都要讀柏頓的《聖子訓綱》。我們都聽過耶和華為了清除世間罪惡而降下大流感，就像祂過去在許多地方降下洪水一樣；從波士頓到加利福尼亞，每十個男人女人或小孩之中，就有九個死於流感。大流感過後，聖子降孕於特克薩卡納的瑪麗，與她定下誓約：若倖存者依神的形象造人並大量繁衍，將神的子民填滿世界，神將保守他們免於疫病，而人類及其子孫後代亦將永遠是祂最珍貴的子民。

可是到了九年級，我們學到的卻是要跟丈夫睡在一起，事前還得清潔沐浴、在耳後抹香水，然後慢慢呼吸、放鬆肌肉，並且盡可能直視丈夫的雙眼。以及，我們會流血。「大家別擔心，」史賓賽女士微笑地說，「只有一開始會痛。一會兒之後你們就會喜歡了。世上沒有哪件事比兩個人一起製造寶寶更快樂的了。」

起初我丈夫不知道要怎麼做。但他認真負起責任，用熱情彌補經驗上的不足。我們和他父母一起住，因為他想存錢買房子。每天早上，他母親總會開我們玩笑，說我很快就得「一人吃兩人補」了。

白天，我仍繼續陪媽媽出診，為產婦接生。我排行老大，家裡也只有我願意學習胎位不正、孕吐、產褥熱等知識；所以等到媽媽年紀大、做不動了，也一定會是我接下這份工作。當我戴著婚戒出現在這些準媽媽們面前，她們總會擠眉弄眼地陶侃我。

「你現在學這些正好。」阿瑪．邦廷說，她四十歲，現在要生第六個孩子，正為痔瘡所苦。「輪到你的時候，你就不會太慌張了。」

我大笑。我才不像我朋友瑪拉呢。她已經選好八個名字，四男四女。我十歲那年（妹妹小碧才兩個月大），媽媽生病臥床整整一年，所以我幾乎算是有過當母親的經驗了：換尿布，拿奶瓶餵奶（媽無法親自哺乳），半夜哄小碧睡覺（儘管我自己也還是個怕黑的小孩）。我沒打算急著再經歷一次。我跟著媽媽做事，知道這種事急不得，即使是像我這樣的年輕女孩，有時候也得花好幾個月才懷得上孩子；所以目前我樂得和新婚夫婿同床共枕，然後三不五時溜到彼得森家穀倉後面，和瑪拉、蘇西、瑪莉艾莉絲偷喝幾杯六月莓酒，除了自己以外不必擔心任何人。

等到我結婚滿六個月，我婆婆會趁我收拾早餐杯盤的時候，在廚房賴著不走。「你曉得吧，」她說，「你們『那個』以後，你不能馬上起來做別的事。你得繼續躺至少十五分鐘，給點時間讓它成功。」

她總是用一種「同齡女孩放學聊八卦」的方式跟我說這件事，但這件事既非八卦，我們也不是朋友。我只好假裝開心，語氣輕快地回話。

「我媽說這招沒什麼用耶，」我說，「她說每個月的時間點才是最重要的。所以我才會在月曆上做記號。」

「你母親是很聰明。」她說，但她一直很不喜歡我媽。「可是有時候，反倒是一些小事幫了大忙唷。」

她拿走我手上的茶杯。

「剩下的交給我，」她說，「你快準備出門吧。」

我一次也沒聽從婆婆的建議，反正我就是不喜歡賴在床上，不過我倒是開始每天記錄體溫，這樣才能明確掌握我的受孕時間。但我還是不擔心。媽媽說她花了八個月才懷上我，老爸甚至差點為此離開她，不過接下來她懷珍妮、茉莉、小碧都很容易。我和丈夫獨處的時候，他也會取笑他母親，說她太愛管他哥哥的家務事，後來他嫂嫂甚至不准她進他們家。我們又過了六個月的快樂日子。然後，一年了。

「現在只剩下一個辦法。」我媽說。「你得去跟別人睡。」

她向我解釋，這種事有一半的問題出在男人身上。

我震驚不已。史賓賽女士是這麼教我們的：懷不了孩子最普遍的原因是行房不夠頻繁，其次是忘了禱告。假如一個女人確實和她丈夫盡了屬靈的義務，卻仍舊無法懷孕，那麼她極可能是被女巫詛咒了——大多是由於某個不孕女子想把自己的惡疾傳染給他人。

媽媽告訴我，世上沒有詛咒這回事，有時候僅僅只是寶寶本身出了問題。但我從沒聽過男人也會不育。梅西．卡特和她丈夫始終沒有孩子，後來梅西被踢出家門，只好住在河邊，跟修補匠、酒鬼做鄰居。露西．麥戈瑞也因為沒辦法懷孕而被帶回娘家。同年夏天，露西有兩個鄰居流產，結果他們竟然上門要露西解釋。露西被當成女巫吊死那年，我十一歲，還沒開始陪媽媽四處上門接生、也沒見過誰死掉。我嚇呆了。我怕的不是死亡場面中的暴力，而是死亡在一眨眼、一瞬間就發生了：露西前一秒還站在高台上，下一秒就軟趴趴地吊在那裡。我試著想像：如果站在那上面的人是我，我看著、想著、感覺一切，然後驟然落入黑暗——不只是黑，更像是虛無——，那樣不知會是什麼滋味？那晚我反覆驚醒，在那之後的好多個晚上也是，內心萬分恐懼。但行刑那天，我和其他人都圍著絞刑臺大聲鼓譟，唯獨媽媽沒有任何反應。

「我不想跟別人睡覺。」我說。「不能讓我們再試一段時間嗎？」

媽媽搖頭。

「已經有人在說閒話了。」她說。「連我的病人都問我你懷孕了沒。」

她說她會幫我找人。有些人專門靠這個賺錢，有紀錄證明他們的生育力沒問題，而他們也懂得保守祕密。到了每個月我適合受孕的日子，我必須在白天跟他們其中之一碰面，一連試上好幾天。

「不要覺得這是對你丈夫不忠。」媽說。「就當作是給你自己的安全保障吧。」

那個男人就這麼出現了。我們在我媽家碰面。他假扮修理工（但他真的幫我媽把爐子修好了），說我可以叫他山姆，我立刻明白這並非他的本名。他的年紀跟我媽差不多，長相難看：鼠灰色的落腮鬍濃密蓬亂，肚子很大，四肢很細。但他對我很好，讓我放鬆。

「如果你不想繼續，隨時可以喊停。」他邊說邊脫襪子。

我要他繼續。我希望他快點把該做的事做完，好讓我可以懷著寶寶回家去找我丈夫，再也不必擔心受怕。

第四次見面之後的某一天，我在等待結果時（看看我們做的事有沒有用）順便問了媽媽，讓女人不孕的原因到底是什麼。我媽媽知道許多史賓賽女士、甚至鎮上其他人都不知道的事：譬如，她知道那場奪去她的八位曾祖輩、從波士頓到加利福尼亞殺死九成男女老少的大流感，其實並非如大家所言，是聖子和聖母的審判。媽媽的老師莎拉·霍金斯是一位助產大師，她告訴她，那場流感最初是隨著載運香料和蔗糖的貨船傳入美洲，然後再從丈夫傳染給妻子、母親傳染給小孩。商人握手吻頰、朋友或陌生人共用啤酒杯也助長疫病傳播；頻頻咳嗽、打噴嚏，不知自己病況嚴重的男男女女們仍繼續端送食物、販賣衣料和海狸皮，病情一天拖過一天。莎拉．霍金斯說，流感就只是發燒，跟其他疾病沒兩樣，但人們之所以賦予流感特別意義，理由只有一個：他們不知所措，他們的哀傷無處宣洩，除此之外別無他法。媽媽說，莎拉．霍金斯是她見過最聰明的人。

然而，當我問起不孕這件事，媽媽就只是搖頭。

「沒人知道。」她說。

「為什麼？」以前我問媽媽問題，沒有一次得不到答案。

「我們連寶寶究竟如何在母親子宮內形成都不知道，」她說，「又怎麼會知道子宮有時候為什麼就是懷不上寶寶？」

我低頭看手。她感覺得到我的失望。

「但我至少知道一件事。」她說。「這絕不是巫術。」

「你怎麼知道？」我問。

「大家總是習慣把自己不明白的事推給巫術。」她說。「還記得嗎？鎮上那些三姑六婆說，有人對凡都因鎮長下咒；後來他死了，醫生發現他的肺裡都是腫瘤。其實他的詛咒全來自菸斗。」

「那你為什麼不跟大家說？」我問，「每個人都聽你的。」

媽媽又搖頭。

「以前我會跟我的病人說。」她說。「每個結婚滿兩個月卻還沒懷孕的人，都會擔心自己是不是被詛咒了。我說『這種說法太愚蠢了』，但沒人相信我。更誇張的是有人還因此變得疑神疑鬼，懷疑是我詛咒她們。」

費爾查德獨立鎮的寶寶全是我媽接生的，除此之外，鎮上大多數的病人也都是我媽醫好的。她接好的骨頭比卡萊爾醫生還多，也比賽門神父聽過更多人告解。她聲名遠播，以致在她生完小碧、臥床調養一年後，她的病人在她康復那天全跑到我們家門口排隊。沒有人會質疑我母親。

「我不懂。」我說。「她們為什麼不相信你？」

「每個人都有自己的信仰。」媽說。「你不能直接推翻它，你得給她們一些能夠取而代之的理由。但是因為我不知道女人為什麼不孕，我沒辦法給出這個理由。」

那個月我沒懷孕，下個月也一樣。在夫家的時候，婆婆成天盯著我，彷彿想逮到我是不是在施巫作法似的。有一回，她甚至在我洗澡時走進我們房間，找我說話，迫使我在清洗腋下和私處時仍得禮貌回話。那段時間，我對自己小小的乳房、扁扁的肚子和空蕩蕩的子宮感到羞恥，而我從來不曾有過這種感覺。婆婆開始逼我每天早上都必須向聖子祈禱。我倆並肩跪下，祈求祂賜給我們家一個孩子。我婆婆算不上虔誠的信徒，她只是跟費爾查德其他人一樣，在壁爐上擺著耶穌誕生的塑像裝飾，書架上也有柏頓的書，並且只會在過節或渴望展現虔誠的一面時才會上教堂。所以像這樣和她跪在一起，喃喃唸著七零八落的禱詞（我猜她大概勉強記得一些小時候上主日學學過的東西吧），只是讓我明白她有多麼迫切和絕望而已。

現在，我丈夫只會在每個月適合受孕的那幾天晚上碰我；而且他也開始親自追蹤我的受孕期，好像他不信任我自己能做好似的。其他夜晚，如果我主動伸手探向他，他會說他媽媽囑咐我們最好要保留體力，等到接近受孕日那幾天再做。雖然我完全不訝異他會跟他媽媽討論這方面的事，但我心裡仍然覺得很不舒服。

奇怪的是，我和山姆的會面漸漸成為某種慰藉。在媽媽家，沒有人會監視我們。事後，他不會像我丈夫那樣逼我平躺、或者把腳舉高；他會靜靜套上衣服、道別，讓我一個人躺在我小時候的睡床上，假裝自己不曾踏入婚姻。

山姆不太跟我說話。到了第三個月的時候，他問我願不願意讓他在做的時候碰碰我。

「這樣說不定能讓你放鬆。」他說。「有人說這樣更容易受孕。」

那時我已經很信任山姆了。他從不逼我做任何我不想做的事，也總是像朋友一樣幫助我（譬如幫我拿我搆不著、放在高架上的盤子）。所以我說好，他可以碰我，而這正是整件事結束的開端。

談到婚姻生活，除了史賓賽女士告訴我們的那些，我們還會從其他已婚女子口中、街坊的八卦嚼舌根、還有各方諄諄告誡獲得不少訊息，讓我們避險保身。於是我們知道，婚前跟某人頻繁發生性行為其實很危險：萬一你跟對方瞎搞好幾個月卻沒懷孕，最後對方肯定不會娶你；更糟糕的是，這人說不定還會到處散播謠言，說你生不出孩子。另外我們也知道，如果你嫁了一個生性殘暴的丈夫，最好的辦法就是盡快生下三個孩子：生了三個小孩的女人能訴請離婚，說不定還能找到別人娶她。雖然媽媽不太提這件事，但我知道她為何等到生下珍妮和茉莉以後才離開我們的父親，然後帶著我們到費爾查德生活（這個鎮的產婆年紀大了，我們搬來之前才退休離開）。生養四個孩子的女人可以按她自己的意思過日子，結不結婚都沒關係。所以小碧她爸離開以後，雖然媽媽並未再婚、而鎮上也沒人說她閒話，我想這應該是理由之一。

費爾查德的女孩和年輕少婦們經常私下傳閱一本書，書名叫《兒女滿堂》，書裡說的比史賓賽女士的上課內容更直白；儘管《兒女滿堂》不算禁書，但如果被人逮到你在看它，多少也算醜事一樁。蘇西的媽媽在打掃她房間時撈出這本書，但她非但沒罵她，還把書換了位置、塞進蘇西床底下。這顯示她媽媽應該也看過這本書。

《兒女滿堂》裡有一些男女裸身擁抱的插圖。作者維瑪．克努遜女士還討論了所謂的「高潮」。據她所言，那是「無法描述的歡愉時刻」。這種說法真教人沮喪。克努遜女士表示，若能體驗到這種感官愉悅，就代表當事人在身體和心理上都非常健康，已經做好當媽媽的準備。此外，克努遜女士也明白指出：唯有當男人「那話兒」深入女性體內，才可能引發高潮。

我和我丈夫在一起的時候，從來不曾有過高潮；最近幾個月，我漸漸相信我的無法感受高潮正是我身體有缺陷的另一個徵兆。然而，當山姆耐心、有節奏地以手指碰觸我陰道上方時，有那麼一刻，我分不清是兩分鐘或兩小時，我體驗到一種非常極端的感覺，讓我認定這若不是高潮、就是某種非常危險的狀況，說不定會致命。有好幾次，我掌心汗濕、滿口唾沫地從夢中醒來，下意識觸摸被單下的身體；那幾次的感受跟這次很像，只是和山姆在一起的感覺更強烈。那天他離開時，我的身體還在微微顫抖；於是我非常確定，這回我肯定能懷上孩子。

一星期後，我和瑪拉、蘇西約在穀倉碰面，我滿腦子都是這件事。瑪莉艾莉絲已經懷孕四個月（這是她第一個孩子），所以不再跟我們碰面了；瑪拉新婚兩個月，蘇西剛訂婚，預計在十一月秋收節前後結婚。一開始我們照例嚼舌根，像往常一樣取笑老同學談情說愛的八卦，但沒多久我就憋不住了，急著發言。

酒瓶一來到我手上，我立刻灌下好大一口。

「你們有過高潮嗎？」我問我的密友們。

蘇西蹙眉，認真想了一下。

「算有吧。」她說。「短短一下子而已。」

瑪拉大笑。她的門齒間有條縫，使她看起來總是一副淘氣樣，彷彿天底下沒有什麼事能嚇倒她。

「跟奈德做，大多時候都像這樣——」她比出槌子敲釘子的動作，「我只覺得又痠又痛。但我媽叫我別擔心，她說沒有高潮也能懷孕。」

她抓過酒瓶，小啜一口。

「你怎麼會問這個？」她說，「你有過？」

「有吧。」我說。我應該就此打住，但信心使我整個人感覺輕飄飄的——我的月事晚了一天，所以我知道，我和山姆的努力終於有了成果。

「還有，你們知道嗎，」我繼續，「我認為男人光用手指就能讓女人高潮。」

瑪拉一臉難以置信。

「用手指？」她說。

「沒錯。」我語氣堅定。「他先碰你兩腿之間，就是開口上面的地方，接下來就像克努遜女士描述的那樣了。有點難形容，不過非常震撼，差點暈過去的感覺。」

「你丈夫這樣就讓你高潮？」瑪拉問。「只是摸你而已？」

「對。」希望我的語氣夠令人信服。

瑪拉搖頭。

「不可能。」她說。「大家都知道，女人的高潮只會來自體內深處。這是克努遜女士說的。」

「好吧，」我端出驕傲的語氣，「也許我丈夫懂得比克努遜女士更多吧。」

她一臉懷疑。

「他從哪兒學來的?」她問。

我漸漸意識到自己犯了錯誤。

「什麼意思?」我反問，刻意拖延。

「我是說，我高度懷疑佛格先生會教男生用這種方式讓女生高潮。理由是我們誰也沒聽過這種事，而他也不可能是看《兒女滿堂》學來的。既然如此，他怎麼會知道要這樣做?」

「另一本書上寫的。」我說。「男生才有那本書。」

「真的?」瑪拉問。「哪一本?」

「《兒女滿堂》男士版。」我詛咒自己信口胡謅。「很少人有這本書。我先生的堂哥剛好有一本。」

瑪拉又灌了一口酒，但兩隻眼睛始終盯著我瞧。

「好吧。」她說。「我會繼續查這件事。至少奈德可以照樣試試看。」

我始終不知道是誰把兩件事兜在一塊兒的。不知是蘇西還是瑪拉(或者她們兩個一起)，反正她們最後終於搞清楚，我描述的經驗不太可能是跟鎮上男孩發生的(他們年輕又沒經驗，從小到大接受的觀念也都和我們一樣），所以對方可能是外地人。我只知道，某天傍晚，當我陪媽媽外出助產回來、再到夫家，我先生不見蹤影，而他爸媽則端坐在廚房餐桌旁。

「你知道嗎，」我婆婆說，「我一直很挺你，幫你說話。」

「怎麼了？」我問。

媽媽的舊行李箱，也就是我裝衣服和醫書、跟著我嫁進來的手提箱，立在爐子旁邊。

「亨利總覺得你配不上我們家，他說你母親很不可靠。要不是你家鄰居心地善良，你小妹說不定早就死了。」

我公公表情難辨，似乎有些痛苦。他跟我說話從來不超過三個字，很難想像他竟然會跟他太太講這些話。

「不是這樣的。」我說。「我媽生病的時候，是我在照顧小碧。小碧過得很好，沒出過危險。」

「我就是這麼說的。」婆婆說。「我告訴他，而且你媽媽還是產婆呢，方圓十哩內的寶寶都是她接生的，這總該說得過去吧，我說。」

她短暫停頓，彷彿在等我感謝她。但我什麼也沒說。

「你有沒有在聽啊？」她問。「我正在告訴你，當我發現你背叛我們家，我有多傷心哪。我兒子那麼愛你，你卻選擇跟別的男人在一起；如果懷孕的事必須等上這麼久，我兒子甚至還願意再多給你一年時間呢。」

我想像他們是怎麼在背後討論我的不孕，還有婆婆建議他節省精力、等我到了受孕期再行房等等。我懷疑他或我婆婆是否真有可能再等上一年。

「我不想跟別人睡。」我說。「我只是想給你們一個孫子。」

我婆婆轉了轉眼珠子。

「好啊，那你成功了嗎？你現在懷孕了嗎？」

我搖頭。那天早上，我在攪拌錦葵混合蜂蠟，準備製作尿布疹藥膏的時候，月事來了。

「想也知道。」她啐道。

她很失望嗎？如果我說有，結果會怎樣？我們——我丈夫和我——會一起撫養這個孩子嗎？我會不會冒險再來一次？有時候，此刻的我還是會奢望那樣的人生，還有那一切所代表的意義。

婆婆對她丈夫點點頭，後者拎起我的手提箱，交給我。

「把婚戒放桌上再走。」她說。

那天晚上，我和媽媽和妹妹們一起晚餐，彷彿什麼事也沒發生過。珍妮和茉莉一見我便開心得不得了，急著把七年級的每一件事都說給我聽。譬如亞瑟．豪伊他爸跑去北卡高地加入劫匪集團「牆洞幫」，但其實大家都曉得，他爸只是帶著別的女人跑去隔壁的隔壁那個鎮了；還有阿涅絲．費特利的大姨媽已經來了，但因為她是獨生女，所以沒人想追她；至於麗拉．菲爾普斯則是拿雞血充當經血，想騙過她媽媽，讓她允許尼爾斯．強納森追求她，可是她媽媽當場逮到她往床單倒雞血，直接罰她洗全家衣服一個月。我想起自己在她們這年紀時的模樣，突然有點心痛。雖然不是多久以前的事，但那時的我身體是女人，內心仍是孩子；儘管身體漸漸起了變化，滿腦子卻都是各種小心思和流言八卦，就像此刻的她倆一樣。成人世界的晦暗才剛開始滲入我的人生。

兩個妹妹整晚說個不停，小碧不時偷瞄我。我感覺得出來，她已經曉得有事不對勁了。那年春天，小碧即將滿八歲，媽媽總說小碧和我就像硬幣的正反兩面：我像她這麼大的時候，話多、一天到晚問問題；但小碧很安靜，她靠觀察和聆聽汲取她需要的資訊。

布蘭屈警長上門時，茉莉和我正在廚房洗盤子。他是我媽的朋友，常來串門子，也會帶點麥芽糖或玲瓏花給我的妹妹們。他會說故事給我們聽，譬如大戰傑西・詹姆斯、或牆洞幫神祕領袖「小子」等等令人難以置信的誇張事蹟。警長說，小子足足有七呎高，身材比三個大男人加起來還要魁梧；他眼力極佳，即使在一哩之外也能一槍取命；而且小子冰冷殘酷，就連寡婦的婚戒、嬰兒嘴裡的銀湯匙也照搶不誤。警長和小子正面對決過一次，但礙於坐騎掉了一只蹄鐵，害他無法親手逮捕這名法外之徒。不過警長要我們放心，若是下一次再遇到小子，他會立刻結束他藐視達科塔州法律、恣意妄為的日子。

蘇西她爸和鎮上其他男人常拿這些草寇惡徒的故事嚇唬小孩，但布蘭屈警長從來沒有嚇唬我們的意思。他只是再三向我們保證，只要他還在費爾查德執法，不管是這些惡徒或其他壞蛋，誰也別想動我們一根寒毛。

「條件是你們必須好好孝順媽媽。」警長擠擠眼睛，補上這一句。「要是被我知道你們誰給她惹了一丁點麻煩，我馬上拖你們到法官那兒罰站去。」

我喜歡布蘭屈警長，每次他來我家，我都很開心。他的坐騎叫「莫迪」，性情沉穩安靜。警長會讓我們摸牠的鬃毛，餵牠吃方糖或院子裡的胡蘿蔔。但是這一天，我只想到露西．麥戈瑞的下場，而我怕死了。看著警長婉拒母親端上來的咖啡和蛋糕，我知道我的擔心不是沒有理由。

「我只能待幾分鐘。」他說。「咱們聊一下。就我們三個大人，好嗎？」

媽媽叫珍妮、茉莉帶小碧上樓。直到這時候，警長才願意在餐桌旁坐下來。他摘下工作時片刻不離身的白色牛仔帽，盯著帽緣，輕輕動手撢掉灰塵（雖然帽上一塵不染）。撇開工作不談，布蘭屈警長私底下是個靦腆害羞的人。

「聽說，你的婚姻出了點問題。」他終於開口。

媽媽沒等我說話，搶先回答。

「一定是克蘿汀搞的鬼。」她說。「她從一開始就不喜歡艾妲。她把那個家搞得像地獄一樣，不讓她好過。壓力大就不容易懷寶寶，這你是知道的，警長。」

警長只有一個孩子，是個女兒。要不是我媽，他不僅不會有孩子，說不定連太太也沒了。警長是卡萊爾醫生的朋友，他請醫生來幫他接生他的第一個孩子；但是卡萊爾醫生在接生這方面沒什麼經驗，因此當莉莎．布蘭屈難產、寶寶的腦袋卡在產道中段下不來的時候，醫生慌了，在屋裡焦急地走來走去、喃喃自語，而莉莎只能痛苦哀嚎。最後他來找我媽。媽媽設法將寶寶的頭轉個方向，讓莉莎能把她推到這個世上來。蘇菲亞剛出生的時候全身發紫，幾乎沒有呼吸，但媽媽讓她活過來了。媽媽說，若是寶寶繼續卡在產道裡，再拖半小時就沒救了。

生下蘇菲亞以後，莉莎一直懷不上孩子。媽媽多次探望她，給她奎寧、為她按摩，無奈就是沒有結果；最後，她不得不告訴布蘭屈夫婦，也許他們命中注定就只有一個孩子。從那時候起，警長漸漸疏遠他的妻子，但他對女兒極度寵溺，彷彿將五人份的關愛全部灌注在她一人身上。

「克蘿汀倒還好處理，」警長說，「但我開始聽到一些指控和傳言。葛瑞塔．索多提說，她看見艾妲半夜拎著一隻死野兔穿過野地；阿嘉莎．杜皮說她跟她女兒上個月渾身不對勁，冒出一堆婦女病。」

媽媽堅定搖頭，表情冷靜。

「警長，」她說，「你看著艾妲長大，你怎麼能懷疑她做了那些女人臆測的荒唐舉動？你也知道阿嘉莎和她女兒成天哀哀叫，她們的毛病大多是想像出來的。」

警長點頭，但眉頭深鎖，頻頻轉動手指上的婚戒。

「確實如此。」他說。「你一直是個好女孩，艾妲。只要你好好跟著你媽媽、遠離麻煩，你不會再從我這裡聽到任何壞消息。」

他轉回去看著我媽。

「可是，她不能再參與助產方面的工作了。」警長說。「她得找別的事做。」

媽媽起身準備送警長離開。小碧從樓上偷溜下來。

「太荒謬了。」媽說。「但好吧，我會讓她待在家裡，幫我準備草藥酊劑什麼的。」

警長手拿帽子，穩穩點頭。

「真抱歉。」他說。「我實在不想為了這種事來打擾你們。」

「那你幹嘛還要來？」媽反問。儘管她的聲音很平靜，但我看得出來她非常生氣。

「依芙琳，你也知道我這份工作最重要的是什麼。」

「保護孩童。」媽媽說。「但我女兒並沒有傷害任何人哪。她自己都還是個孩子。」

警長再次點頭。「那就希望她永遠不會傷害任何人吧。話說回來，如果她膽敢傷害任何一個寶寶，或甚至阻止哪個寶寶被生下來，我鐵定不會客氣的。」

他的聲音低啞粗嘎。

「你明白吧，依芙琳？你們都知道我的意思吧？」

「我們會照你的要求去做，警長。」媽媽走向大門。「但我也只能保證這麼多了。」

之後有好幾個禮拜，我過著像被軟禁般的生活：早上醒來，先幫妹妹們做早餐，然後回房看書，讓媽媽一個人外出助產；有時候，我會在下午烤一些玉米馬芬，讓屋裡充滿美好香氣，迎接家人回來。這種生活不算太壞，特別是我才經歷過前夫家的那段日子。我本來可以就這麼繼續過下去的。然而，三月初，鎮上爆發德國麻疹，一週之內就有三名孕婦失去寶寶。一位是鎮長的姪女莉絲貝，一位是在學校教低年級的柯維爾太太，還有一位是蕾貝卡。蕾貝卡在銀行工作，她是亞伯特・坎普的續絃妻子（亞伯特的元配前年過世）。

學校停課，妹妹們只能待在家裡。珍妮和茉莉一邊幫對方編髮辮，一邊說著等她們獲准外出後要做哪些事，而且越說越古怪誇張。小碧坐在窗邊，望著空蕩蕩的街道。媽媽仍持續出門助產，但每晚回家時總是愁容滿面，在屋裡兜來轉去、忙東忙西，彷彿想藉此逃開煩惱。

「雜貨店關了。」她說。「銀行也是。沒人上教堂，不過賽門神父每天都會進教堂幫寶寶們點燭祈福。就連沙龍的客人也稀稀落落。」

雖然她沒有明說，但我知道她在擔心什麼：一時之間有太多人流產，大家很快就會開始獵巫。我不是鎮上唯一不孕的女人。梅西・卡特仍健在、甚至還很年輕，如果她還有生育能力，應該還能生好幾個孩子；問題是沒人見過她。她極少進城，也不太搭理人。至於我，才剛被夫家趕回來，這樁醜聞發生還不久，人們對我生不出孩子的印象記憶猶新。

一週後，疫情逐漸平息，不再有人因此喪命。儘管痲疹對子宮內的胎兒極為致命，對已經出生的寶寶卻溫和許多。沙龍重新開張，信徒重返教堂，雜貨店和銀行也再度開門營業。然後有一天，媽媽鐵青著一張臉走進家門：瑪拉的寶寶沒了。

「我連她什麼時候懷孕的都不知道。」我說。

媽媽沒理我。「他們打發我走，」她邊說邊搖頭，「改請卡萊爾為她接生。如果她還在出血，她那個愚蠢的母親就有藉口了。」

「他們為什麼趕你走？」我問。

媽媽望著我，眼神疲憊憂傷。我還沒聽見就已經知道答案了。

「瑪拉說你詛咒她。她說是你害她失去寶寶的。」

「但我已經好幾個月沒見到她了！」我辯駁。

「這些都不重要了。」媽媽說。「現在她們打算控告你施行巫術。再加上其他人也打算這麼做，我看警長應該沒辦法保護你了。」

我明白此刻說什麼都沒用。我已經沒有時間了。我僅剩不多的渺小幸福也即將被奪走，但我決定據理力爭。

「你說過是因為麻疹。你總說德國麻疹對孕婦特別危險。你跟每個人都這樣說。既然如此，他們為什麼還認為這是巫術？」

「他們想知道麻疹是怎麼來的。」媽媽說。「起初只有一兩個人、或頂多三個人因為麻疹流產，所以我以為撐個一兩天，事情就過了。可是偏偏就在大家睜大眼睛、屏息關注的時候，又有人流產了——他們想要找人為這件事付出代價。艾妲。他們希望那個人是你。」

我們坐在媽媽的睡床上。這張床是媽媽生病第五個月時，小碧她爸在離開前買的。這床比她原本的大了一倍，床頭板是厚實的糖楓木，木板一路從佛蒙特州運到這兒來。小碧和珍妮、茉莉喜歡一個壓一個地趴在這張床上，但這張床總是令我想起媽媽生病時的那些夜晚：我把小碧哄睡了，然後坐在黑暗中陪媽媽，驚恐地看著這個我幾乎完全不認識的人。我也怕自己萬一沒看好她，她可能會突然放棄呼吸，就像她突然放棄穿衣、煮飯、下床等等一樣。差不多有一年的時間，我都睡在床邊的椅子上；每天早上睜開眼睛，她也依舊和前一天一模一樣。直到有天早上我醒來，發現她好多了。

「所以我該怎麼辦？」我問媽媽。

她順了順我耳後的髮絲。

「我知道一個地方。」她說。「你肯定不喜歡，但你在那裡會很安全。」

那晚，我送小碧上床睡覺，告訴她我會離開一陣子。她點點頭，睜大雙眼靜靜接受這一切。

「你得幫媽媽的忙。」我說。「再過幾年，你得開始跟她學怎麼接生助產。」

「可是珍妮和茉莉年紀比我大。」小碧說。

「茉莉一看到血就頭暈，」我說，「珍妮連補個襪子都坐不住，哪能指望她縫合傷口？所以只能是你了。」

小碧點點頭。她生了一對濃眉，長得像她爸爸。她爸爸一半是波蘭血統，另一半是奧吉布瓦族，長相英俊，不像我爸（我還記得他窄長蒼白的臉，其他幾乎都記不得了）。剛開始，小碧她爸曾試著照顧她，他真的盡力了，但小碧只讓我哄。他每隔幾個月就會寄錢來，也會寫信給小碧，這點比我爸好太多了。

「別擔心，」我說，「你很快就會上手的。大多時候你只要聽她們說話就好，而這部分你已經曉得怎麼做了。」

我想先教她一些東西，好讓她將來正式學習的時候會再想起我。我教她以前媽媽教我的那首歌，用歌詞口訣把七種最重要的藥草及醫療用途背下來。我教她怎麼量脈搏，說明脈搏快、慢各自代表的意義。我接著告訴她小兒常見的六種發燒及初期徵狀，解釋到一半時，我發現她眼神飄忽，眉頭糾結。

「怎麼啦？」我問她。

「你不害怕嗎？」她問我。

「害怕什麼，寶貝？」

她垂下視線，不看我的臉。

「我知道……有時候，有人會死掉。」她說。「雖然媽都沒講，可是我知道莎莉．坦普死了。」

莎莉．坦普和她丈夫住在城郊，她丈夫以捕鼠維生。莎莉年紀很輕（聽說只有十五歲），生產時孩子出來的速度太快，導致產道嚴重撕裂。儘管媽媽設法、也成功止血了，最後莎莉還是失血過多，在自己從小睡到大的床上香消玉殞，而她剛出生的兒子仍在一旁哇哇大哭。她過世的時候，我也在現場；之後有好幾個禮拜，我經常夢見她：小小的瓜子臉毫無血色，眼神先是困惑，然後轉為憤怒驚惶。後來，媽媽把整件事解釋給我聽，讓我明白這種事隨時都可能發生。

「媽說，每次接生，死亡總會在一旁等候。你可以試著忽視它，或者從頭到尾知覺它的存在，然後像招呼客人一樣對待它。久而久之，你就不會害怕了。」

小碧滿臉鄙夷。

「我要怎麼招呼它？說聲『哈囉，死神你好』嗎？」

「媽會看見前一次在她助產時過世的產婦。」我說。「產婦死亡的印象仍鮮明印在她腦海裡。她會將那名女子從頭到腳認真看一遍，不說一句話，有時她還會輕輕點頭，然後再回頭繼續準備幫眼前的產婦接生。」

「有用嗎？」小碧問。

如果是早產或胎位不正，或是產婦有高血糖、高血壓等問題，媽媽總會揪著一顆心，戒慎恐懼地為產婦接生。儘管她的表情一如往常堅定自信，但屋裡的每一個人都能感覺到狀況不對勁，幫產婦拭汗的阿姨們甚至邊擦邊抖。這時候，媽媽會把視線定在空中某一點上，然後點點頭，於是整間產房的人會再一次集中精神協助她，生產也順利進行，因為一切都在她掌控之中。

「有用。」我說。

我傾身擁抱小碧。這個擁抱與其說是為了她，其實更多是為了我自己。她身上散發香皂和冷杉的氣味。打從她還是個小寶寶時，她聞起來就一直是這個味道。

「等我長大，」她在我肩窩裡說，「我一定會去找你。」

我退開，直直看著她的臉。

「小碧，」我說，「你長大以前我就會回來了。」

「好吧。」她說，但她不信。「如果你沒回來，我會找一匹馬、弄一份地圖，然後我會去幫你。不論你在哪裡。」

# 第二章

「聖子姊妹會」的院長修女說，只要我接受聖子、讓祂進入我心中，我就能獲得庇護與平安。可是聖子耶穌既沒助我受孕，也不需要每天早上喝四杯鮮奶、把腳高舉過頭、跟山姆上床、或是做任何一件我努力過的事；即便如此，我仍無意反對祂。

「我接受。」我說。

院長眉毛一挑。

「你要跟著朵樂蕊修女研讀聖經。」她說。「六個月以後，如果她認為你準備好了，你就可以立誓，成為我們的一份子。」

接下來，蘿絲修女帶我去看歌蒂、荷莉和伊喜。蘿絲修女很瘦，笑起來很甜，和我共用一個房間。這個房間只有兩張窄窄的單人床，兩只便壺，一座洗手臺和一尊馬槽聖像。

蘿絲修女頗有動物緣。乳牛見到她會立刻平靜下來，而她會輕撫牠們的背脊、呢噥低語，姿態甚是優雅。三頭乳牛中，只有黑白花的荷莉願意讓我靠近，至於另外兩頭不是掃尾踢踹，就是扭動鼻子、閃避我的撫摸。但荷莉不一樣。牠很安靜，眼睛又大又圓、眼瞼微垂，好似為我難過。蘿絲修女教我如何擠奶，以免傷到牠，一道道清澈乳汁就這麼從乳頭射入擠奶桶。

我會趁擠奶的時候偷哭。在修道院，我幾乎沒有獨處的時刻：不論是晨禱、早餐、讀經、晚禱或晚餐時分，身旁總是有其他修女；唯有在擠牛奶的時候，蘿絲修女的注意力全在歌蒂或伊喜身上，微風吹過牧草地、震動窗櫺，進而掩蓋我的哭聲。

我哭，純粹是因為悲傷。我不斷想起小碧嬰兒時期的柔軟稚嫩，還有家裡每天早上總是充滿珍妮、茉莉的嘰喳絮語。我也為了憤怒而落淚。我這輩子不曾做過任何像瑪拉對我那般惡劣的事。我明白瑪拉這麼做是為了自保：她婆婆比克蘿汀更壞、她丈夫也比我丈夫更懦弱，而她的生育力也常遭夫家懷疑——因為她只有一個妹妹，而且她妹妹還有腳掌內翻及呼吸方面的問題。在某些人家，光是一次流產即足以害新嫁娘被掃地出門，就算是因病小產也一樣。可是這些理由都無法讓我原諒瑪拉。我們倆從小（甚至比小碧現在還要小）就是彼此最好的朋友，每次只要她媽媽大發雷霆，她就會來我家跟我一起睡；每次她哭著睡著，我都會輕撫她的頭髮安慰她。

然而在我哭出所有悲傷、憤怒，因為啜泣而聲嘶力竭之後，就像雷聲必然伴隨閃電而來，我沒有一次不心生恐懼。我知道媽媽說得對。那些失去寶寶的家庭想要有人付出代價，我害怕他們會因為悲慟過度，轉而找上我的妹妹們。這種事不是沒發生過：當年，露西．麥戈瑞的鄰居流產，露西全家——包括年僅五歲的小妹——無不受居民質疑，還有人說露西在她娘家舉辦女巫聚會。然而，隨著露西上了絞刑臺，謠言煙消雲散，他們一家也重回正常生活，她妹妹後來還嫁給鎮長外甥。

我知道媽媽一定把整件事都想過一遍了。她肯定相信在把我送走之後，她有辦法保護她自己和妹妹們的安全。說不定，她自認在鎮上的地位穩固無虞，足以承受各種流言蜚語；大家可能會在背地裡說她閒話，但一陣子過後，居民們終究會明白卡萊爾醫生壓根不懂怎麼接生，不得不回頭找她。可是，萬一鎮長決定再找一位助產士怎麼辦？我赫然意識到，其實我並不清楚媽媽接替的那位產婆後來怎麼了；如果媽媽成功接生、母子均安的輝煌記錄抵擋不了居民對能否懷上寶寶的恐懼，既然他們能找到媽媽這號人物，想必也能找到其他助產士。

每當我在腦中列出這些令我驚恐害怕的念頭時，最後總會跳到最糟糕的結果：這些媽媽都想過了，但即使她知道，把我送走可能比讓警長逮捕我還要危險，她還是決定送我走；因為比起我一個人的安全，把我送走更能保障她和妹妹們的安全。她決定冒險犧牲我，換取她們四人平安。

哭完之後，我會坐在擠奶凳上愣愣盯著荷莉發呆。我會看著牠強壯的肩膀、牠溫馴柔和的眼睛，還有再度脹滿乳汁的淡粉紅色乳頭。牠看起來好自在，好滿足。這天，蘿絲修女發現我的時候，我剛好處在這種狀態。我大可迅速抹掉眼淚、假裝沒事，但我實在受不了這份孤單，所以決定不再掩飾。

「想家了？」她問道。

我點點頭。

「你不會嗎？」

蘿絲修女盤腿坐在穀倉地板上。我們這身暗色罩袍恰恰是為此設計的：即使沾染塵土、潑濺髒污或連穿六天仍不顯髒。到了禮拜六，朵樂蕊修女和蘇可洛修女會把大家的罩袍扔進冒煙的大熱水缸裡統一清洗，再掛在洗衣房風乾。水珠總是滴滴答答落在石板地上。

「我結過婚。」蘿絲修女說。「交往的時候，他對我很好，常常會去他母親的花園摘花給我。後來，我們結婚，但我總是保不住孩子。我在一年內流產了三次，他不得不趕我走；我父親不願意讓我回家，因為他知道他不可能找到別人娶我。幸好我們教區牧師跟院長修女是舊識，她就把我接過來了。」

蘿絲修女微微一笑。「現在，這裡就是我的家了。」

每一位修女的故事都差不多。瑪莉葛瑞絲修女結婚五年仍膝下無子，丈夫便把她給休了。朵樂蕊修女十五歲跟鄰居男孩上了床，到了兩人十七歲那年，他在鎮上逢人便說她生不出孩子，導致沒人願意娶她。克蕾門汀修女婚後兩年，肚子依舊沒消沒息，跟她住同一條街的產婦生下一個「被詛咒的孩子」（孩子的臉到脖子有塊大黑斑），於是警長便以「對嬰孩施咒」為名逮捕她。後來念在她當時只有十九歲（或許也因為她長相甜美，並且宣稱她每天都虔誠地向聖子耶穌禱告），所以警長讓她進修道院，不必坐牢。

蘿絲修女說得對。這群無家可歸的女人和女孩某種程度的確像是一家人：瑪莉葛瑞絲修女照顧泰瑞莎修女（她的手不方便），朵樂蕊修女則像對待女兒般教蘇可洛修女拉丁文、希臘文和洗衣服。蘿絲修女雖然不是我的親姊姊，但她每天早上都幫我梳頭髮、編辮子，就像以前妹妹們幫我整理長髮一樣。

慢慢地，我學會幫歌蒂擠奶，後來就連難搞的伊喜也成功了。克蕾門汀修女教我用熱牛乳做凝乳起司，大家都對我很好，唯獨院長修女例外。

有一天，我們排隊進入禮拜堂晨禱，院長大聲質問我：「想標新立異是吧，艾妲？」我不明白她在說什麼，低頭看看身上的罩袍和沉重的棕色皮鞋。

「蘿絲修女，」院長說，「敬拜結束後，好好教一教艾妲怎麼正確綁頭巾。」

「她有點頑固。」後來，蘿絲修女一邊幫我將頭巾重新打結、藏在頸背頭髮底下，一邊這樣告訴我。「不過別擔心，她對每個人都這樣。」

「才不是呢。」我說。「她就很喜歡你跟克蕾門汀修女。」

「我們在這兒好多年啦。」蘿絲修女說。「等你立誓成為修女，情況就會不一樣了。」

我不確定我到底相不相信這套說詞，不過我每天早上仍乖乖去上教理學，向朵樂蕊修女學習聖安娜、聖莫妮卡、當然還有聖母瑪利亞的生平事蹟。朵樂蕊修女要我們大聲背誦《聖子訓綱》，我覺得自己像小孩一樣，反覆唸誦「她以母乳餵養的孤兒就是來向她傳福音的耶穌基督」等等熟悉字句；我也讓這些故事撫慰我的心，就像我已銘記在心的字母表、二十種珍貴藥草的名稱、還有一週七天和十二個月份。

我們也讀牧師的著作，譬如阿佛列．博德牧師的《聖子賜福公平正義》。博德牧師生於喬治亞州和平山農奴之家，不過到了他十二歲那年，這些地方都不存在了。和平山的農莊苟延殘喘了好長一段時間：老莊主熬過流感，在州長、總統染疫過世後又撐了好幾年，看著州政府變成醫院、再變成停屍間。不過，他年輕力壯的兒子們相繼死去，鎮上警力亦逐漸瓦解，這群長年受他剝削的農奴們遲早會造反、燒掉他空蕩蕩的房子，掙得自由。博德牧師的雙親跟其他許多老農奴一樣，在堪薩斯河畔的獨立鎮定居下來。大地一望無盡，處處是閒置的農地和任人佔領的空農舍（但你得先幫忙埋掉屋裡的屍體）。這群農奴沒錢買玉米或棉花種子，也買不起馱馬或農具，大多數人——包括博德牧師的雙親在內——只能出賣勞力給少數白人農民。這群農奴越來越窮，白人農民卻越來越富有，甚至開始耕種起其他死去農民遺留的田地。於是，那一帶的堪薩斯州看起來跟過去的南方州沒什麼兩樣，差別只在報上說黑奴已經解放了而已。

博德牧師說，白人欺騙黑人。他們忘了耶穌的教誨，待黑人同奴隸一樣。「每當黑人家庭有嬰兒誕生，」他寫道，「鎮民不分膚色，齊聚一堂領受恩典。然而，這群曾經親吻嬰孩足底、領受恩典的白人，卻忘了黑人也受聖子耶穌照拂。」

費爾查德沒有德州那樣的大農場，但鎮上的少數黑人跟其他白人一樣，不是小農就是經商。不過有件事倒是真的，那就是所有黑人家庭都住在河對岸、一塊名為「寇拉頓」的地區。那邊的土壤排水不佳、形同沼澤，非常不利耕種。

以前還住在家裡的時候，我鮮少思考這一類的事。但現在，左右鎮民生活的無形規則已不再束縛我，我也因此看得更清楚：為何修桶匠班傑明・洛克福的孩子們明明已屆就學年齡，卻遲遲沒來學校上課；洛克福為什麼不在主街開店，僅在家門旁搭個簡陋的棚子替人補桶；以及我雖然經常在乾貨店、肉鋪和麵包店巧遇洛克福太太，卻從未在瑀拉家或蘇西家、或甚至是我家，和她一起喝茶。

但博德牧師說的沒錯。每當寇拉頓有嬰兒誕生，鎮上的白人也會齊聚在喜迎新生命的那戶人家，就跟費爾查德的鎮民一模一樣；只不過，河對岸的房子比較小，大家只能站在前廊外，排隊等候接受嬰孩祝福。

我記得洛克福家最小的孩子是我媽接生的。我也記得，在我小時候，費爾查德還有一位叫「艾莎・海耶」的黑人助產士。有些產婦誇她有幾招神祕療方，但媽媽聞言總是大搖其頭：她曾經和艾莎合作處理過幾次棘手的難產案例，但她認為艾莎的「神祕療方」其實根本沒什麼。不過艾莎倒是給了媽媽幾個不錯的方子。譬如大家全得了手口足病的那個濕熱夏天，我們就是用她給的黃根木酊治好的。

外面種族隔離的法律習俗會在嬰兒誕生時稍稍緩解，而我得說，修道院這裡則是根本不吃這一套。朵樂蕊修女和克蕾門汀修女都是黑人，但她們總是和其他白人姊妹一同吃飯、禱告，一起工作行動。如果說院長修女對白人姊妹真有一絲偏袒，或者對朵樂蕊和克蕾門汀修女特別不公平，說實話我還真感覺不出來。

讀著博德牧師寫下的親身經歷，我腦中亦浮現費爾查德的郵局外牆。你會在那面牆上見到達科塔州和鄰近地區最惡名昭彰的亡命之徒：伊索姆・達特、湯姆・克查姆、魯弗斯巴克幫、牆洞幫、還有最出名的「小子」。小子的通緝海報沒什麼看頭，因為就算有人目擊到他本人，他大半張臉總是被絲巾遮住。不過我倒是能從海報上看出來，小子扮相瀟灑（除了絲巾，他還戴了一頂科羅拉多式前翻寬緣帽）、懸賞獎金極高（逮到他的人可獲得一千金鷹幣），還有他是個黑人。牆洞幫的通緝海報上還有另外幾個人：伊利・戴伊的臉很模糊，濃眉底下的雙眼分得很開；紐斯・貝克眼神促狹，彷彿正隔著蒙面巾哈哈大笑；德克薩・卡瑞的額頭坑坑疤疤，感覺像是小時候生病留下的痕跡。海報上說，貝克跟小子一樣都是黑皮膚，戴伊和卡瑞則是白人。

博德牧師並未特別提及這幫匪徒，也沒寫到修女，不過後者對我而言並不意外。我想起圖書館裡的其他書籍也都沒提到修女，頂多只有柏頓寫過一句「必須以審慎懷疑的態度看待女性信仰的部分教條」，因為這些教條極可能「引人墮落」。

每到禮拜六，朵樂蕊修女總是忙著洗衣服，所以我不用上教理學，可以在圖書館內自由活動。照理說，我應該把時間拿來讀神學、讀柏頓、維勒提或《埃莉諾拉．芬特日記》都行（這位女士能聽見並轉達聖子耶穌的話語，但轉達的對象主要是重要行政官和神職人員）。這座圖書館有上萬本書籍，我從沒見過哪個地方有這麼多藏書：這裡的藥草書比媽媽書架上的還厲害，曆法書也比以前學校校長室的那幾本更好；另外還有殖民史、美國史、一八三零年代流感史記、推翻政府和西密密西比獨立鎮奠基發展等等的歷史書籍。不過我最喜歡的還是自然科學，尤其是那一幅幅描繪人體和動物身體、複雜精美的刻版畫：我看過腎臟切面圖，也看過眼球橫截面，我看過心臟的四個腔室和四套瓣膜，看過手的二十七塊連動骨頭，甚至看過切開並露出海綿體的陰莖、還有睪丸的所有細小血管。我看見一幅描繪女子張開雙腿的構造圖（這種場景我已見過無數次），不過繪圖員透過畫筆，將每一道皺褶裂溝定格呈現，讓我得以拿著小手鏡否決我一直以來的懷疑：至少，從外觀看來，我和其他女人沒有兩樣。我也從書上看到女性體內的構造，譬如長得像皮包且富彈性的子宮（有或沒有胎兒的模樣都有），狀如手指、帶有摺邊的輸卵管，還有形狀像小石頭的卵巢。

不過，對於為什麼有些女人能生孩子、有些生不出來，圖書館裡沒有一本書提出解釋和說明，就連凡事都能給予解答的《聖子訓綱》亦隻字未提。柏頓說「這些婦女的身體排斥受祝福的嬰孩」，卻同時表示「耶穌關愛大流感倖存者的所有子孫後代」。如果耶穌愛我們，為什麼會讓我們的身體排斥祂的祝福？我知道史賓賽女士會說這跟女巫挑戰耶穌基督造人的設計、跟她們的邪惡勾當有關，但祂不是已經降下流感，清除這個世界的邪惡了嗎？為何獨獨留下女巫？我並非不信聖子耶穌，我跟其他人一樣虔誠禱告。每當我感覺害怕或感激或痛苦的時候，我總是禱告；媽媽生病那年，我甚至天天祈禱。但我只是覺得聖子耶穌的教誨不足以解釋這個世界罷了。

不過我倒是在圖書館找到一本書，這本書的作者（艾德華．樂福醫生）宣稱他能解釋不孕及其他毛病起源。我聽過他的名字，因為鎮上的幾位女士手邊有他寫的一本小冊子，內容跟運動、心理衛生有關。圖書館這本叫《淺談疾病與遺傳》。起初我讀得津津有味，但後來，樂福醫生斷言不孕、腳掌內翻和其他許多疾病都會經由血液，從祖母傳給母親再傳給小孩。「若某女子不孕，」樂福醫生寫道，「通常她的阿姨或近親也會有人不孕。有點像是某種家族傳染病。」

這使我開始擔心我的三個妹妹，暗自希望費爾查德的人還沒讀過、或根本沒有這本書。讀到後面幾個章節，我發現樂福醫生陳述的都不是事實：譬如他表示黑白混血的孩子會因為「血統不相容」而身體虛弱、容易生病。醫生還放上幾張畸形綿羊和山羊的圖片佐證，表示這種疾病乃是非互補血統雜交所致。

我曾兩次在寇拉頓協助媽媽為黑人母親與白人父親的嬰兒接生，孩子都很強壯健康。不僅如此，我還知道即使雙親都是白人，依舊無法保證嬰兒能免受虛弱或畸形所苦，因為費爾查德有許多白人家庭的小孩不到一歲就死了。我越往下讀，就越常想起鎮上某些女士的迷信：她們宣稱，光是和黑人同吃一頓飯就可能害白人得到流感。我把《淺談疾病與遺傳》塞進後面的書架，旁邊是一本講燕麥粉好處的書。

「我們可不可以再多訂一些科學書籍？」我問圖書館管理員湯瑪斯修女。

修女年約四十。在不同光線角度下，她的臉有時看來醜陋、有時又變得美麗。蘿絲修女不清楚她為何進聖子姊妹會，不過，她聽說她是帶著手銬被警長送過來的。

「這圖書館是我自己建的。」湯瑪斯修女答道。「芝加哥醫學院學生會用到的書都在這裡了，說不定還更多。你還想看什麼？」

「我想知道疾病是怎麼來的。」我說。

「那你可以去看洛里的《流感傳染手冊》，應該在窗戶那邊，在死亡紀錄底下。那本書也有提到風濕熱。」

「不是那種病。」我說。「我想知道不孕是怎麼造成的。」

湯瑪斯修女把手肘抵在書桌上。

「書販應該能幫我們弄到那本新出的、講生殖系統問題的小冊子。」她說。「但是不便宜喔。」

離家時，媽媽給了我二十個金鷹幣，後來全被馬車伕拿走了。他說是車資。

「我身上沒半毛錢。」我老實告訴湯瑪斯修女。

「沒關係，」她說，「你可以替我工作。」

圖書館有間地下室，我之前從沒見過。牆壁四周都是土，室內陰涼，小小的窗格緊挨地面，從窗戶望出去盡是綠草和蒲公英。這裡有好多木箱，從地板堆到天花板，箱裡裝著修道院創立至今的所有記錄，以及太過珍貴而無法公開展示的稀有古籍。地下室中央有張書桌，桌上的磷光燈刺眼燦亮；除了墨水瓶和一疊紙，桌面正中央還有一本攤開的線裝書。

「聖喬瑟夫那種大型修道院有印刷機。」她說。「但若是我想要做書，就得靠自己一筆一劃抄下來。書販會買我抄好的書，某種程度算是交換吧。」

我瞄了書皮一眼，書名是《月經週期》。

「這個……媽媽教過我。」我說。「她是助產士。」

「好極了。」湯瑪斯修女說。「那麼你應該會覺得這份工作挺有意思的。」

＊

從那天起，我把所有空閒時間都投入儲藏室的抄寫工作，將書籍內容謄在一張張粗草紙上。這些紙薄得一不小心就可能被筆尖劃破。我寫了整整三天，這才赫然看清我謄寫的內容。

這本書的開頭並不特別，首章講的是腹絞痛和經期紊亂。起初我讀得有點生氣，因為女人最大的問題竟源自每個月持續幾天的小痛楚；不過，抄寫熟悉的藥草名尚能稍微撫慰我的情緒。第二章談到紓緩熱潮紅和停經憂鬱的一些藥方。來到第三章「月經遲來藥方」，不讀內容我也知道這章在講什麼。

我十二歲那年，蘇珊．米爾斯來找我媽。驚惶忐忑的女孩我見過不少（譬如私處疼痛、懷孕出血、眼周或手臂出現瘀青等等），但蘇珊——她一直都是個陽光女孩，有說不完的話，那年她剛好來到適合婚配的年紀——她嚇壞我了。那天，她像鬼魂一樣走進我家，步伐輕到沒有聲音，眼神渙散。

「我晚了一個月。」她說。「可以請您幫忙嗎？」

我不曉得她需要什麼，但媽媽知道。她說。「你確定嗎，蘇珊？如果你需要錢——」

「我不需要錢。」蘇珊說。

「如果是因為對方已婚，你知道這沒關係的。他的妻子或許會很生氣，可是現在你懷孕了，大家都會支持你。如果你希望他帶你回家，他就必須這麼做。現在是你說了算。」

這時，蘇珊看了媽媽一眼，那個眼神令我終生難忘——徹底、全然的鄙視。

「瑪努森太太，」她說，「如果你幫不了我，直說無妨。」

我以為媽媽會生氣，她非常討厭講話不禮貌的人；然而她只是點點頭。「請你把我說的背下來。因為我不會寫給你。」

於是，她描述要怎麼前往牛津鎮理髮鋪，請蘇珊表明要找一位名叫「薩羅妮亞」的女人，另外還要帶上五十個金鷹幣——那是五倍於媽媽為人接生的費用。

後來，我問媽媽蘇珊要去做什麼。她告訴我：雖然學校沒教我們怎麼做，但確實有法子能終止懷孕。不過方法非常危險，因為不論是接受或執行的人都有可能去坐牢，甚至落入比坐牢更糟的命運。所以，如果有人選擇這麼做，肯定是她遇到了非常、非常嚴重的情況。

「所以蘇珊到底怎麼了？」我問。

媽媽說她不知道。不過接下來那三天，我看見她多次和她鎮上的朋友卡特太太、懷特太太和巴洛太太咬耳朵，竊竊私語。蘇珊從牛津回來後，媽媽把一位礦工介紹給她；礦工娶了她，帶她離開費爾查德、前往銀礦區。直到我離開鎮上以前，蘇珊沒再回來過。每當鎮民酸言酸語，表示米爾斯太太很可憐，竟然再也見不到她唯一的女兒時，媽媽的眼神總會變得十分冰冷。

「我知道那本書在寫什麼了。」我跟湯瑪斯修女說。她正在重新排列架上的聖人傳記。克蕾門汀修女每次都把書弄得亂糟糟的。

「所以呢？」

我不知道我該不該怕湯瑪斯修女。她讓我做這些事，其實有可能會連累我，害我被院長修女盯上。我在聖子姊妹會的名份還不確定。我還沒宣誓，也知道院長隨時都能把我踢出去，這樣的話我就沒地方去了；所以我給她一個我自認最安全的答案。

「院長知道嗎？」我問。

湯瑪斯修女微微一笑。她的笑容並不冷酷，但我也看不明白。

「如果你知道院長知道哪些事，你一定會大吃一驚。」她說。

這個答案並沒有讓我放下心中的大石頭。

「我可不想被送走。」我說。

她示意我坐下來。晚禱的時間快到了，窗外天色已暗；圖書館空空蕩蕩、只剩我們倆。幾縷髮絲從湯瑪斯修女的頭巾底下鑽出來，散發麥金色光芒。

「你知道我為什麼會來這裡嗎？」她問我。

我搖頭。

「我跟著我母親學習，就像你一樣。」她說。「但是我母親跟你媽媽做的事完全相反——不論是女人、女孩，她們有了麻煩就來找我媽：我媽會替她們墮胎。」

我點點頭。表面上我似乎一點也不驚訝，其實正好相反。我一直以為，修道院的每一位女性都跟我一樣生不出孩子；至於當年的那位「薩羅妮亞」（就是蘇珊去牛津求助的女人），我把她想成老巫婆似的模樣：指甲長、牙齒尖，就像我每年十月都會拿來嚇珍妮和茱莉的那本圖畫書裡的人物一樣。但事實上，這位幫人墮胎的女子極有可能跟我媽媽背景差不多，也可能有自己的孩子。

「警長逼我親眼看他們吊死我母親。」湯瑪斯修女說。「鎮上的每一個女孩都必須到場觀刑：這就是背離聖子耶穌和聖母瑪利亞的下場。我媽就是最好的例子。」

她的語氣冰冷苦澀。冷得令我血液發涼，苦得彷彿嚐得到味道。

「至於我，警長給了我兩個選擇。」她說。「要不坐牢，要不進修道院。我選哪個對他來說都一樣。反正肯定不會有人娶我，我也不可能有小孩。我終此一生都不准跟一般百姓往來。」

說到這裡，湯瑪斯修女笑了。「這不也算坐牢嗎？」她說。「所以你別擔心，你已經在牢裡了。」

我其實可以拒絕幫她。我大可請她找別人抄寫，把我的閒暇時間拿來跟著蘿絲修女研讀《無婚女子每日祈禱書》；但我也十分好奇。我想搞清楚這位來自牛津鎮的女子到底知道什麼：她知道的事竟如此危險，並且鮮為人知到連媽媽都不肯告訴我。於是，我在上帝之家開啟我的犯罪事業：但我手裡握的不是槍，而是會漏墨的筆；我的獎賞是書，不是銀幣。

我在湯瑪斯修女的藏書中讀到：快捷市有一名女子受人追求，但她不想嫁給對方，結果對方強取她的身體並使她懷孕。這名女子喝下翼莖草熬煮的湯汁，十三週後流產。

後來她跟另一名男子結婚，生養了兩個健康男孩。另外我還讀到，一名有血糖問題的孕婦聽產婆說生孩子會要了她的命，於是她只好服下艾菊油和脫水奶油調製而成的飲品；孩子流掉了，但她也因此保住性命。我甚至讀到有個女人遭她父親玷汙並懷孕，這時我才明白蘇珊．米爾斯當時為何用那種眼神看著媽媽，以及她何以遠走他鄉、不再回來。

另外，我也讀到有人喝鹼液墮胎，最後一屍兩命；喝松節油的同樣逃不過死神召喚。我還讀到有人一連跋涉三座城鎮，沿途找了七名產婆、一位草藥師、甚至還請求牙醫幫忙，但沒人願意幫她，於是她只好自己來——她用編織棒針終止懷孕，最後出血而亡。我一直以為我再也不可能覺得自己很幸運，但此時此刻，我安安全全坐在儲藏室裡看書，讀到有人流血流了一整天、從白天流到黑夜，我只覺得自己真幸運。

整本抄完之後，湯瑪斯修女把謄本賣給書販（這位先生駕著馬車，在丹佛與芝加哥兩地之間來回做生意），換了《病因論》和《婦科疾病診治大全》回來。兩本書的作者都是波尼．馬維神父，他既是神職人員也是醫生。湯瑪斯修女把割開書頁[1]的任務交給我。翻開書皮，我感覺心臟都快跳到喉嚨了。

1 譯註：以前的印刷書籍書頁相連，讀者必須自行逐頁割開。

不過馬維神父的書很快便令我失望了。他說，要治療子宮肌瘤，可將一份培根油兌一份水飲用，可我知道這配方根本不管用。他說，孕婦如果在滿月之夜外出即可能引發早產，但就連費爾查德的老太太們都曉得這純粹只是可笑的迷信。至於不孕，神父列出的可能原因包括：性冷感或母性不佳，少女時期偏好男裝打扮，喜歡吃辣或太苦的食物，懶散，過度專注於不屬於女性的消遣或工作（譬如簿記、算帳）。

「有個女孩因為父親遊手好閒、成天喝酒，她被迫負責為家裡的農地記帳。」馬維神父寫道。「這女孩始終無法受孕。後來家人說服她父親擔起責任，女孩便順利懷孕，沒多久便開開心心生下一對雙胞胎。」

「我覺得馬維神父根本不知道自己在說什麼。」我跟湯瑪斯修女說。

「可是書販告訴我他很厲害呢。」湯瑪斯修女說。「還說芝加哥醫學院一口氣買了五本。」

「那我只能說，這位書販和馬維神父的運氣都很好。」我答。

湯瑪斯修女皮笑肉不笑。

「我想我需要的是大師級人物所寫的助產書。」我說。「真正有經驗、實際接生過孩子的。」

「我來想辦法吧。」湯瑪斯修女說。「不過，如果要請書販幫我們找書，費用更高喔。」

結果我花了整整三週才賺到（或抄完）換得愛麗絲・沙佛的《婦科疾病手冊》所需要的謄本數量，而且還得另外再抄六本以支付書販從丹佛帶書回來的費用。然後，夏天來了。我們會在禮拜天坐在屋外草地上讀經禱告，看萬物繁衍、欣欣向榮，這時院長修女會領著我們採集天竺葵和黑眼金光菊，放進餐室各處的小瓶小杯作裝飾。小小的喜悅使我們開心咯咯笑，輕鬆的心情甚至延續至晚茶時分，即使是幾句無厘頭的笑話都能引我們發笑：譬如瑪莎修女的教理學奇差無比，她竟然以為耶穌會創始人「聖依納爵」是黃鼠狼的守護聖人；換作是我以前那群朋友，她們說不定根本笑不出來。但我心裡始終五味雜陳。在修道院裡，我的心情越來越平靜，每天早上醒來時不再會下意識地期盼看見妹妹沉沉睡在另一張床上，也不會在擠牛奶的時候偷哭了。我開始盼望九月宣誓，希望能趕快換掉身上的灰衫、改穿黑袍。但另一方面，我也察覺我的心和腦子似乎有某種空缺。我知道克蕾門汀修女和其他幾位虔誠修女會讓聖子耶穌填滿她們的身心靈，但那些故事無法滿足我，尤其是我根本不屬於那故事的一部分：我不僅懷不上孩子，被關在修道院裡的我甚至沒辦法去做媽媽訓練我做的事，沒辦法幫忙把孩子帶到這世上來。因此，我只好認真思索我能從沙佛女士的書裡學到什麼。

當然，我依舊認為沙佛女士或許有辦法治癒不孕。我想像自己在聖子姊妹會附近的林子裡採集多種草藥、樹皮植莖，仿效媽媽將這些材料泡成藥酒，以備不時之需（草藥師傅有時候拿不出這些藥材）。但我要怎麼知道這些療法有沒有效？我大可再找一個男人，一連數月在正確時間與他交媾；假如我的肚子還是一丁點消息也沒有，我不可能會知道問題是出在藥方、他、或者我身上。就算我被治好了——假使我當真受孕、生了孩子，我會想再回到原本的生活嗎？我會抱著孩子，以勝利之姿重返費爾查德嗎？我甚至可以想見媽媽的表情：如果我帶著她的外孫回家，她臉上必定會先閃過震驚與困惑的神情，然後才允許自己展露笑顏。光是想到這一幕我就心痛。然後，驚喜消逝，警長、瑀拉亦請求我原諒，就連我丈夫也哀求我重新接納他（但我可能會拒絕他。有時候，在夜深人靜時，我還是不太確定自己的想法）。我想，如果有機會重拾為人妻、為人母的安逸生活，我認為我應該不會就此滿足。

因為我想搞清楚不孕到底是怎麼回事。我想了解胎兒如何在婦女體內發育，以及究竟有哪些子宮內或子宮外的因素可能阻撓受孕。唯有如此，我才能感受到只有在「了解我必須明白的道理」之後才會擁有的平靜，並且把我習得的知識傳給別人。因為媽媽說過：「你不能直接推翻別人的信仰，你得給她們一些能替代的理由。」

我才剛開始讀沙佛女士寫的「流產」一節，立刻知道我會喜歡這位前輩。「有人說，如果跟自己丈夫以外的男人上床，可能導致流產，」她寫道，「這完全是無稽之談。做媽媽的帶誰上床對寶寶來說根本不重要，不過對媽媽本人可能非常重要。」

我從沙佛女士的書裡學到，若子宮的充血組織長在體內其他部位，也可能造成嚴重的腹絞痛；這時可將亞麻籽磨碎加入穀片或咖啡，定期服用，即可紓緩這種疼痛。書上還說，乳房有腫瘤的婦女不能吃亞麻籽、大豆或苜蓿芽，最好的治療方法則是立刻切除雙側乳房，而不是費爾查德的格雷醫生所做的處置（當年他只切掉麥克萊希太太乳房內的腫塊，結果她隔年夏天就過世了）。我甚至學到，如果產婦遲遲無法產下孩子，致使產婦和寶寶都可能陷入生命危險時，我們可以用極鋒利的小刀劃開子宮、拿出寶寶，再縫合母體。沙佛女士至今執行過十七次這種手術，每一次都相當成功。然後，我終於翻到不孕這一章。我的心臟開始怦怦狂跳。

「婦女無法受孕的情況比多數人以為的還要常見。」她寫道。

我本人就見過十幾名有這種狀況的婦女。許多人相信不孕乃是某些超自然因素所致，這解釋何以有這麼多膝下無子的婦女被關進監牢、或因施巫術問吊，即使在今日這個人人自以為受過教育、思想前衛的時代亦然。我認為這個病症的成因不只一種，但全都是自然發生的。比如說營養不良的女孩肯定不容易來月事，自然也很難懷上寶寶，而適足的飲食幾乎可謂最佳藥方。此外還有一些較複雜的因素。譬如在我們帕戈薩溫泉鎮的診所就有過一個病例：芳齡二十一的女子，結婚五年仍無法懷孕。她身體健康、營養充足，月事卻一次也沒來過，檢查之後才發現原來是她陰道構造異常。另外還有五位婦女本身無病無恙，不過她們的丈夫年幼時都得過腮腺炎或風濕熱；其中三名女子後來跟別人順利生養孩子，因此我們推斷，年幼發燒可能導致男性不育。不幸的是，由於這五名人夫皆未得空到診所檢查，故我們很難驗證這項推論。

然而，在絕大多數的不孕病例中，夫妻雙方的醫療記錄皆未顯現任何異常之處。我們會繼續研究這個病症，希望能將我們的發現集結並收錄在未來幾本手冊裡。我們誠摯邀請所有婚後超過一年仍未順利受孕的女性或其配偶蒞臨本診所，接受檢查。

我把書重重攤開在湯瑪斯修女桌上。

「這個帕戈薩溫泉鎮在哪裡？」我問。

「大西部，猶特區那邊的深山裡。」修女說。「問這幹嘛？」

我在她面前的椅子坐下。開口前，我先回頭看了一眼。我知道修女也會咬耳朵、傳八卦，因為我知道誰偷抽菸，誰偷藏聖餐酒。不過我倒是不知道有誰想要的東西跟我一樣。

湯瑪斯修女笑了。但她搖搖頭。

「就算你有再多的錢，也不值得你跑這一趟。」她說。「萬一別人發現你是從修道院來的怎麼辦？這年頭，大家都曉得進修道院的女孩都是些什麼樣的人，艾妲。這也是修女鮮少外出的原因。」

「真的一點辦法都沒有？」我又問。

「我沒這麼說。」修女回答。「書販幫不了你、我幫不了你，但這並不表示院長幫不了你。前提是她得願意幫忙。」

好巧不巧，那禮拜我剛好又被院長修女罵了。因為我用兩個小桶裝牛奶，而不是用一個大桶裝好裝滿。

「你就喜歡標新立異。」她輕斥。「害瑪莉葛瑞絲修女得多洗幾個桶子。」

「我覺得院長應該不會願意幫我。」我對湯瑪斯修女這麼說。

她聳聳肩。「不問怎麼知道？」

院長修女的小房間看起來跟我和蘿絲修女同住的那間幾乎一模一樣：床在角落，鋪面平整；上方的聖像以木頭嵌刻製成，聖母和聖若瑟小巧得像兩道弧，圍著聖子耶穌。牆上開了一扇小窗，窗外是牧場。不過，這間房和我們那間仍有幾處不同：譬如此刻院長修女端坐的書桌，桌前的硬木椅（我坐在上頭），以及聖像對牆上的聖女貞德跪禱圖（她一身盔甲）。這幅畫很不尋常。有些年長修女會在牆上掛祈禱畫，但畫中人物多半是聖莫妮卡或其他我在教理學背誦過的聖女們；我之所以認得聖女貞德，是因為寇威爾太太的關係。費爾查德的寇威爾一家是來自魁北克的商人，寇威爾太太告訴我們聖女貞德的故事，說她在我們這麼年輕的時候就把生命獻給上帝。後來，我聽說有些家長為此向教會投訴，於是珍妮和茉莉也就沒再聽過這號人物了。

「這幅畫好漂亮。」我對院長說。

「聖女貞德並不漂亮。」她說。「你找我什麼事，艾妲？我知道你不是來聊天的。」

在修道院裡的每一天，我除了服從還是服從。我讀聖經，默念背誦數十節經文（包括《詩篇-31》，儘管我無法成為品德高尚的人或任何人的妻子）。每天早上天還沒亮，我就起床擠牛奶；晨禱、晚禱、敬拜讚美時，我乖乖低頭禱告。我把房間整理得乾乾淨淨，衣袍一塵不染。所以我想跟院長修女說：我很確定沒來由地討厭一個人是有罪的。

但我只說：「我最近讀了點東西。」

她挑了挑眉毛。「說來聽聽。」

「是一位助產大師寫的書，她一直在研究我有的那個毛病。」我停下來。「不過，她人在帕戈薩溫泉鎮。」

「所以？」

我強迫自己直視她的眼睛。

「我想去那裡，院長。」我說。

「為什麼？」她問我。

「我想知道答案。我想搞清楚為什麼我不能懷孕。」我說。

「你的意思是你想去尋求治療？」她說。

「不是的。」我回答。「至少，不是為了我自己。我只是想了解這件事。」

「這是很崇高的想法。」她說。「不過，你有沒有想過，如果把聖子耶穌賜給你的天賦用於理解經文，會不會比理解不孕更好？」

「院長，」我說，「我曾經親眼目睹一名女子因為不孕被吊死。當時如果我還留在家裡不走，說不定早就被吊死了。請您想像一下：如果世人能了解不孕是怎麼回事，就算只有一點點也好，這樣能保住多少婦女的性命呀。」

院長摘下眼鏡。沒了鏡片，她的眼睛小了些，面容看起來更蒼老、卻也更柔和。她揉揉鼻樑。

「剛進修女會的時候，」院長說，「我打算辦一所學校。我想讓修女姊妹們成為老師，讓男孩女孩們跟著這群無法生育孩子的女性讀書學習，學會寫字和教理。我以為，如果我們能成為老師，孩子們就能學著不再懼怕我們，那麼等他們長大變成警長、官員和母親時，像我們這樣的女子也能過著更平安的生活。」

「有用嗎？」我問。

院長挑挑眉毛。

「你看這裡有孩子嗎？」

女孩們在寂靜的廳堂開心大笑，男孩們在戶外的草地上玩官兵捉強盜；聖子姊妹會毋須隱避塵世，而是世俗世界的一部分……這實在好難想像。

「剛開始有三個男孩、四個女孩來這裡讀書，」院長說，「都是北卡高地那邊窮人家的孩子。他們大多沒上過學，有個女孩都已經十三歲了，卻還不認得半個字。

「我們教了他們三個月，從收成結束教到入冬下雪。即使天候惡劣，他們仍然非常認真學習，求知若渴。那個女孩子就連《詩篇 23》都能讀了。」

「新年後的某天早上，拉勒米鎮的警長帶著三名副手上門。我們正在上教理學。那時修道院只有我、朵樂蕊修女和卡門修女三個人——你沒機會認識她了——總之，警長當著孩子們的面給我們上手銬。他們說我們不是女人，是魔鬼派來腐化人心的女巫。孩子們馬上就信了。我們被帶走的時候，那個十三歲女孩還朝我臉上吐口水。」

院長被上手銬……真是無法想像。

「你們有去坐牢嗎？」我問。

「我們在牢裡待了五年。」她說。「卡門修女染上肺結核，死在牢裡。後來他們就放我和朵樂蕊修女離開了。我們回到修道院，發現牆上被人抹了一堆糞便，我們花了好幾天才清理乾淨。所以，你明白我想告訴你什麼嗎？」

「抱歉，」我說，「我好像不太懂。」

「知識的確非常有用。」院長說。「但唯有在大家想知道的時候，知識才有其價值。如果他們不想知道，有知識可能比沒知識更糟糕。」

「我明白了。」我說，雖然我還是不太明白。

她揮揮手，不讓我說話。

「你有兩個選擇。」院長說。「你可以繼續留在這裡，學著敬畏上帝、虔誠過日子。或者你也可以到絕壁高地去，加入牆洞幫。」

我立刻想起以前聽說的故事：這群惡徒到處搶銀行、劫貨車，幹盡不法勾當。

「您怎會這麼說？」我問。「我怎麼能加入那幫人？」

「當年，我們回到修道院後不久，有個二十出頭的年輕人來敲門，希望能暫時躲在這裡避風頭。我們不知道他叫什麼名字。他拒絕受洗領受教名，也不願意告訴我們他叫什麼名字，所以我們喊他『小子』。」

布蘭屈警長說過小子的故事。說他像高得像松樹、壯得像灰熊，有一回甚至一邊倒著騎馬、一邊射下副警長頭上的帽子。

「你們也被他搶了？」我問。

院長滿臉鄙夷。

「他幹嘛搶我們？除了食物和屋子，這裡沒別的值錢東西，況且我們已經免費供他吃住了。他在這裡待了好幾個月才上路。不過我們始終沒忘記過他，他也沒忘了我們。現在我仍不時會送幾個人去他那裡。你年輕、健康、脾氣硬，他們說不定會願意接受你。」

我不確定牆洞幫收個年輕女孩要幹嘛，但我想到的都不是什麼太愉快的答案。

「我無意冒犯，院長。不過，我不可能成為稱職的妻子，即使對方是亡命之徒也一樣。」

院長微微一笑。

「你不是去嫁人的，艾妲修女。你也會變成亡命之徒。」

說完，她站起來，於是我也跟著起身。

「聽起來，你已經跟書販打過交道了。」她說。「如果你決定要去，他會帶你過去。我聽說他的費用挺公道的。」

「謝謝您。」我不知道還能說什麼。

「不用謝我。」院長說。「我可不是在幫你。還有，在你走之前，別忘了一件事：你或許不喜歡這個地方，但是你在這裡很安全；如果你去了牆洞幫，安全從此與你無緣，而且你對其他人來說也可能是個危險。」

我笑了。「我應該不會造成什麼威脅吧。」我說。

「帶上你的祈禱書。」院長說。「我希望這地方好歹有教會你一點東西。」

# 第三章

我和兩百本艾格拉汀·庫柏女士寫的《年輕嫁娘》（書中的一名新婚女子婚後方知丈夫有五個弟弟，一個比一個精壯又墮落；許多情節從生理結構來看不是不太可能發生、就是根本不可能發生，但我還是迅速看完了）、一百本吉奧菲·柯雷格《落磯山一季》（除了誘殺與大啖土撥鼠那一章以外，其他都很無聊）、一堆比較不出名的小說和非小說以及五十九本《淺談經期調整》（全是我抄的），一同奔赴北卡高地。沙佛女士的《婦科疾病手冊》穩穩塞在我的提袋裡——湯瑪斯修女讓我帶走這本書。我將書緊緊扣在懷裡，就像小碧以前抱緊洋娃娃那樣（媽媽在裡頭塞了乾薰衣草和松針，聞起來好安心）。

一連三天晚上，我都睡在書堆裡，書販則隻身前往驛站餐館喝啤酒、吃餡餅。第四天早上，他搖醒我，那時我正在作夢。夢中的我還住在夫家，丈夫把我鎖進雞舍，若我生不出孩子就不放我出來。我身邊全是咯咯尖叫的母雞，彼此啄鬥廝咬，有一隻甚至只剩骨架。

「聽過一個叫布蘭屈的傢伙嗎？」書販問我。

一聽到那個名字，我瞬間驚醒。

「怎麼了？」我問。

「亞伯汀那邊的人在聊，有個叫布蘭屈的費爾查德警長懸賞五百金鷹幣，說是要抓女巫，名字叫艾妲。你不也叫艾妲？」

我飛快動起腦筋。

「但我是從史皮爾菲許來的。」我說。「而且我本名不叫艾妲，那是修道院給我的名字，取自聖艾達，她是助產士的守護聖人。」

其實我根本不知道有沒有聖艾達這號人物，希望書販也不知道。這傢伙有張窄臉，看起來總是緊張兮兮的，此刻他再一次仔細打量我，眼睛瞇成一條縫。

「如果是我要躲警長，我可能也會去修道院，」他說，「或者加入牆洞幫。」

我沒有錢可以買通書販，五百金鷹幣就更不用說了。

「我跟你說，我真的不認識什麼布蘭屈警長。」我設法爭取時間。

對於眼前這位書販，我只曉得他會幫湯瑪斯修女買書、以及少有人像他一樣能弄到《淺談經期調整》這種書（願意謄寫複製的人更少）。我知道這些謄本書鐵定能賣到好價錢，說不定比湯瑪斯修女換得的代價高出許多。

「聽著，」我對書販說，「就算我是布蘭屈警長要抓的那個女巫，而你也有辦法找到他、親手把我交給他，但你有沒有想過：湯瑪斯修女付了你十個金鷹幣，請你送我去某個地方，而你卻把我賣了。一旦這事被她發現，你覺得她會高興嗎？你也知道不只你一個人在賣書吧？她可以找其他買家賣她抄寫的書，價錢說不定更好，但你有辦法找到其他人幫你抄書嗎？」

他蹙眉盤算，我則是盡可能不露出一絲絲害怕。我在想，萬一他動手抓我，我有沒有辦法傷他？我是否該戳他眼睛、頂他胯下，然後逃跑？但我能跑哪兒去？

「去給我躲在《年輕嫁娘》後面。」他終於開口。「今天我們還有一大段路要趕呢。」

那一整天我都龜縮在馬車廂裡，憂心忡忡。如果布蘭屈警長還在找我，說不定就表示全費爾查德的注意力仍在我身上，街坊鄰居也還沒將怒氣轉移到我媽和妹妹們身上；但另一方面，如果布蘭屈警長已經找到離家鄉這麼遠的地方來（我或我妹妹、甚至我的任何朋友都不可能跑到這裡來），那麼他極可能不會善罷干休，非找到我不可。也許還會找到北卡高地去。

向晚時分，我聽見馬蹄踏過木板的聲音。我從車廂探頭出去，發現馬車正越過一條平靜寬闊的河流；越過河岸，車輪輾過岸上的碎礫石，坡度漸升。草原冒出一塊塊紅色岩石，角度奇特；黑背白腹的巨鳥在山丘之間無聲盤旋。道路越來越窄，路況越來越差，一連四個鐘頭，馬車持續在岩塊上顛簸跳躍，橫越廣袤無垠的荒涼大地，沿途不見任何圈地宣示所有權的圍欄籬笆。最後馬車終於停了。書販轉過身，扭頭對我說：「我就送你到這兒了。」

我望向車外。馬車後方一片漆黑，唯一的光亮來自貓爪般的新月。

「可是這裡什麼都沒有。」我說。

「他們不讓我接近他們的營地。」書販說。「通常那邊會派人過來跟我碰頭，但今天沒有。你得自己找路過去了。」

「可是我連要往哪兒走都不知道呀？」我說。

「嗯，肯定不是這邊，」他指指馬車後方的來路。「所以應該是那邊吧。」

他讓我拿了兩條叉角羚肉乾和一把水牛果乾。

「聖子耶穌保佑你。」他說，口氣還算有感情，接著我便獨自踏進黑夜。

走了一會兒，我逐漸適應四周的黑暗，意識到左邊的路面斜斜地朝下方開展，探入一片光滑、墨黑、深不可測的山谷。於是我緊挨著右側的石壁山坡走。起初，我還能聽見書販貨車從遠方傳來的馬蹄聲，沒多久就只剩夏蝗拉鋸般的噪鳴，以及我耳中咻咻搏動的血流聲。

這條路似乎朝著谷底蜿蜒而去。步行一陣，山坡逐漸變成和緩的平地。我隱約察覺空氣帶著一絲涼意，黑暗的形貌亦略有不同。平靜的池水映照星光。我從那天早上、也就是書販從驛站餐館回來以後，到現在沒喝過半滴水；於是我屈膝跪下，合掌掬水。池水嚐起來淨是泥土味，但我還是喝了一大口。我坐在池邊軟地上吃果乾，也吞了一條肉乾。這時，高草叢裡響起窸窣聲：來者體型不小，好幾隻青蛙嚇得跳進水裡，一隻水鴨也呱呱撲翅飛逃。

媽媽總說，野生動物懼怕人聲，所以遇到這種狀況我一向大聲吆喝、揮舞雙手。不過，以前在鎮上只會遇到黑熊、或是偶爾冒出的幾頭土狼，這裡卻可能出現灰熊、野狼和山獅。我已經走了好幾個鐘頭，到目前為止不曾見到半戶人家、半點人煙；我開始懷疑自己是不是被書販騙了，懷疑他是否打從一開始就計畫要拿走我抄寫的謄本書，然後把我扔進荒郊野外，一走了之。

「哈囉？」我喊道。

無人回應。路旁草叢繼續傳出噪響，接著又有好些夜行動物奔逃或逼近。我拔腿就跑。我邊叫邊跑、邊跑邊叫，喊到嗓子啞了、兩條腿再也跑不動為止。我跪倒在路上（我得併攏膝蓋才能擠進狹窄路面），拿出第二條肉乾，狼吞虎嚥之後繼續跑、繼續呼喊。

我喉嚨乾啞，全身都痛，這時，我聽見有人在左邊的漆黑曠野中拉奏小提琴，樂聲活潑又夢幻。我沒聽過這首曲子，但它的旋律使我想起我和妹妹很小很小的時候，媽媽跟我們說的海盜船故事——那時候還沒有美國，精靈和妖精也還會在子夜林中相會。我怕自己是失了魂，憑空幻臆或想像出這樂音；但此刻沒有任何事物能引導我，我別無選擇，只好循聲前行。

我踉蹌滑下陡峭的山坡、穿越粗荊棘叢，兩腿都是傷，但琴聲益發響亮。沒多久，我便瞧見遠方有火光閃爍，甚至聽見笑聲和喊叫聲。又過了幾分鐘，我看見篝火，高度跟人差不多，寬如馬車。提琴手站在火光中，眼神銳利，臉龐微微上揚，宛如祈禱，持弓的手飛快移動：他身上處處有野花點綴，除了黑眼金光菊，還有茜草和美女罌粟。我又趨近幾步，不確定該不該、或者該如何出聲示意我的到來。前方不到十碼處有棵大樹，一對愛侶正在樹下飢渴地親吻撫摸彼此，我依稀想起新婚時的自己也曾有過這股熱切。女子個頭不高，臀部稍寬，豐厚的深色頭髮上戴著花冠。她的愛人身形高瘦，手指在她髮間移動，動作幾乎稱得上優雅。

我蹲伏在另一棵大樹後方。我深知絕不能在初來乍到之處驚擾擁吻中的愛侶。我躲在樹幹後窺望，看見火光映照舞者，投射在地上的影子猶如巨人：男舞者個子頗高，皮夾克綴著鈴鐺；女舞者身穿白棉連身裝，紮著兩條長髮辮。這名女子舞跳得特別好，倚著舞伴的手臂跳躍旋轉；男子才放開她，她便一連做了好幾次後空翻，就連那對愛侶都轉頭大聲叫好。她結束雜技般的精采動作，兩腳輕輕鬆鬆、穩穩落在地上，彷彿剛才只是在玩跳房子一樣。篝火照亮她的臉，她的神情既嚴肅又充滿喜悅。

這時，我才看見火光邊緣的木搖椅上坐著一位長相俊俏、皮膚黝黑、頭戴高帽、身著燕尾服（費爾查德鎮長在慶典時也會換上這種服裝）的男子。男子肩上圍著一襲由黃、橘、藍、紫色野花編成的曳地斗篷，幅面大且複雜，肯定用上好幾雙手、費了好些時日才編織完成。

男子拿起香檳，小啜一口，繫著鈴鐺的舞者立刻趨前斟酒，兩人皆稍稍朝火光的方向欠身移動；我發現男子頭上的帽子是科羅拉多式前翻寬緣帽，跟「小子」在費爾查德通緝海報上的那頂帽子一模一樣。男子又喝了一口。鈴鐺舞者對他說了幾句話，他大笑幾聲、誇張地翻了翻白眼，那對眼睛也跟海報上畫的一模一樣：又圓又大、活靈活現，上頭掠過兩道細彎眉。難不成這位就是小子，而這群人就是牆洞幫？又或者這群人只是碰巧在幫派的據地上飲酒作樂，而其中一人碰巧長得像小子？我正盤算著要如何再靠近一點、解開疑惑時，突然有人抓住我的手腕，一把將我拖進火光中。

「你們看！」她大喊。這名紅髮女子畫著豔麗大濃妝，一襲低領及膝蓬蓬裙宛若歌舞女郎。「我逮到這個奸細！」

琴聲戛然而止。舞者瞪大眼睛。擁吻的愛侶雙雙轉頭看我。

「我不是奸細！」我說。「我叫艾姮，來自聖子姊妹會。院長修女送我來的。她說——」

披著花斗篷的男子將香檳杯擱在地上。「安涅蘿絲，別這麼兇。這位年輕女士是我恭候多時的客人。」男子起身，伸出優雅、纖長的手。

「艾姮姊妹，歡迎來到牆洞幫。」

「你就是『小子』？」我問。

男子大笑，笑聲渾厚悅耳。

「我有過不少名字，」男子說，「但這一個算是目前最多人知道的吧。」

「其他人呢？」我又問。在我聽過的故事中，小子經常和十來個強壯男子一起行動。我在郵局外牆的海報上見過其中幾個，他們全是惡徒慣犯，每個人的賞金都值五百金鷹幣。

「就你看到的這幾位了，」小子揚起雙臂，「如假包換。」

「她是誰？」那對愛侶之中的一人開口。她頭上帶著花冠。「你沒說有新人要來。一句也沒提。」

「那是因為她還不算新人。」小子回答。「我跟院長說，我們會接待這位客人，之後再考慮要不要留下她。」

「而你卻認為不需要告訴我們？」她反問。「留下她，我們就多一張嘴要養，多一個人跟著我們在這塊土地上跑，多一分被牧場工人、被保安官盯上的機率，天知道還有誰在外頭虎視眈眈。前提是我們還得信得過她。況且，你又怎麼知道她不是丹普西警長派來的？上個月你幹完那一票以後，肯定有一堆賞金獵人在幫他抓我們。」

「她的長相我喜歡。」安涅蘿絲──那個把我從暗處拽出來的女子說。「我可以教她點什麼。你玩牌嗎，修道院女孩？」

「我可不想教她騎馬。」雜技舞者說。「我花了整整三個月才教會安涅蘿絲，結果她到現在還是騎得很爛。我不想再經歷一次了。」

小子轉身，花斗篷在夜風中旋轉。

「凱西、小洛，我的同志、我的好戰友，」小子說，「關於評斷他人，你們還記得耶穌在《路加福音》是怎麼說的？」

「今天又不是禮拜天，小子。」戴花冠的女人說。不過其他人逐一安靜下來，沉默不語；儘管無人施令，眾人卻好似聽命行事一樣。

「不要評斷人，」小子說，「你們就不會被評斷。不要定人的罪，你們就不會被定罪。要饒恕人，你們也會被饒恕。」

小子雖然個頭很高，但他的嗓音渾厚，宏亮且十足震撼，非常適合在大教堂佈道。頭戴花冠的女子滿臉沮喪。

「你們要給人，就必有給你們的。」小子說。「用十足的升斗，連搖帶按，上尖下流的倒在你們懷裡；因為你們用什麼量器量給人，也必用什麼量器量給你們。」[2]

小子轉向戴花冠的女子。「每當我們多出一張嘴要養，後來不也找到法子養活了嘛？而且我們的所得不總是比付出還多？瞧瞧你身邊，凱西，」小子比比滿地的香檳杯和花環，「這些都是好器量，你說是不是？」

「我們的運氣一直都不錯，」凱西說，「但如果這樣繼續加人進來——」

小子走向凱西，伸出雙手拉她起身，帶著她環繞篝火起舞。

「如果，如果，如果，」小子一隻手環住凱西、另一隻手牽起她的左手。「『只管今日愁，莫添他日憂』啊，凱西。」小子領著凱西彎腰後仰，凱西的花冠落在地上。「每天都有每天的憂慮，一天的難處承擔一天就夠了。」[3]

小子放開凱西，彎腰拾起花冠、拍掉塵土，再一次放回她頭上。

「當然，你說的也沒錯。」小子說。「你一向有理。我們確實必須審慎控制人數，也必須小心防範好意遭人濫用。明天我們再來決定要怎麼處理艾妲姊妹，不論是留她下來、或是送她回原來的地方都行；但今晚，今晚我們應該可以分享一點點香檳給我們的客人吧？」

凱西望著小子，神情惱怒、深情、妥協又無助，接著無奈地轉身沒入暗處，拎著一

2 譯註：前述幾段均摘自《路加福音》6:37-40。
3 譯註：摘自《馬太福音》6:34。

瓶酒、一只酒杯回來。

媽媽總是告誡我不能接受陌生人提供的飲料，但我又渴又累、頭昏腦脹，遂接過酒杯張口即飲。以前我喝過一次香檳，在我結婚那天，但這杯的滋味不太一樣，它更甜、更辛辣，而且還有一股強烈、類似油漆稀釋劑的有毒氣味。我一飲而盡，安涅蘿絲大聲叫好。她拿過凱西手上的酒瓶，又給我倒了一杯；其他人看起來還沒接受我，但至少決定忽視我的存在。小提琴手重啟演奏，這回節奏較慢，繫鈴舞者以圓潤的低音開始吟唱，音色極美，每一句都帶著淡淡的詼諧與哀愁。

噢　你要往哪兒去，我的好姑娘？
噢　請駐足傾聽，你的情郎已翩然來到，
唱著悠揚又低迴的曲調。
莫再蹉跎，甜美的姑娘，
尋尋覓覓止於良緣巧遇，
每個聰明人都知道。[4]

舞者歌聲淒婉迷人，皮夾克上的鈴鐺映著火光閃耀——那是我那晚清楚記得的最後兩件事。

再醒來時，太陽已高掛天際。我躺在一面拼布織毯上，斜斜的頂棚橫過一根根帶結松木；我伸手輕觸，指尖擦過離我最近的一點。意識逐漸清醒，我赫然驚覺自己躺在睡廊上：廊道極窄，我若翻身，即可能直接墜入底下的大房間裡。這條睡廊擺了好幾張小木床，有些鋪疊整齊、有些亂七八糟。而底下的大房間也有好幾張床，還有一座生鐵灶和一條長沙發；沙發上披著小子昨晚裹身的花斗篷，但花朵已經開始褪色了。近午的陽光鑽過厚重的遮陽板，滲入一樓，睡廊和大房間皆空無一人。

我發現自己沒穿鞋。左探右看，就是沒見著穿了好些年的那雙堅固木鞋；我別無選擇，只好光腳走下咿呀作響的梯階，出門走向篝火堆。大夥兒仍像昨晚那樣圍聚在這裡，但氣氛有些低迷。

無人披戴野花。紮辮子的雜技舞者穿了一件簡單的棕色白點薄棉罩袍，安涅蘿絲換

---

4 譯註：出自莎士比亞《第十二夜》。

上天藍色高領棉質連身裙；那對愛侶、提琴手和有著美妙嗓音的舞者都穿著男性工作裝和粗布衫，至於小子的燕尾服則變成剪裁合身的全黑羊毛便裝，僅褲腳沾了些許紅土。大夥兒圍坐在火堆旁，然而火焰已不若前晚熾烈，只剩溫和微弱的熱氣，不見火光。

「坐。」小子說。「凱西，拿份早餐給艾妲姊妹吧。」

凱西不情不願地起身，走向棚屋（我剛從那兒出來）旁邊的小木屋，不久之後便拿著帶裂紋的藍瓷碗、裝了一份燕麥粥走回來。這碗粥鹹得發苦，散發培根油脂的香氣；我飢腸轆轆，狼吞虎嚥，好一會兒才意識到每個人都盯著我瞧。我看了一圈，這才搞清楚那位歌聲優美的舞者原來是女人：她的個子跟男人一樣高，肩膀很寬，但我看出棉布衫底下的胸部曲線；而她優雅、流暢的步伐使我想起家鄉幾位比我年長的女性；她們已生養過一兩個孩子，似乎對自己的身體感到相當自在（這種感覺我至今不曾有過）。我望向旁邊幾位，感覺又不確定了：提琴手正在和安涅蘿絲竊竊私語，一下子看起來像戲謔調皮的年輕男子、下一秒又像個咬耳朵聊八卦的女孩；接著，我發現我原以為是凱西情郎的那個人，他（或者是她）兩邊的耳垂都戴著鑽石耳環。這幫人無疑就是通緝海報上的那幾位歹徒，絕對錯不了：雜技舞者額頭上有著德克薩．卡瑞的痘疤，凱西情郎的蒼白臉龐勾著兩道屬於伊利．戴伊的濃眉；至於小提琴手則是和紐斯．貝克有幾分神似，只不過他的膚色比海報上淡了些，但那對促狹愛笑的眼睛倒是一模一樣。

「我要再次感謝您——」我開口，想藉機自我介紹，但小子打斷我的話。

「你會不會用槍？」

「我會清理槍枝、裝填和退出子彈。」我說。

「那就是不會。騎馬呢？」

「以前我騎過幾次鄰居的迷你馬。」

「這個也不行。那你會做什麼，小修女？」

我開始緊張了。

「我會擠牛奶。」我說。「我會做凝乳起司，前陣子開始學做硬乳酪。」

「我們這裡又沒有乳牛。」凱西說。

在這一刻以前，我壓根沒想過牆洞幫可能會不要我。如果她們不要我，我知道我絕不可能再找到那名書販。布蘭屈警長正在到處找我。就算我的人頭不值錢，隻身旅行的女人必定啟人疑竇：不管我經過哪個城鎮，絕不可能不引起當地警長的注意（更慘的是說不定還會引來一票意圖不軌的年輕人）。以前就發生過這樣的事：盧卡斯．聖若瑟和彼德森家排行最小的兩個男孩在水牛峽大路碰見一名獨行女子。儘管她表明她剛逃離毆打她的丈夫，還給他們看她頸側的瘀傷，男孩們依舊輪姦她，說是要破除她的巫術。這三個人本來有機會全身而退（因為鎮長站在他們那邊），結果費爾查德有人出面作證，證明她在水牛峽生養過三個孩子，並且還請求鎮長饒她一命、為她另覓夫婿。反觀我已啟程多日，離家不知千百哩，眼前怎麼可能找得到人為我作證擔保？我得想想辦法，證明自己值得在這裡混口飯吃，受她們保護。

「我母親是助產士。」我說。

「哦，運氣真好。」凱西怏怏地說。「往後如果我們有誰要生孩子，一定會去找你的。」

以前在修道院的時候，修女們試著教我何謂謙遜。朵樂蕊修女說，世間一切知識成就在聖子耶穌眼裡皆如無物：這些東西就像隨時脫落的外衣，使我們在祂面前宛如嬰兒赤裸，無所遮藏。不過修女也說，聖子耶穌會透過我們向世界行善。但我不明白的是，假如我們的知識對祂而言不值一提，如果我們在祂眼裡不過是毫無防備的小娃兒，我們又如何能為祂所用？因為如此，每當修女要我們禱告，求神賜予我們謙遜並寬恕我們的自矜自傲時，我總會默念我自己的禱詞，提醒自己「我是誰、我從哪裡來」；如此一來，就算我假裝遺忘，就算我完成宣誓、從今往後必須用另一個名字繼續人生，我也不會忘了我是誰。

「我還會接骨，」我對小子說，「也會包紮傷口。如果有誰著涼感冒，我知道哪些藥草能讓身體暖和起來；如果有人發燒，我也知道怎麼退燒。我會縫合傷口，也會引流燙傷水泡，讓傷口癒合得乾乾淨淨不化膿。我還會調製能讓人沉睡的藥酊，如果藥量下得夠重，我甚至能讓人永睡不醒。」

眾人噤聲無語。小子仔細打量我好一會兒，彷彿在盤算什麼；然後她笑了。

「德克薩，給咱們的小醫生找一匹她能駕馭的好馬吧。」

這就是我加入牆洞幫的經過。那年是一八九四年，我十八歲。

起初，我似乎資質不差，有機會成為像樣的亡命之徒。德克薩先教我清馬廄、洗馬刷馬，然後才願意教我騎馬；剛開始她以為我會騎得很糟，結果我竟然跟馬兒處得極好，這讓我們倆都很驚訝。我發現馬跟小孩子其實還挺像的，而我已經花了好些年跟小孩子打交道、設法讓他們信任我，如此我才能幫他們量體溫、拔掉手上的刺，或者在他們的母親分娩時，帶他們離開產房。

我很快便熟記每一匹馬的名字、特徵和脾性，記住牠們偏好的梳毛、溝通和餵食方式。譬如黑色母馬「謹恩」，牠的額頭有一道延伸至鼻吻部的白色閃電，個性執著且頑固。栗色馬「禮克」甜美溫柔，易受驚嚇，極討厭巨響和突然的動作。「費絲」是德克薩最常騎的一匹馬，個頭不高，和她一樣都是棕髮；不過德克薩話不多，費絲倒是挺吵的。每天早上，費絲都會甩動鬃毛、高聲嘶鳴向德克薩道早安，後者只是點點頭，輕拍牠的側腹回應牠；然而當她一跨上費絲，德克薩彷彿瞬間敞開心房，肢體也跟著放鬆，於是我又見到那晚和小洛在篝火旁共舞、神情喜悅的德克薩了。其他時候，她都把這份喜悅藏在深鎖的眉頭和惜字如金的言談底下。

在這群馬匹中，有一匹叫「亞米提」的灰色母馬特別吸引我。牠很警敏，總是第一個發現有人進入馬廄、或是田鼠竄過地面。亞米提使我想起小碧，想起她總是靜靜觀察、時時聆聽的神韻。

不到三個禮拜，我已經可以騎著亞米提散步、小跑或甚至快跑。儘管德克薩對我的態度仍不算熱絡，卻也不得不承認我的領悟力比安涅蘿絲強多了。

有天早上，天還沒亮，德克薩搖醒我、塞給我一大塊硬梆梆的燻肉乾（她們管這個叫「肉糜餅」）。

「來吧，」她說，「越野訓練的時候到了。」

這趟騎馬越野，德克薩先前不曾提過半個字，因此我在為亞米堤上鞍時緊張得要命。亞米堤也注意到了，我感覺得出來，因為牠優雅的足蹄頻頻前踩後踏，而我為牠調整轡頭時，牠也頻頻甩頭閃躲。我低聲耳語，輕撫牠的頸子，最後牠終於願意讓我繫緊轡帶。

離開馬廄，踏進夏日清晨，微涼但隱約帶著熱度的空氣似乎讓亞米堤冷靜下來了。我們朝北奔馳，直下山谷，避開我曾跟隨書販經過的幾處城鎮。路越來越窄，最後只剩馬徑；路面佈滿零星碎石和土撥鼠洞，兩旁則長滿高且濃密的野草，遮蔽前方道路。小路蜿蜒，分岔再分岔，不時橫過一條條看似道路的乾河床，而我自始至終只能盡力讓亞米堤跑在小徑上。我緊握韁繩，設法不讓牠被石塊絆跤、或踩進土撥鼠洞而扭傷腳踝，然而牠卻以不耐煩回報我的謹慎，走走停停，最後直接在某條岔路口停下來。德克薩駕著費絲朝左方的小路全速奔馳，但亞米堤拒絕配合，不肯移動半步。

「走嘛。」我說，突然覺得荒謬可笑。

我扯扯韁繩。德克薩和費絲漸漸消失在晨光中。回過頭，我也同樣看不見棚屋和馬廄，眼前只有灌木、草叢襯著淡紫色天空，以及根根突立的紅色岩石。我心頭一慌，便做出德克薩言明萬萬不可的那個動作——用腳跟戳踢亞米堤的肚腹。我踢得不重，但牠憤怒嘶鳴，我感覺牠全身上下都變得非常僵硬，極度抗拒坐在牠背上的我。這時，德克薩拉著費絲掉頭，朝我們跑回來。

「你看你的手！」一來到聽力可及的範圍，她立刻大喊：「你幹嘛把韁繩拉那麼緊？」

「這條路看起來很不好走，」我說，「我只是不想讓牠受傷嘛！」

德克薩騎到我身邊，大翻白眼。

「你來山谷多久了？」她問我。

「大概一個月？」我說。「不到一個月。怎麼了？」

亞米提氣得頻頻換腳。費絲甩甩尾巴，仍服從地靜立不動。

「亞米提還是小馬的時候就被我買回來了。四年前，而且是在這裡買的。牠從小在這片山谷長大，所以你得跟牠學，不是牠跟你學。」

我放鬆韁繩。德克薩點點頭。

「好了啦，亞米提！」她說，馬兒放鬆下來。

德克薩咂咂舌，費絲旋即向前走；這回亞米提無須我催促，立刻跟著移動。

「馬最討厭自以為是的傢伙。」德克薩轉頭對我說。

在那之後，我盡可能放鬆轠繩，僅維持足以讓亞米堤知道我仍在注意牠的力道，其餘全交給牠。德克薩說的對。亞米堤能輕鬆避開佈滿地面的小洞和土丘，甚至還非常清楚該走哪條路；不僅屢屢避開被雨水截斷的錯誤路徑，來到岔路口亦毫不遲疑地選擇正確的那條路，就算我們跟不上跑得太快太遠的費絲也沒問題。

接下來那個禮拜，德克薩每天都帶我出去越野晨騎；亞米堤也為我畫了一幅山谷地圖，讓我銘記在心：馬場、棚屋和這幫夥伴存放裝備的幾棟屋子在山谷最北端，也就是坡面與驛道相接處；山谷有兩條小溪，一條繞過谷地西緣、一條向東流，最後都在半山腰轉彎，再朝西邊延續約一哩後，雙雙注入一座心形湖泊。河彎附近有間小棚舍，德克薩在那兒囤了一些製鞋設備和備用轡具及馬鞍，她總說那裡是「牛仔小屋」。小屋後方有座可遠眺遼闊鹽沼的小山坡。登上山坡，我們不時能瞥見一兩頭袋獾或土狼，有一回還見到一大家子松雞（牠們一隻隻揚起小腦袋，活像打扮過於隆重花俏的女士，趾高氣昂橫越大地）。再來就是那一排拔地而起，從山谷這端綿延至另一端、宛如高牆的鮮紅岩石「牆洞巖」——直到現在，這幅景像仍不時出現在我的夢境中。

這面巖牆擁有自己的時間，有它自己的晨、午、晚三時祈禱。紅岩嶙峋，層層疊錯，每一塊巨岩都在前一塊巨岩背上投下陰影；即使早晨的谷底一片光明燦亮，後方的巖牆仍籠罩在細若條紋、粗如斑塊的暗影中。這片暗影會隨著時間推移朝下方延展：每過一刻鐘就多一方岩塊被火焰染紅，同時也有另一塊巨岩沒入赭褐幽暗中。到了傍晚，漸落的夕陽讓整面巖牆披上一襲耀眼生動的紅，猶如鮮血徐徐漫流，淌過餘熱漸消、光亮漸微的谷底。

我曾一連多日研究這片巖牆。有一天，我開口問德克薩：「如果這面是『牆』，那『洞』在哪裡？」

德克薩看著我，彷彿被這個問題嚇了一跳。她舉起手，指向前方。

「那道V形切口。看見了嗎？」她問。

巖牆被疾風和雨水刻出一道道溝槽，我至少看見五至十處符合「切口」描述的地方。

「沒有。」我答。

「有啊，就在那裡。」德克薩說。「大約在三點鐘方向，陰影罩住的地方。」

此刻，我們在河彎附近讓馬兒喝水。我朝西南方看，認為我依稀看出有兩條突出且後彎的垂直岩壁，而岩壁頂端正好在暗處相接。

「看起來不像呀。」我說。「用這個取名『牆洞』會不會有點牽強？」

德克薩搖頭。

「凱西和小子不是站在這邊看的。」她說。「爬上那道缺口，你就能把方圓十里內的每個人、每樣東西瞧得一清二楚。那裡是整個波德河流域抵禦攻擊的最佳防守位置。」

「她們倆為什麼到這裡來？」我問。

德克薩看我一眼，表情不耐。

「我剛才不是告訴你了？」她說。

「不是那個。」我說。「我的意思是，她們為什麼要成立這個幫派？為什麼變成亡命之徒？」

德克薩深呼吸。

「我並不清楚整件事的來龍去脈，」她說，「我只知道，她們有好一段時間以夫妻的身分結伴同行。後來發生了一些事，她們得找個安全的地方避難，遠離所有城鎮和人群，於是兩個人來到這裡。她倆靠打獵抓魚維持了一段日子，但小子總是心懷大志——也就是錢。所以她們開始搶錢。從搶人變成搶驛馬車，再從搶驛馬車變成搶銀行。現在，我們每年春夏都會沿著波德河一帶來回作案，然後回到這裡，祈禱沒人跟蹤、找到我們。」

起風了。雲朵拋下的陰影快速飛掠山谷。

「這裡被攻擊過嗎？」我問。

「還沒。」德克薩說。

她仰望天空。

「該走了。」她說。「暴風雨快來了。」

一旦我的騎術獲得認可，接下來該學怎麼用槍了。伊利是幫裡的神射手（她就是我抵達那晚，在樹下擁吻凱西的高個子），所以小子派她來教我。她人蠻好的，只是方式跟一般人不同。

「看好，這很簡單。」她說。「我示範給你看。」

我們在棚屋後方的小果園練習。大流感來襲前，曾有不少天真樂觀的農人在這裡種了一些果樹。伊利從樹上摘下兩顆硬得像石頭的梨子，放在果園中央的樹樁上。她退離樹樁約三十步，舉起左輪手槍（跟媽媽那把舊獵槍比起來，這把槍又亮又帥氣），扳下擊錘，瞄準，開槍。左邊的梨子應聲炸裂。看起來挺容易的，簡單得好像誰都辦得到。

伊利教我怎麼扳擊錘、怎麼握槍、怎麼看準星，逐一操作給我看。

「等你準備好，扣下扳機就行了。」她說。

我從來不曾渴望擁有槍，也不曾像男孩們一樣在學校爭論槍枝品牌「柯特」或「伊格頓」孰優孰劣，或甚至架起手指瞄準朋友、模仿開槍射擊的聲音。但此刻，我手握這把光滑、沉甸甸的手槍，感覺自己就是正義女神——那尊矇住雙眼、立於費爾查德法院外的青銅鑄像。我才不會像哈蒙法官那樣，把不孕女子關到死；哈蒙法官的心智早已被酒精和年歲給弄糊塗了，對警長、鎮長根本是言聽計從。我的槍要保護無辜的人。唯有在惡人眼裡，我才是危險份子。

在那個當下，我以為槍裡沒有子彈，便直接扣下扳機。前方爆出尖響，但什麼事也沒發生：梨子和樹樁依舊完整無缺，鳥群在夏日晴空中盤旋抱怨。

「好吧，」伊利說，「我們走近點試試。」

然而不論是二十步或十五步外，我仍打不中梨子；來到十步距離時，伊利翻了翻白眼、仰頭望向湛藍晴空，彷彿在向聖子耶穌祈禱，讓我多少爭氣點。我終於射中梨子——子彈削掉頂端的蒂，蘋果狀的外型仍完好如初。我咧嘴笑開，喜孜孜地轉頭看伊利，等她點頭稱讚我。

「距離這麼近，那顆梨子都能搶走你手裡的槍了。」她說。「現在退遠一點試試。」

但是那天以及隔天，我依然只能從十步左右的距離擊中樹樁，再多一步也不行。我的手臂說偏就偏，頻頻打中地面、擊爆土塊。到了第三天，伊利先示範如何填彈、退彈，然後交給我一盒子彈。

「把這盒練完。」她說。「練完以後我會再給你一盒。」

三天後，我從十一步外擊中梨子的成功率達到三成，但射擊本身於我而言依舊跟擲骰子差不多：我鎖定目標，直直舉槍瞄準，但是否擊中目標仍取決於子彈，而非我個人意志。

「是誰教你射擊的？」第三天晚上，眾人圍坐火堆旁暢飲蒲公英酒、聽紐斯拉奏〈質樸禮物〉時，我順口請教伊利。

「小時候，我爸示範給我看的。『以免狐狸把雞叼走，』他是這麼說的。」

「他也是用你教我的這一套教你的？」我又問。

伊利皺眉。

「他其實沒怎麼教我。」她說。「我想我大概天生就會吧。」

這個答案令我苦惱。以前媽媽訓練我的時候，她會要求我先把分娩的四階段和十步驟、七種常用草藥以及月經四段週期背熟，然後才能隨她出診。有一回，我問她怎麼會知道這麼多療法、技術怎會如此嫻熟，她說，她總是睜大眼睛仔細看、張開耳朵認真聽，從不放過任何學習機會。媽媽不信天賦，她相信智慧。

「那其他人呢？」我再問。「其他人又是怎麼學的？」

「這個嘛，據我所知，紐斯是跟牛仔學的；德克薩在馬場長大，所以大概跟我一樣，是跟她爸學的。小洛是來這兒以後我教的，不過她學得很快。至於安涅蘿絲，我教過幾次，但老實說她的槍法還是糟糕得很。小子則是跟她丈夫學的。」

「他——她，小子有過『丈夫』？」我大吃一驚，試著壓低音量。

「小子就是小子，不是女的她也不是男的他。」伊利說。「而且這有什麼好驚訝的？我們大多結過婚，要不然，你說我們是怎麼發現自己生不出孩子的？」

「所以紐斯也有過丈夫？」我問。

「沒錯。」伊利回答。

她伸手輕撓凱西的背，凱西垂下頭、靠在伊利肩上。伊利親吻她的頭髮。她倆在棚屋同睡一張床，窗戶下方的上層鋪。我很早就知道伊利是女的，因為其他人喊過她「那女人」，而凱西有一兩次還叫她「伊莉莎白」。

我猜她們就跟黛安娜．傑斯伯森和凱蒂．卡爾差不多。她倆從九年級開始就形影不離，總是手牽著手；有人謠傳她們會趁著夜色偷偷摸摸做一些事，只是當時我們無人理解「偷偷摸摸」是指哪些事。黛安娜和凱蒂都來自大家庭，家境也不錯，因此到了適婚年齡都順利嫁人了；但後來黛安娜的婆婆不准她再跟凱蒂來往，認為凱蒂帶壞她、導致她未善盡人妻責任。沒多久，兩人懷孕、成為母親，自此無人提及她倆往日的友誼。只是，黛安娜明顯不再像少女時那般幽默愛笑，並且經常來找我媽拿助眠草藥。現在我頭一次好奇地想：假使黛安娜和凱蒂當初都沒結婚、依舊形影不離，不知她倆後來會有什麼發展？

「你結過婚嗎？」我問伊利。

「**你**呢？你結過嗎？」她裝模作樣地模仿我，拿我的問題反問我。「有沒有人跟你說過你問題很多欸，醫生？」

「有。」我低頭承認。「對不起。」

伊利大笑起來，聲音好聽極了。她戳戳我的肋骨。

「逗你的啦。」她說。「不過，沒有。我沒結過婚。這滿足你的好奇心了嗎？」還差得遠呢。隔著火堆，我看見小子在削軟木，似乎在做什麼東西；刀刃映著火光，粼粼閃耀。小子穿著相襯的長褲和外套，領巾印著玫瑰圖案。我實在很難想像，小子和我竟然曾經是同一種人——擔驚受怕的妻子。因為懷不上孩子而被轟出家門。真不知她們是如何成為現在這種模樣：堅強，神采奕奕，擁有各自擅長的技藝。想到這裡，我的心情莫名飛揚：說不定，有朝一日我也能擺脫青澀，不再是個一無是處的生手。

伊利伸伸懶腰，搆來酒瓶。

「總之你就繼續練習吧。」她說。「除此之外，我不知道還能跟你說什麼了。」

翌日午後，我再次帶著滿滿一盒子彈來到樹椿前；這時，我看見小子從棚屋小徑走上來。從遠處看，我總覺得小子個子很高，雖然一站近就知道我比她高，但效果仍在——小子的步伐和姿態會使人想抬頭仰望，而非低頭看她。

「伊利都教了你什麼呀？」小子問我。

「她示範瞄準和擊發給我看，」我說，「但我就是做不好。」

「她怎麼示範的？」

「她隔著三十步距離開槍打一顆梨子，」我說，「然後叫我試試看。我從那時候開始就一直試到現在。」

小子笑了。「這就像叫一匹野馬教人跑步似的。好，讓我看看你練得怎麼樣吧，醫生？」

我開槍射擊，子彈飛進果園某處。

「再一次。」小子要求。

這一回，我看見子彈擊中一座小土丘和後方草叢，大概在樹椿左邊六呎左右。

「再一次。」小子說。

一次又一次，我把整盒子彈全用完了。

「現在我知道問題出在哪兒了。」小子說。「告訴我一件事，醫生。如果有個像你這樣的年輕醫學專家打算暗殺一只未成熟的梨子，你會建議這人瞄準哪個部位？」

小子的嗓音令我著迷，卻也教我困惑。

「我不太懂你的意思。」我說。

小子嘆了口氣。

「開槍的時候，你眼睛看哪兒？」

「看……梨子？」我囁嚅。

「錯了。」小子說。她解開槍套，掏出手槍。槍柄是獸骨做的。

「這是前準星，」小子指指槍口上方一小塊突出的金屬，「而這個，」小子指向槍筒和槍柄交接處的一道金屬缺口，「這個是後準星。瞄準的時候，先讓前準星跟你的目標——比方說那顆梨子——對齊，再把後準星的切口對齊前準星。接下來，暫時忘掉那顆梨子的存在，盯住前準星就好。你要把前準星當成一望無際的沙漠中唯一的一滴水，想像自己口渴得不得了，死命盯著它瞧。」

小子舉槍，瞇起一隻眼睛。「現在，一旦敵人、也就是那顆梨子進入你的視線，接下來你會怎麼做？」

「扣扳機？」我遲疑地說。

「非常好。」小子說。「扣扳機。不過，在你扣下扳機的那一瞬間，握槍的手不能動；如果動了，槍會偏移，你也會錯失目標。然後手臂也不能動。手臂動了，槍同樣會偏移，你同樣會錯失目標。肩膀也一樣不能動。肩膀動了槍也會偏，結果還是錯失目標。你全身上下唯一能動的地方就只有這根食指。如果你能設法做到這一點，並且像盯著沙漠裡的一滴水那樣鎖定前準星，那顆倒霉的梨子很快就會嚥下最後一口氣了。」

小子扣下扳機，槍聲劃破寂靜的果園。她的槍法不若伊利完美——子彈擦過梨子邊緣，梨子轉了幾圈、滾下樹椿，但至少比我好得太多太多了。

「換你。」小子說。

我擺上另一顆梨子，後退十一步。這一次，我對齊前後準星，試著忘掉梨子，努力讓我的手靜止不動。

我的子彈路徑偏低，擦過樹椿軟木部分，留下一道白痕。

「再一次。」小子說。

這一回，子彈越過梨子上方，飛進林邊空地的樹叢裡，嚇壞一隻松鼠。

「停。」小子說。「照這個進度下去，你的梨子朋友很快就會組成一支民兵隊，設法在你打掉隊長頭頂上的一根頭髮之前盡快逮捕你了。」

要不是我實在精疲力竭（為了完成一件我顯然做不到的事，我已耗盡精力），我理當意識到小子在開玩笑。

「對不起。」眼淚瞬間竄出，我哽咽了。

「殺手從不道歉。」小子說。「現在該試試另一個目標了，醫生。把槍放下，然後用手瞄準那顆梨子。」

我搞不清楚狀況，但還是照她說的去做。

「先把焦點集中在指尖。別忘了沙漠、水滴、等等等等。」

我盯著食指指尖：指尖上還沾著一圈黑，是清理前夜火堆時沾上的。

「現在，盯著那顆梨子。」

我把視線移向那顆水果，看著它帶著痂黃色斑點的淡綠果皮。一顆生於艱苦環境的頑強小東西。

「現在再移回指尖。」

我們就這樣反反覆覆、來回不知道多少次。但至少我很清楚，當小子終於讓我拿槍再試一次的時候，我已經明白要怎麼樣放開目標、專注在準星上了。我穩穩擊中那顆梨子的正中央。

「太棒了。」小子說。「首次暗殺成功。再來一次。」

我都忘了這種感覺：讓另一個人的聲音引導我、使我心安的感覺。小子的嗓音跟媽媽不同——媽媽的聲音很輕很柔，微微粗啞，她說那是年幼罹患百日咳所留下的後遺症；小子的聲音清晰明亮，像學校朝會時，按年級名冊被叫起來朗誦的十二年級男生。不過，媽媽及小子跟那些男孩不同的是，她們的聲音對我有催眠效果，彷彿她們的話語能牽引我的四肢，彷彿我的手就是她們的手。

好幾個鐘頭過去。當夜色降臨果園，我已經可以在十五步外射中梨子，十發九中。我從不妄想我會是神槍手（預感完全正確），但至少我知道正確瞄準和射擊的感覺，而我也覺得這個知識會一輩子跟著我，永難忘懷（我又一次猜對了）。

太陽沒入岩原後不久，我聽見凱西用湯匙敲鍋子、呼喚大夥兒齊聚火堆旁用餐的聲音。

「等等，」小子攔住我，「我有問題要問你。」

我收好槍，走向小子。她的表情高深莫測，原先的氣勢稍稍褪去，露出潛藏在自信底下較不篤定、甚至有些柔弱的神情。

「你的醫術和經驗，」小子說，「也包括治療失眠嗎？」

「當然。」我說。「那是婦女懷孕期間最常見的毛病之一。一般來說，剛開始我們會建議睡前喝熱牛奶——」

小子打斷我的話。

「但如果，我是說假設，這人長期受失眠所苦呢？假如這個人已經好幾個月、甚至好幾年沒辦法好好睡了……又或者說，這人似乎從來不曾真正熟睡過一回呢？」

我想起來了。我曾不只一次在半夜醒來時，發現小子的床（在底下的大房間裡）總是沒人。

「以前我們那個鎮也有人有失眠問題。」我說。「媽媽用纈草根幫他調了一杯茶，另外還叮囑他戒掉威士忌；雖然酒精能助眠、讓人昏昏欲睡，結果卻會害你在半夜醒來，更難入睡。」

「這法子有用嗎？」小子問。

「有用。」我答。「不過那人他——」

我倏地打住。我不確定要怎麼說明愛德華．卡瑞爾的情況。他的症狀跟媽媽生下小碧之後的狀況差不多，差別只在愛德華．卡瑞爾沒生孩子，以及他並非終日臥床不起，而是整晚在家裡走來走去，把孩子們給嚇壞了。

「他有心病。」我最後決定這麼說。「沒有任何事物能帶給他快樂，就連迎接孩子誕生也沒用。有一次他跟我媽抱怨，說他太太種的花很難聞，聞起來像嘔吐物。」

小子臉上掠過某種神情，一閃而逝，但我認出那是恐懼。

「後來這人怎麼了？」小子問我。

「他病了幾個月。」我說。事實上，卡瑞爾病了兩年，但我不想跟小子這麼說。「後來情況慢慢好轉。到我離開鎮上的時候，他已經能睡好、也能跟孩子一起玩了。」

小子點點頭，兀自轉身走向火堆。

「跟安涅蘿絲說一聲。請她下次去找兜貨商的時候，記得弄點纈草回來。」小子說。

「另外還有你治療小病小痛需要的各種草藥。你得備好足夠的藥材，方便你隨時取用。」

我的最後一門課是跟小洛學的。那天，我脫掉上衣、僅著吊帶褲，站在棚屋和馬廄之間的儲物棚裡，任她拿量尺繞過腋下、然後是乳房。

「你的胸部很平，很好。」她說。「不用綁太厚。」

儲物棚有一半空間都給了槍枝彈藥和相關器械裝備（譬如子彈、火藥、還有清槍用的通條和拭布），另一半則是小洛的天下：一座以粗松木板湊合釘成的衣櫥。衣櫥裡掛著一件毛皮風雪衣（領口有一圈毛）、一副裙撐、一件皮套褲、幾件女用旅行套裝，還有好多件棉布連身裝、格子棉裙和蕾絲（我發現小子的燕尾服就夾在兩件棉裙之間）。門板釘鉤上掛著各式各樣不同風格的帽子，有寬邊或窄邊牛仔帽（兩側翻起、頂部有道溝），幾頂鑲著河狸毛的冬帽，甚至還有鴕鳥或孔雀羽毛裝飾的時髦淑女帽。好幾支大行李箱沿牆堆放，襯衫、吊帶工作褲、蕾絲內衣等衣服布料這兒一塊、那兒一角地從箱縫邊吐出來。小洛打開其中一只箱子，翻找一陣，抽出一條六吋寬、七呎長的粗棉布。

「閉氣。」她說。

小洛幫我用布條纏胸，將整條棉布緊緊包覆、貼住我的肌膚，再用安全別針將布條末端固定在我的腋下。

「能不能呼吸？」她問我。

我點點頭。

「很好。」她把一根指頭探進纏布，測試舒適度。「太鬆的話會滑下來，太緊的話你大概會直接昏倒在我們身上。」

我套上襯衫、扣好扣子，對著櫥門裡的鏡子打量自己的模樣。

「我看起來像個小女生。」我說。

「那是因為你的言行舉止看起來像小女生。」小洛說。「你得學著像男人一樣走路，動作也是。」

我想到我丈夫，想起他緊張敏感的模樣；他會撓撓前臂、然後再換另一邊。我回想他怎麼洗臉，怎麼用滴水的手指耙梳頭髮。我再次望向鏡中的自己。我僅存的記憶似乎沒有一樣派得上用場。

「首先、也是最重要的是，」小洛說，「你得用兩隻腳站在地上。」

「我的兩隻腳確實都在地上呀。」我說。

小洛輕踢我左腳跟，我一時失去平衡，踉蹌撲進衣櫥；我伸手亂抓、扣住幾件大衣，免得跌個狗吃屎。

「抱歉囉，小朋友。」小洛大笑。「不過現在你明白我的意思了吧？你把重量全壓在右腳。但男人站立的時候，會把重量平均放在兩腳上。」

我讓兩腳平貼地面，感覺沉重又太隨意，像個隨時可能滾下山坡的大孩子。

「感覺好奇怪喔。」我說。

「這是一定的。」小洛繞到我身後。「現在，把你的左手大拇指勾在皮帶上。」

我照我看過的樣子擺好姿勢。以前那些在食品店聊天、或在舞會上閒晃的男孩子或男人都是這樣做的。這時我再度感覺有人踢我。又一次踉蹌。但這回我往後倒——我張開手臂在空中畫了好幾圈，好不容易才恢復平衡。

「你的重心離開左腳了。」小洛說。

「我沒有。」

「如果你沒有，小朋友，照理說你不會跌倒。好，咱們繼續。再做一次。」

這一次，我放慢動作，刻意從容。

「很好。現在換右邊。」

我再度專注於自己的儀態，維持這個奇怪的新姿勢。

「非常好。現在把兩根大拇指都掛上去。」

又是一踹，我嚇得跳起來。

「噢！」我大喊。「你也這樣教別人嗎？」

「至少我是這樣學會的。」小洛說。

「那你是誰教的？」我問，「小子？」

小洛大笑。「拜託喔，」她說，「小子和這裡的每一個人都是我教的！在我入幫以前，她們沒被獵巫吊死就已經是奇蹟了。所以不是小子。我是跟高手中的高手納曼・西奧哈洛、還有他那群流浪藝人學的。」

「納曼在我十二歲那年來過費爾查德耶！」我說，「我還看過他們演的《安蒂岡妮》！」

「那也是我最愛的劇碼之一。」小洛邊說邊繞到我旁邊來，朝鏡中的我微笑。「那麼，你認得我嗎？」

在費爾查德，劇團來訪可是大事：每年夏天，由雜耍藝人、舞者或演員組成的巡迴劇團總會來鎮上一兩次。他們會在寇拉頓南邊的河岸架起帳篷，演出個兩三天再繼續上路。短短幾天，費爾查德處處洋溢節慶氣氛，幾乎跟「省親節」一樣熱鬧：節目開演前，艾德加．溫卻爾和他的兩個兒子（約翰及喬納）會在場外擺攤，賣啤酒和甜點酒；表演結束後，出雙入對的情侶紛紛倒進樹林草叢，共享歡愉時刻。巡演結束後的那個春天，鎮上至少會誕生一名父不詳的孩子；寶寶的母親獨自扶養他長大，同時觀察他是否展露旋轉特技或拋瓶雜耍的天份及跡象。

我對《安蒂岡妮》印象深刻。這齣劇我看過兩次，一次跟瑪拉一起看，另一次則是跟珍妮和茉莉；只不過珍妮和茉莉越看越沒興趣，最後無聊地在地上找繩圈、玩扮家家酒。扮演安蒂岡妮和伊絲曼妮的兩名女子高䠷纖細，頭髮如烏鴉一般黑，長得幾乎一模一樣（搞不好她們真是姊妹）。鎮上不論男孩男人都追著兩人跑，還拿出戒指向她倆求婚（款式也相同），藉此阻攔其他追求者。至於「歐利蒂絲」和另一名扮奶媽的女性年紀較長，滿臉皺紋。

小洛的年紀看起來跟媽媽差不多，不老亦不年輕。她比我矮一個頭，有著寬臀和大胸部，金色捲髮短得緊貼頭皮。

小洛看出我的疑惑。她瞬間改變眼神焦距和肩膀位置，速度快得像穿上外套，然後彎下腰、緩步挪移，視線越越鏡子上方，彷彿凝視著遠方某物一樣。

「盲人是這樣走的。」她說。「步伐僵硬，一老一少只靠一雙眼睛看路。」

我大笑。劇中，老先知忒瑞西亞斯蓄著白色長鬍鬚，一手柱枴杖、一手讓年輕男孩攙著（我們學校的一位五年級生有幸擔此要角），一跛一拐越過舞台。那時的忒瑞西亞斯一身及踝飄逸長袍，但我不曾想過他也可能是女性扮演的。

「他們讓你扮男人？」我問。

「男性才是最具威望、受人尊敬的角色。」小洛答。「把你的肩膀往後挺，屁股往前收。」

我分開兩腿站穩，設法讓雙腳保持平行，然後再將大拇指一左一右、勾在腰帶上。我做好被踢的準備，但那一腳始終沒踹下來。

「我可是所有團員中最厲害的一個。」小洛繼續說。

「那你為什麼離開？」我問。

小洛憂傷一笑。「你知道我為什麼離開，小朋友。」她說。

我知道鎮上有些女孩會懷上流浪藝人的孩子，但我從沒想過演員也可能已經結婚懷孕，或者結了婚卻懷不上孩子。

「你丈夫趕你走？」我問。

小洛抿嘴輕笑。「我可沒有丈夫唷。」她說。「我們都沒有。我們信仰自由戀愛，或至少納曼相信。握拳給我看。」

我抬起緊握的拳頭。

她搖頭。

「大拇指要包在外面。」她說。「很好。現在兩手架起拳頭。」

我遲疑片刻，想聽她說故事。

「所以納曼——」

「快點！」她說。我猜她要我擺出打架的姿勢。

小洛走近，稍稍提高我的左拳，再調整我的右手。

「就像你媽一樣，我媽也曾告誡過我——」她說，「還沒戴上婚戒以前，為以防萬一，千萬別跟同一個男人頻繁上床。不過當時我年紀輕、腦子又蠢，我太迷戀他了。揮一拳我看看。」

「發生什麼事了？」我問。

「再來。」她說。「揍我肚子。」

「我不想傷到你。」我說。

「你不會傷到我的，小朋友。來吧。」

我探出右拳，快快往她的紅格子襯衫上一戳。她扣住我的手。

「他總是跟我說，劇團沒有我活不下去。」她說。「『你是劇團的靈魂，』他這麼說。可是最後他要我走的時候，就連親口告訴我也做不到。他讓團裡的一個年輕女孩把我的東西送過來。就裝在一只舊麻袋裡。」

她放開我的拳頭。「再給我一拳。」她說。

「我真心替你難過。」我說。

「別為我難過。」她說。「現在來吧，揍我。」

我伸出左拳。她先用一隻手握住我的拳頭，另一手掄拳就往我肚子上問候，紮紮實實，害我一時岔了氣。

我用力喘息，站都站不穩，眼淚都飆出來了。

「你幹嘛呀？」我說。

「這是你第一堂貨真價實的格鬥課。」小洛說。「不過呢，往後你每一次出拳，對手都是男人；對方肯定比你高大、比你強壯，如果你還妄想公平，那麼你就等著輸吧，而且是每次都會輸。所以你得學會取巧、耍陰招。」

一星期後，我學會怎麼戳眼睛、踢胯下，如何一拳擊中男人喉嚨、打碎喉結，以及如何用後腦杓撞斷男人的鼻樑。隔週，紐斯和德克薩出門盜牛。

那兩天，她倆不見蹤影。沒人願意告訴我她們上哪兒去了。

「出門辦事。」小洛只說了這一句。

那天早上她魂不守舍。每個人都是。吃早餐的時候，大夥兒突然聽見火堆旁的草叢傳來窸窣聲響；小子立刻跳起來，神情一亮，表情既興奮又害怕，結果下一秒就蹦出一隻大野兔，躍過紅土，跳進另一邊的草叢裡。晚餐時，我聽見凱西跟小子討論組隊搜救的事。

後來，太陽才剛下山不久，外頭便響起奔蹄聲。我們全部衝上隘口去迎接她們。以前我從不覺得牛群有多漂亮，但是在那一刻，少說有十來頭牛襯著粉紅與金色暮光，出現在我們眼前：紐斯高高騎在牛群中央，德克薩殿後、引導牛群聚攏前行。來到放牧場邊，兩人下馬，眾人一擁而上、抱在一起，牛群圍著我們哞哞呼叫。夥伴們鬆開彼此，紐斯輕輕哭出聲來。

「你還好吧？」安涅蘿絲摘掉她的牛仔帽，搓搓她的臉頰。

「我只是很開心我們辦到了。」她說。她望向小子，滿眼喜悅。「你說我們辦得到的，我們也真的做到了。」

小子再次伸手擁住她，抱著她轉圈圈；儘管紐斯比較高也比較壯，小子仍輕鬆舉起她。

「你們當然做得到！」小子說。「你們什麼事都辦得到，你知道的。」

小子伸出另一手環住德克薩，喜孜孜地說：「你們潛力無限呀，我心愛的。」

我被呻吟聲吵醒，時間剛過半夜。剛跳下床的時候，我壓根忘了自己身在何處，一心以為是媽媽或哪個妹妹受傷了。我眨了眨又揉了揉眼睛，這才發現眼前並非媽媽在用燙水消毒洗手，而是德克薩正就著煤油燈套上牛仔靴。我跟著她下樓，走進寒涼黑夜。牛群在漆黑的牧場上高哞不停，叫聲淒涼，教人心驚。閹牛將德克薩團團圍住，輕柔但焦慮地哞哞哀鳴。

「該死。」德克薩低聲咒罵。

「怎麼回事？」我問。

「別問我，」她說，「我會騎馬、駕馬車，但怎麼照顧牛群我可是一竅不通。」

她把頭貼靠在一頭母牛的腹側，專注聽心跳。

「如果是馬，我會猜是腸絞痛。」德克薩說。

我愣了一下，想也不想便脫口而出：

「你曾經很想當個母親嗎？」

德克薩大笑。「聖子耶穌啊，艾妲。」她說。

「對不起。」我低語。

「沒事。」德克薩說。「我確實想過，但現在我不太常想這件事了。」

「為什麼？」我問。

「因為我遇見了小子。」她答。

我想起她倆如何相擁，還有小子對她的讚美與驕傲。

「所以，現在牆洞幫就是你的家囉？」我問。

「當然。不過這只是部分原因。」德克薩說。「來到這兒以前，我跟你一樣在修道院待過一陣子。修道院很安全，但我討厭那裡：從清晨到黃昏，我除了織圍巾還是織圍巾，但我手拙得不得了。而且她們甚至不喊我名字。我在那裡就只是凱薩琳修女。誰也不是。」

「現在呢？」我問。

黑暗中，我看見她稍稍扯直嬌小的身軀。

「哦，現在我可是牆洞幫的馬廄長呢！」

那星期快結束的時候，紐斯和小子把牛群賣給卡斯柏獨立鎮郊一處專做黑市生意的牧場，然後一如往常在驛站餐館探消息。紐斯聽人說，近期會有一輛傑克森鎮的馬車到卡斯柏來，車上載了要付給四十名牛仔和牧場工人的薪水（全是金幣和銀幣）；除了馬車夫以外，車上就只有一名保安員隨車護衛。

「若是明天上午啟程，我們可以在薩頓峽谷附近先找地方躲起來，然後趁馬車經過的時候逮他們個措手不及。」紐斯說。「德克薩、伊利、再加上我，三個人應該夠了。」

「你和德克薩需要休息。」小子說。「這回我來指揮。還有誰想一起來活動活動筋骨呀？」

「我想去。」我說。

每個人都轉頭看我。

「你怎麼說，小洛？」小子打趣地問，「咱們的小醫生準備好了嗎？」

「如果是我說了算，我會多等幾個禮拜再說。」小洛說。「不過一些基本的她都會了。」

「我認為她準備好了。」德克薩說。

我發現其他人都很認真聽德克薩說話，可能是因為她鮮少發言。

「站起來吧，」小子說，「讓我瞧瞧你。」

我依言起身。大夥兒的目光全落在我身上，我好奇她們是怎麼看我的？不請自來的累贅？菜鳥新手？小女孩？或至少在某種情況下還算有腦子、勉強能獨立作業的人？我抬起下巴，迎視小子的雙眼。小子漾起微笑。

「安涅蘿絲，」小子說，「出發前，把她的頭髮給理一理吧。」

幾天後的某個早晨，安涅蘿絲剪掉我的長髮。她坐在棚屋前最高一級臺階上，我低她一級，背抵著她的膝蓋。她的撫觸使我想起妹妹們。以前我總是任她們把玩我的頭髮，擺弄成種種誇張形式、或以各種方式綁上緞帶。她們細小的手指滑過我的頭皮，伴著銀鈴似的笑聲。

回憶在我心底捅出一個洞。我滿心恐懼。我再一次告訴自己：只要布蘭屈警長不放棄找我，說不定我的家人就不會有危險了。但我也知道他不可能一直這麼搜索下去，所以我要盡可能拖延時間，讓自己很難被找到，如此他才可能死心、然後去找其他替罪羔羊作為鎮民宣洩怒氣的出口。我抵著安涅蘿絲的雙腿，感覺背肌倏地收緊。

「你在緊張明天的事？」她問我。

她解開我的髮辮，伸手拿剪刀；髮絲一縷縷落下，淺棕襯著紅土閃耀。

「有一點。」我說。

其實我根本無法想像明天我要做什麼。我知道我想要什麼：我想跟紐斯和德克薩一樣，帶著她倆劫牛歸來時、我在兩人臉上看見的狂喜和榮耀，返回牆洞幫。但這份榮耀的代價是我必須拿槍指著馬車和人。我對這方面所知有限，不知道該害怕什麼。

「我想，我不知道該期望什麼。」我補上一句。

「我也是。我第一次參加的時候也有這種感覺。」安涅蘿絲說。

我感覺髮梢輕觸肩頭，背上有種髮辮消失所留下的奇特輕盈感。

「你的第一樁買賣是什麼情況？」我問。

我感覺她的手指落在我耳邊，再滑向後頸；那兒的頭髮剛被她剪掉了。

「一場災難。」她說。「我本來要去偷馬，然後打算把牠賣給我認識的兜貨商，攢夠錢讓大家過冬。

「紐斯跟我說，那個馬廄工人是酒鬼，我可以大大方方從他面前走過去，直接把馬牽走，整個過程易如反掌。所以那天我戴上牛仔帽，拿了一綑繩子就出發了。『小事一樁。』紐斯說。『小孩子都辦得到。』

「我超興奮的。我以為我能替大家弄來一大筆錢，然後小子和其他每一個人都會誇獎我、稱讚我。」

「結果呢？」我追問。

又一聲喀嚓。一陣涼風拂過頸背。

「馬廄工人戒酒了。」安涅蘿絲說。「我到馬廄時，他架著獵槍守在門口，佈滿血絲的雙眼瞪得像盤子一樣大。我只好開槍打他。」

喀嚓。牧場的空氣拂過雙耳，我的脖子泛起一片雞皮疙瘩。

「牧場主人聽見槍聲，」她繼續，「頭上還戴著睡帽就抓著撥火鉗從屋裡衝出來。」

安涅蘿絲的剪刀逐漸逼近我的腦袋。我感覺刀刃貼在我的頭皮上。

「那匹馬受了驚嚇，把我甩下來，我還沒回過神，牧場主人就撲上來了。他撂倒我，打掉我手裡的槍。」

我咬緊牙關，滿腦子都是女子身著男裝、隻身偷馬的恐怖下場。

「後來你怎麼脫身？」我問。

我聽見她聲音裡的笑意。

「我從麥坎小姐的書上學了一招。」她說，「若是男人企圖非禮你，你就咬住嘴唇內側、直到滲出血來，然後咳在手上。那天我直接把血抹在牧場主人的睡衣上。我一邊咳嗽、一邊粗聲呼吸，告訴他我之所以偷馬是為了支付進療養院的費用。」

「有用嗎？」我問，「他放你走了？」

笑容不見了。

「當然沒有。」她說。「他失神了幾秒，不過這已經夠讓我搆著我的槍了。我射中他的肚子。」

「聖母瑪利亞。」

「聖母不在那裡，這點我倒是可以跟你保證。」安涅蘿絲說。「兩天後，我兩手空空、一瘸一拐地回來。凱西表明要趕我走。我想她到現在還是這麼想吧。」

「但你還在這兒呀。」我說。

「小子能看出一個人的長處。就算沒辦法馬上看出來、或甚至根本看不出來，她也有辦法。總之，那次以後，我沒再試過偷馬。現在我專心處理內務，張羅各種小事，幫大家賺到足夠的錢多買幾批好馬，錢還有剩的話就再配一副好鞍吧。」

她撥撥我的短髮，吹掉頸背上的髮絲。又有好些斷髮落在地上。

我拿著缺角的鏡子，審視這個完全不一樣的自己：「好醜」是我的第一印象。沒有長髮圍住臉龐，臉上的柔和線條頓時消失無蹤。但安涅蘿絲叫我把背打直，抬起下巴，這時我依稀看見什麼了。一種全然不同的觀點和存在方式。

「帥氣。」她說。「別擔心，相信你的直覺。你會做的比你以為的還要多。」

# 第四章

薩頓峽谷在山谷西南方。不過那天早上出發時，小子卻領著我們朝正南方前進。

「我們要去哪兒？」我問。

「牆洞巖。」小子振奮地說。「我想讓你們看一看那幅景象。」

早晨灰濛濛的、有點冷，我聞到馬蹄踩出的青草味。我們一路向南奔馳，太陽的熱力也漸漸滲透雲層，變得明亮刺眼，彷彿將整片大地都染成白金色了。我滿嘴塵土，汗水浸透衣裳，蝗蟲啃嚙的聲音從四面八方傳過來。

來到紅色的牆洞巖底下，路面窄到僅剩步道。咱們辛辛苦苦往上爬了約半小時，我終於看見那道V形切口、也就是「牆洞」了。小子下馬，將葛瑞斯綁在馬椿上（這根木椿被韁繩磨得光亮）。伊利和我照做。我們徒步走上碎石坡，爬到我的兩腿肌開始痛苦尖叫，卻才來到半山腰。這條小路以之字形來回蜿蜒，實際走起來比從底下看還要漫長許多、也更難走；我甚至開始想像「牆洞」只是一處我們永遠到不了的幻象蜃景，而小子之所以逼我們往高處爬，純粹只是鍛鍊腿力、或甚至是某種懲罰，非得要我們走到兩腿投降、跪在紅土地上求饒不可。我們又繞過一個彎，手腳並用爬過碎石堆，接著便置身一片陰涼暗處：兩塊巨岩一左一右朝內傾斜，像微蜷的手指將我們捧在掌中。我們一屁股坐下，揩揩臉上的汗水，氣喘吁吁。

「去瞧一眼吧，醫生。」小子手一揮，朗聲說道。「把整個地方好好看一看。」

下方山谷遼闊壯美，令我深深震撼：陽光下的草地泛著銀綠光芒，越往小溪顏色越深，漸成淺綠色；無水無草的乾地呈現灰色，間或摻雜紅土；白樺和山楊樹林迎風顫動，一群叉角羚在心形池塘邊低頭飲水。我們所在的位置極高，就連盤旋禿鷹的點點墨黑也瞧得一清二楚。

「知道我們為什麼上這兒來嗎，醫生？」小子問我。

「因為在這裡能把每個方位都看得清清楚楚。」我答，像孩子一樣很開心自己知道正確答案。

這真是一點也沒錯：我能看見遠方的篝火堆（銀綠色草浪中的一記黑點），看見火堆旁的棚屋、馬廄和果園，還有建物群後方的隘口及北向通路——我就是從那兒繞過來的。

「這只是理由之一，」小子說，「但不是唯一的理由。再看一遍。」

我太好奇了，好想知道小子到底在說什麼。我搜尋整片大地，尋找各種可能的神祕意義：我在波光粼粼的小溪彎處看見牛仔小屋，在龜裂且形狀不規則的乾地上看見土狼和禿鷹獵捕土撥鼠，而我們正下方（深得我得把下巴抵住脖子才看得見）則有一排紅色岩石被勁風和氣候削塑成高柱狀，像哨兵一樣守著這面牆。

「底下有很多不錯的藏身處——」我開口。

小子打斷我，聲音也變了，帶著記憶中、我初抵牆洞幫那晚的嘹亮高亢。

「上帝和亞伯蘭立過約定。祂說：『我已賜給你的後裔』，」小子朗聲唸道，「『從埃及直到幼發拉底河這塊土地：就是基尼人、基尼洗人、甲摩尼人、赫人、比利洗人、利乏音人、亞摩利人、迦南人、革迦撒人、耶布斯人之地。』」[5]

我完全聽不懂，但小子的神情抓住我全副注意力。她的眼神閃爍振奮的光彩。

「遇見凱西那時候，我們除了彼此，一無所有。我們像夫妻一樣互相依靠。整整三

5 譯註：《創世記》15:18-21。

百七十八天，我和她在波德河流域遷徙尋覓，想找一處能安身立命、自由生活且不再恐懼的地方。第三百七十九天，我們越過這堵紅色巖牆，望見底下這片遼闊開展的山谷——猶如上帝賜予亞伯拉罕、介於兩條大河之間的應許之地。

「『我要將你現在寄居的地，就是迦南全地，賜給你和你的後裔永遠為業，我也必做他們的神。』上帝這麼說。於是我知道，這塊地是屬於我們的，我和我們的後裔永遠為業的應許之地。」[6]

我嚐到走味的苦澀，猶如隔夜茶留在嘴裡的味道：每一次院長修女唸《詩篇127》給我們聽，提醒我們即使永遠都不可能有孩子，我們仍必須讚美、敬重那些能生養孩子、比我們更聖潔的女人時，我也會嚐到這種味道。

「恕我直言。」我說。「你剛提到後裔。但這裡的每一個人不都是只到我們自己為止，沒有下一代嗎？」

聽我這麼說，小子的眼神更加燦亮。

「你把教理都給忘光了嗎，醫生？亞伯蘭和他的妻子撒拉無法生育，但上帝允諾要把迦南美地賜給亞伯蘭，也給了他新名字：『你的名不再叫亞伯蘭，要叫亞伯拉罕，』神說，『因為我已立你做多國的父。我必使你的後裔極其繁多，國度從你而立，君王從你而出。』」[7]

「阿門。」伊利輕聲道。她抬起頭，崇敬並親暱地凝望小子，彷彿看著自己衷心敬愛的兄姊手足。

「親愛的醫生。我們的身體或許不孕，但我們會成為多國的父。既是父親也是母親。你知道嗎，我和凱西找到這片土地的時候，我立刻明白這裡不是只允諾給我們兩個人的，還包括我們心靈上的子孫後代，所有明明無惡無罪、卻遭家人驅離放逐，只因上帝認為其子宮不適合孕育嬰孩而遭人污衊詆毀、囚禁虐待的女子們。我知道我們會建立一個屬於被剝奪者的國度：在這裡，我們並非不孕女子，而是國王。」

小子說得慷慨激昂。我真心希望自己能被這番話所鼓舞，但我也想起我曾親手感受過的力量——縫合一道特別難處理的撕裂傷，引導胎兒的小腦袋滑出產道、來到世上的力量。這份力量已經被奪走了，我不知道要如何才能再找回來。

「我無意冒犯。」我說。「不過，如果上帝真心在乎我們，為什麼不讓我們擁有孩

6 譯註：《創世紀》17:8。
7 譯註：《創世紀》17:5-6。

子？這樣我們就能留在家裡，和家人在一起了呀。」

小子靜靜看著我好一會兒。伊利肩膀一緊，我暗忖自己是否應該感到害怕。

小子笑了。

「艾姐，你認為上帝背棄你了，是嗎？」小子問我。自離家以來，我不曾聽過如此甜美、充滿感情的聲音。

「如果上帝真的存在，」我說，「那麼是的。我是這麼想的。」

「可憐的孩子。剛來到這裡的時候，我們都是這麼想的。伊利，你說是嗎？」

「剛來的時候，我什麼都不信。」伊利回答。

「有時候就連我也會陷入絕望。」小子說。「但後來我明白了一件事：關於上帝、還有祂對我們的期望，全是假的。我們被騙了。」

「那祂到底要我們做什麼？」我問。

小子彎身湊向我，她的額頭貼住我的額頭。

「祂會讓你做多國的父，艾姐。」小子說。「你看著好了。」

我們在太陽下山後數小時抵達薩頓峽谷，落腳紮營，牽馬到附近小溪飲水。我因為爬山和長時間騎馬而疲憊不堪，睡得也不好，不時作夢驚醒。每次醒來，我都發現小子也醒著，不是在讀聖經就是喝威士忌，再不然就是繞著熄滅的火堆踱步。

清晨伴著寒意來臨，是個陰天。伊利就著火，拿煎鍋加熱豆子和肉糜餅。

「小子呢？」我問。

「探路去了。」伊利說。「如果紐斯的判斷沒錯，馬車會在上午左右經過這裡。不過對方也可能早到，我們可不想錯失良機。」

她將錫杯摁進鍋中，舀了一杯給我。

「沒帶叉子。」她說。「放涼一點再喝吧。」

伊利和我就這麼坐著，靜靜端著杯子吹氣。我想起她昨天看著小子、充滿愛與崇敬的眼神。我也想感受那份情感，或至少理解它。

「你真的相信這地方是聖子耶穌允諾給我們的？」我問她。

伊利聳聳肩。「我不是聽著聖子耶穌、上帝、或其他這類信仰長大的。以前我老爹不信這些。我只相信小子。」

「如果你不信小子說的關於上帝等等一切，那你信她什麼？」我問。「她說的那些不就成了空談？」

伊利放下杯子，眼神戒備。

「我沒有說我不相信那些。」她說。「我只是不會照字面上的意思去理解它。比方說，小子說要『建立我們的國度』」，難道她的意思是指『重建美國』嗎？不是的，當然不是。就算我們真有可能這麼做，我也不願意這樣做。」

「那這些話到底是什麼意思？」我問。

「那是她鼓舞我們的方式。」伊利說。「小子用這些話提醒我們『我們是誰』。」

「我們是誰？」

遠處傳來馬蹄聲。

小子的身影出現在峽谷入口，口鼻已圍上紫色領巾。伊利對我微笑，從口袋掏出格子領巾。

「你沒聽她說嗎？」她說。「我們是王。」

向南奔馳的路程一望無際，眼前只有一哩又一哩的泥土路。起初我什麼也沒見著，幾分鐘後，我發現遠處有個黑點。

我們靜靜等候，黑點越來越大：馬車前座有兩個人，其中一人拿著一把跟我手臂一樣長的長槍。我們策馬奔向可觀察馬車道的一處邊坡。事後，我才回想起來：當時有兩頭叉角羚與我們擦身而過，陽光破雲而出、照亮東北方的谷地；馬車伕側頭跟保安員說了幾句話，後者縱聲大笑。

待人車進入我方視線，小子朗聲喊道：「先生，麻煩把槍放下。」打劫行動正式開始。

保安員是個中年人，身形粗壯、個頭不高，帽緣底下的捲髮夾雜幾縷灰白。他爬下馬車，把來福槍扔在地上，再朝馬車伕點點頭；車伕年紀較輕、身材也比較高，長相俊俏，黑色捲髮遮住眼睛。小子拾起地上的槍，交給我——我的工作是繞到後方、登上馬車找錢。伊利和小子負責看人。

站在馬車後方，我朝那兩傢伙瞄了一眼：兩人高舉雙手，年輕人動也不敢動，年長的保安員心浮氣躁，動來動去，頻頻踢土。

「你們不怕遭天譴嗎？」他看著小子和我，「竟然搶我們這種虔誠基督徒的錢。更何況我們又沒對你們做什麼？你們真是一群令人作嘔的寄生蟲。」

伊利和小子似乎不為所動，我讀不懂她們的眼神。車篷裡整齊堆疊一包包麻布袋，每個袋子都有標示牧場縮寫的標籤。這些袋子都好重，我幾乎搬不動，只能使勁將麻布袋一個個甩上馬背。

「你知道嗎，他還有孩子要養。」保安員指指馬車伕。「兩個小男孩、一個小女孩，三歲、五歲和九歲。你要跟孩子們解釋他們爹地這個月為什麼拿不到薪水嗎？解釋他為什麼丟了工作？」

「別說了。」車伕說。

保安員不理他，並且朝小子和伊利跨近一步。我腋下全是汗。這名保安員似乎不怕她們倆，不知道他接下來想幹嘛？小子明確交代過：我只負責處理裝錢的袋子，其餘都別管。但她沒告訴我的是，萬一她們倆有了危險，屆時我該怎麼辦？我逼自己傾聽本能，但我的本能沒受過這方面的訓練，默不作聲。

「如果你們的媽媽看見你們現在在做什麼，我敢說她們一定會羞愧大哭。」保安員說。「她們肯定會詛咒自己生下你們的那一天。」

「好了啦，少說兩句。」馬車伕哀求。他倆似乎有某種默契——讓保安員掌控全局的默契。

眼下我已處理好兩匹馬能乘載的麻布袋，準備把剩下的袋子往亞米堤背上扔；這時，保安員朝伊利跨近一步，小子依舊直挺挺站著，冷眼旁觀。我心臟快跳到胸口，嘴巴乾得要命。

「退回去。」伊利說。

保安員笑了。

「退回去？」他高亢模仿伊利的聲音。「不然咧？你要開槍打我嗎？你這沒種沒卵蛋的小子。我倒要看看你能拿我怎麼辦。」

「別挑釁，老先生。」小子說。小子似乎邊說邊看了我一眼，但我不確定。

「原來兩個都是！」保安員說。「我要嚇得尿褲子囉，害怕得發抖呢！」

保安員此刻離伊利已不到幾公尺。可恨我不是快槍手。如果他現在撲向她，極有可能在我瞄準、開槍之前奪走她的槍。當時我反覆地想：如果再讓我多訓練一兩天、再跟著小洛多學幾天，說不定我就會知道該怎麼辦了——知道我到底該靜觀其變，還是大聲吼他、轉移他的注意力，還是直接朝他背後開槍，結束僵持。

但這些我都沒做。

「退後！」我說。就連我都能聽見自己聲音裡的恐懼。

保安員轉身看我，我慌了——我勾拉扳機，子彈射中他的大腿。

接下來的一切全發生在轉瞬之間，但我後來多次在腦中重演當時的記憶；每個動作都很慢，像跳舞一樣：車伕探進靴子，掏出一把我們沒見過的六發式左輪手槍。他先開了一槍，伊利還擊、正中對方胸膛；車伕倒下時，我看見他的臉——除了震驚還是震驚，彷彿他不敢相信自己的生命就這樣結束了。保安員高喊哭嚎，令人不寒而慄的嘶吼猶如暴風怒號，我永遠忘不了。他爬向馬車伕，把頭靠在他頭上：我這才看出來（或許我早就看出來了）他們是父子。我們上馬，掉頭離開。

騎了不到一哩路，伊利漸漸歪斜、勉強撐在馬鞍上。

「我沒事。」她對小子說。不過當我靠近她的坐騎時，發現深紅色液體沿著她的袖管汩汩流下。

我們撐起她，將她移到小子的馬背上。她癱軟得有如洋娃娃，小子得一路架著她騎回牆洞幫。

再回到營地時，早已過了午夜，但馬蹄聲把大家都吵醒了。月亮又大又圓，大夥兒魚貫奔出棚屋，我清楚看見她們臉上的表情變化：紐斯、小洛、德克薩和安涅蘿絲先是開心振奮，然後轉為驚恐。凱西最後才出來。那時，紐斯已經幫著小子將伊利攙下馬背，凱西直直走向她、抵住她的額頭，喃喃唸誦我聽不清楚的話語。接著，她轉向我：

「你幹了什麼好事？」

我連開口道歉的勇氣都沒有，但現在道歉又有何用？凱西轉向小子。

「我就跟你說會出事。你們一意孤行，現在——」

伊利頹倒在地。紐斯想把伊利拉起來，但她已垂下頭，全身癱軟無力。袖子裡的鮮血一滴一滴落在地上。

我想起以前陪媽媽出診時見過最嚴重的傷口：露亞・梅森，左大腿有個十吋長的口子。露亞操作鋸子時不慎失手，劃過自己的腿。記得當時我火速衝進媽媽的儲物間，盡可能收拾藥品、器械和敷料並小心包好，以免打破藥瓶。

「我需要碘液，」我說，「還有至少三呎長的乾淨薄棉布。再找一把鑷子或小鉗子來，夾子彈用的。」

「我們沒有碘液，」德克薩說，「當然也不可能有鑷子這種東西。」

「那就用威士忌，就是你們喝的那種烈酒，還有清水和可以混合這兩樣東西的容器。再找一把尺寸最小的刀子給我。」

德克薩和小洛分頭去找我要的東西。紐斯和我架著伊利進屋，小子和凱西跟在後面。這一刻，每個人都聽從我的指示，而我甚至忘了伊利受傷、馬車伕身亡都是我害的，直到我解開伊利的襯衫，看見上臂內側的傷口：傷口不大，但黑色的血液不斷從傷口中央冒出來。

我不怕血，也算見得夠多了：刀傷的血、鼻血、生產流血，沾滿鮮血的毛巾、術布、雙腿和陰道口，還有張口吸入第一口氣、全身沾血的寶寶。我也不怕痛：某位產婦尖聲嘶吼成為母親的過程中，她使盡全力掐住我的手。我甚至不害怕死亡：我曾經為剛嚥下最後一口氣的產婦清洗遺體，為難產的寶寶包上裹屍布。但此時此刻，伊利的痛楚是我造成的，我也是唯一能為她療傷止痛的人；一想到這裡，我不由得害怕起來。

德克薩拿著一瓶威士忌、一壺水、一只盆子和一根勺子回來，小洛則找來一件印有淡藍花紋的白睡衣。我把半瓶威士忌和整壺水倒進盆中攪拌，再撕下一段睡衣浸濕，用這塊布仔細擦拭我的手。接著再以同樣的方式清潔小刀。我第一次跟著媽媽出門接生那天，她教我的第一件事就是「接觸病人的每一樣東西都必須是乾淨的」。

有人把棚屋裡的煤油燈全點亮了，但我還是看不清楚伊利傷口中央的情況。我又撕了一塊布，泡進稀釋的酒液，然後讓伊利以口就瓶、灌下一口威士忌。

「可能會有點痛。」我說，動手擦去傷口上的血塊。

伊利放聲尖叫，聲音又高又響亮，猶如動物受傷時發出的哀鳴。幸好傷口很乾淨。我看見微微發亮、卡在組織裡的鉛塊，但旁邊有一條從肩膀行至肘部的動脈；如果下刀時劃錯方向，極可能割斷動脈、害死伊利。我非常緩慢地以刀尖輕挑金屬塊，感覺子彈微微移動；但伊利再度尖叫、扭動抽身，導致刀尖劃過她的上臂，割出一道新傷。我不敢呼吸，等待片刻，幸好傷口只是微微滲出鮮血。動脈安然無恙。

「抓緊她，別讓她動。」我囑咐在旁邊幫忙的人。安涅蘿絲直接踩住伊利的手臂。

我再次清洗傷口，再度嘗試挑鬆彈頭。伊利照例尖叫，但這一回安涅蘿絲緊緊壓制住她。我感覺子彈鬆動，但還不到完全脫出的程度；我稍稍施力下壓，刀尖刺進肌肉。伊利的痛嚎直戳我心底肚腹。

我把刀遞給安涅蘿絲，再一次用威士忌酒液清洗雙手。

「我打算直接用手指挖。」比起向旁人宣告，這話比較像是說給我自己聽的。

我的手在發抖。我知道我殺死她的機率和救活她的機率一樣高，但這樣一來，今天一天就有兩個人死在我手下了。我用力吞嚥。我很清楚媽媽以往都怎麼做。

我想像那位馬車伕就站在我面前。我想像他的胸口有道血痕，瞪大的雙眼盡是恐懼與哀傷。我點點頭。然後我扣住子彈往外拉。

子彈滑出指間。它先滑出去，然後再次被我扣住。伊利哭嚎，我的手覆滿鮮血。

我在腦中不斷重複蘿絲修女每晚睡前的沉靜低語：「聖母瑪利亞，請您保守，愛我們勝過我們所應得的。」

我再次使勁拉。這一回，我感覺移動的方向不一樣，肌肉組織跟著鬆動；「吱」的一聲，鮮血浸滿傷口但不見汨汨波動——這是靜脈流出來的血。我沖掉它。

伊利仍尖叫不止，不過子彈既除，我感覺有股力量推著我繼續動作。已經有人幫我撕好棉布條了。我再次沖洗傷口，然後將傷口緊緊包住，多纏好幾圈。伊利哭得滿臉都是淚，但我彷彿能感覺到整間屋子瀰漫著鬆了口氣、幾近喜悅的泡泡。這股飄飄然的感覺一直持續到我倒在床上、準備入睡的那一刻：我想起馬車伕的父親如何將他的屍體抱在懷中，如同他誕生那天一樣。

# 第五章

我在薩頓峽谷失手後，其他人不是對我很冷淡、就是徹底敵視我。每晚我都聽見凱西試圖說服小子趕我走，無奈伊利的傷口仍需要我照料。伊利很幸運。我們每天都用金縷梅和乾淨棉布換藥、包紮，傷口逐漸癒合，邊緣亦不見紅腫（紅腫象徵我最害怕的感染）。檢查傷口時，伊利不願看我，唯有在喊痛時會低唸個幾句。

我害伊利中槍的第七天早上，安涅蘿絲來果園找我。自從大家明白表示她們不歡迎我出現在火堆旁或棚屋之後（睡覺或檢查伊利傷口時除外），我大多時候都窩在這裡。安涅蘿絲走上小徑時，我正在重讀沙佛女士的書，剛好讀到難產及可能成因那一段。

「你對安眠劑了解多少？」她單刀直入。

這個問題令我緊張。我不想背叛小子的信任。

「你睡不好？」我反問。

安涅蘿絲翻了翻白眼。

「做買賣要用的。」她說。「你來的那天，你說你會調製一些使人沉睡的藥酊。你是真的會、還是只是說說而已？」

對現在的我來說，那晚自信滿滿描述自己擁有哪些技能的那個我，彷彿是個陌生人。不過我確實記得那個人會什麼、知道什麼。

「我會。」我說。「不過我需要一點鴉片酊。」

離我們最近的交易市場在西北邊的路德溪畔，得騎兩天才能抵達。那片草原是阿帕拉霍族的獵場，路邊沒有餐館驛站。那晚我們在小溪旁暫歇過夜，看見其他宿營者留下的痕跡：有彈殼、焦黑的火堆、以及隨便以紅土掩埋的人類糞便。

安涅蘿絲未著男裝。「男裝不適合我。」她說，於是我們以夫妻身分行動，兩人都戴上泛綠的黃銅婚戒。不過在面對兜貨商時，她似乎不需要裝模作樣，且那人看起來跟她很熟。她用阿帕拉霍語和對方打招呼。

「你的發音越來越標準囉。」他以英語回答。

「我知道你根本是瞎說，但還是謝謝你誇獎。」她說。「紐斯向你問好，她說很抱歉這次沒辦法過來。不過我想讓你認識一下『醫生』，我們的新成員。她是受過訓練的助產士。」

兜貨商好奇地看我。他身材瘦小、年紀比我大（但比媽媽年輕），掛著厚厚的眼鏡，兩耳各戴了一顆天藍色珠子。他身旁四周的貨架、壁面上擺滿各式各樣別人拿來典當或交易的物品，有刀鞘鍍金的小刀、左輪手槍、鑲珠帶流蘇的皮革戰服、有鴕鳥毛裝飾的淑女帽、桃花心木刻製的老爺鐘（鐘面數字鍍金），還有動作定格在張口大吼的山獅腦袋。

「你怎麼會想加入這幫遊手好閒的傢伙哩？」兜貨商指指安涅蘿絲。「我還以為美國人會好好照顧他們的產婆呢。」

「除非這產婆生得出孩子。」我說。

他搖搖頭，喃喃說了幾句阿帕拉霍語。以前在學校的時候，史賓賽女士說印第安人不像基督徒那般重視孩子。現在回想起來，再加上我離家、離校這麼遠了，我才意識到史賓賽女士極有可能根本不曾和印第安人說過話。過去曾有幾位拉科塔族的女子來找我媽幫忙，所以我倒是有過幾次經驗；我不曉得她們對婦女不孕有何看法，也不清楚這位兜貨商是怎麼想的，但至少，我感覺他的想法可能跟費爾查德的女士們不一樣，也就是說，不見得每個地方都會把生不出孩子的女人當成女巫吊死。

「我們打算買些鴉片酊。」安涅蘿絲說。「醫生，我們要買多少？」

「藥效夠強的話，」我說，「一百滴應該夠了。」

兜貨商看了安涅蘿絲一眼，挑挑眉毛。

「你們打算拿什麼支付？」

安涅蘿絲探進手提袋，撈出一只小包。我猜裡頭是金幣。

「我們今年夏天的收穫還不差。」她說。「這些應該夠吧。」

兜貨商先往小包裡瞄了一眼，然後放在掌中掂掂重量。

「安涅蘿絲啊，」他說，「你們曉得這些鴉片酊打哪兒來的嗎？」

她轉頭看我，但我什麼忙也幫不上。我知道鴉片很稀有、價格極高，以前媽媽都是找卡萊爾醫生拿的，而且只會用在切除乳房腫瘤或卵巢囊腫這類極罕見的病例。至於卡萊爾醫生的鴉片酊是從哪兒來的，我不知道。

「中國來的。」兜貨商說。「目前還有極少數商人願意越過太平洋、把這玩意兒賣給舊金山或達勒斯的盤商。這些盤商再把它們賣給願意跨越數百哩、進入內陸的兜貨商，然後再經過好幾個星期或甚至好幾個月以後，其中一小部分才終於來到我手上。我打算給你一點折扣，安涅蘿絲，畢竟我們都合作這麼久了，但好歹也要這個數兒的兩倍才行。」

「少來，諾康。」安涅蘿絲說。「你我都知道這玩意兒不值那個錢。我頂多再加你二十個銀幣。」

我聽出她聲音裡的焦慮，她沒料到會碰上這種情況。諾康搖頭。

「我一直在虧錢。」他說。「要不就看看你們上一筆買賣還有什麼值錢的東西吧？譬如你上次拿來的那條項鍊，剛好就能支付我兒子的婚禮。」

「我們手上大概還有一些帽針吧。」安涅蘿絲說。但我感覺得出來，她正在設法拖延，不過諾康對帽針似乎不感興趣。我左右觀察他的貨架，看見帽子上閃爍的紅寶石、泛著光澤的蛇皮靴，還有一本大流感前印製、頁緣鑲金、附加一條緞帶書籤的皮革封面聖經。我有主意了。

「我手邊有樣東西，你應該會喜歡。」我說。「一本醫療手冊。」

諾康好笑地看著我。

「恕我直言，」他說，「但美國人的美國藥對我來說沒什麼用啊。我隱約還記得那次大流感的事呢。」

「但這是新的醫療手法。」我說。「愛麗絲．沙佛女士在落磯山那邊開了一家診所，每年診治數百位婦女。那些在我家鄉可能害死產婦和寶寶的毛病，她都有辦法治好：她知道要怎麼把寶寶從產婦肚子裡拿出來，再把傷口縫好，讓母子都能平安活下來。」

諾康憋得辛苦，但我看得出來，他心動了。我從鞍袋拿出那本手冊，放在他面前的檯桌上，翻到切開婦女腹部、露出腹中胎兒的那張圖。他先是往後縮，下一秒立刻湊向前，然後一頁一頁翻了起來。老爺鐘的時針前進一格，再一格。

安涅蘿絲把書抽走。

「怎麼能讓你把整本書的祕密全部看完！先付錢再說。」她斥道。

諾康看看我、瞧瞧安涅蘿絲，最後轉向我。

回程途中，那一小瓶鴉片酊取代了那本書，在鞍袋裡晶瑩閃耀。我重複默念沙佛女士寫下的各種療法，好教自己銘記不忘。

飛白牧場是卡斯柏鎮和大角鎮之間最大的養牛場，規模大到周圍冒出一座獨立城鎮來：牧場工人和牛仔住在鎮上的平房或寄宿住宅，在鎮上的雜貨店買糖和咖啡，晚上則去客棧沙龍「若妮驛館」小酌幾杯。牧場主人羅傑．麥可布萊德是名年輕男子，來自東部玉米區的貧窮農家，是家裡最小的兒子。麥可布萊德隻身來到波德河谷，當時除了一匹馬和一身本領，他一無所有；但現在的他不僅擁有一座牧場，就連飛白鎮鎮長、警長也對他言聽計從（外頭傳得沸沸湯湯，說那兩個人都拿他的錢辦事）；鎮上半數屋宅為他所有（他的代理人會在每個月第一個禮拜六上門收租，若付不出租金便二話不說、直接掃地出門），他還養了一票居無定所的賞金獵人，幫他追捕盜牛者，保障他在波德河一帶的利益（有人說他擁有的土地是牧場的數十倍）。

過去這個月，紐斯都在觀察、探聽飛白牧場的消息（她扮成打工牛仔，混進牧場擔任臨時工）。聽說麥克布萊德每星期五都會派他最信任的手下，將牛隻、種馬及其他牲畜買賣的收益存進飛白鎮「農商銀行」（銀行是瑞典人卡爾．奈斯托姆開的，他是鎮上唯一能和麥可布萊德平起平坐的有錢人），再換成小面額錢幣支付員工薪水。對付這種對象，持槍搶劫幾乎不可能，因為麥可布萊德的行程不論長短，隨時都有忠僕緊緊跟在他身邊；然而，若能善用知識、巧施詭計，我們說不定有機會伏擊成功。

安涅蘿絲也潛入飛白鎮，跟收租人亞歷山大．畢斯比打情罵俏，這種關係差不多已持續了幾個禮拜。她讓對方以為她是涉世未深、慘遭未婚夫拋棄的年輕女人（因為他搞大了另一個女人的肚子），因為不守婦道而遭到懲罰（她不聽媽媽的話，在新婚夜以前就跟男人上床），被迫遠離家鄉，最後不得不在彎溪附近的女子寄宿之家落腳安身，勉強接點針線活維生。她來飛白鎮只是為了兜售她縫製的被毯和糕點墊布。畢斯比完全買單——他不只信了她的悲慘故事，也相信她是真心欽羨他有一份重要、體面的工作。每次一出銀行，畢斯比總習慣繞到若妮驛館喝一杯；但這一回，安涅蘿絲給了暗示：如果他想帶她上樓，她或許會願意在某個下午暫時忘記媽媽的教誨。他聽懂了。

那天我們只要做一件事就行了：在畢斯比的酒裡摻入足量鴉片酊，讓他一進房間立刻昏睡不醒。然後安涅蘿絲就能好整以暇地取走他的鞍袋、爬出後窗，等他再醒來時已經是半天以後的事了。

出發的那個早秋清晨，牧場結了今年第一道霜。安涅蘿絲戴上雙鬟微捲的金色假髮，換上肘部有補釘的長外套（小洛趕在最後一刻幫她縫好，為安涅蘿絲添上「貧窮但有巧思」的氣質），外套底下則是一襲磨舊的粉紅色低領旅行裝。小洛用黃膠把假鬍子黏在我和紐斯的鼻子底下（她幫紐斯黏鬍子時，兩人有說有笑；輪到我的時候則不發一語）。她們肯定多次圍在火堆旁，討論該不該讓我參與這次任務；但安涅蘿絲認為，她需要我暗示她何時該加入鴉片酊，以及萬一劑量不夠，我得幫忙再多補幾滴。小子被說服了。不過她有一個條件：出發前，我必須把槍交出去。此行我的身分是醫生，不是搶匪。

飛白鎮在牆洞幫的據點南方、波德河畔的沖積平原上，大概騎一天多就到了。我們奔馳越過遼闊平坦的大地，冷風將草原吹得一片褐黃。這一路上，天色變化得比地景還要頻繁：團團雲朵翻湧、蓋過藍天，先將雨水潑灑在我們身上，終而積聚東方、形成灰色高塔。雨水夯實塵土，空氣也因此瀰漫鼠尾草的味道；雖然我在波德鄉間仍自覺格格不入，萬分孤單，這鼠尾草的氣味竟有如媽媽手做玉米麵包或妹妹們的髮香，漸漸變成我熟悉的味道。

待太陽高掛、氣溫也暖得彷彿置身夏日，我聽見遠方傳來低沉的隆隆聲。起初我以為是打雷（東方山麓罩著一層雨灰），但聲音並未消褪，反而越來越大；接著，我感覺亞米堤足底下的大地也跟著震動起來。

「要命。」紐斯啐道。

「現在該怎麼辦？」安涅蘿絲說。

「上高地避一下，越高越好。」

「怎麼回事？」我問，但她倆都不理我。

紐斯領著我們循原路折返、朝西北方跑。最後我們衝上一座能俯視平原、高約數呎的小山丘，停在一棵花楸樹下。

「等等就到了。」她說。

「什麼？什麼會到？」我又問。

這時，我看見東北方緩緩冒出一團黑霧。乍看以為是蝗蟲，下一秒我立刻看出黑霧中的點點身形——毛絨絨的巨獸。北美野牛。

「抓緊亞米堤。」紐斯叮囑我。「萬一牠受驚衝出去，那群牛肯定把你們倆踩得稀爛。」

我纏緊韁繩。亞米堤的耳朵像葉子一樣前後翻動。

「沒事，寶貝。」我輕撫牠的頸子，同時努力克制自己、不讓手指顫抖。

再抬頭的時候，牛群幾乎已來到我們的正下方：在團團揚起的紅土塵霧中，我看見無數頭北美野牛，而我不曾見過如此巨大、移動如此快速的動物。牠們就像以前媽媽說故事時描述的巨人，彷彿來自另一個更古老的世界。

野牛將我們團團圍住，飛揚的塵土使我嗆咳不止。牛群本身也自成一種氣候現象。我看見紐斯張口說話，但她的聲音被蹄聲淹沒——安涅蘿絲的坐騎謹恩開始扭動，拱背跳躍；即使塵霧瀰漫，我仍清楚看見安涅蘿絲臉上的驚恐，和她僵硬的身影。謹恩高抬前腳、揚起前半身，黑色馬背突立於牛群之上；安涅蘿絲緊緊抓住牠鬃毛和轠繩，命懸一線，但她就快撐不住了。野牛離我們太近，萬一安涅蘿絲被謹恩甩下來，鐵定被野牛踩死。這群巨獸在我們身旁呼嘯奔馳，毫無停止的跡象，我緊咬的牙關也被蹄聲撼動，唯獨亞米堤氣定神閒，波瀾不興，牠的冷靜猶如一雙手，緊握著我。我想起德克薩曾經告訴過我：亞米堤比我更了解這塊土地。於是我想，或許牠知道此刻該怎麼辦。

我放鬆轠繩，控制在讓牠能自由移動的範圍內。亞米堤一步步緩緩走向謹恩，直到雙方頸部貼靠在一起。謹恩眼神狂亂，口鼻盡是白沫，若牠舉腳一踢，我或亞米堤隨時都可能因此失去意識；但亞米堤步伐堅定，毫不畏縮。牠先用鼻子輕頂謹恩的鼻吻和頸部，輕柔的動作使我突然好想念妹妹們，想像她們倚向我，長長的睫毛宛如蝴蝶撲翅、輕吻我的臉頰。我依循亞米堤的帶領，伸手按住安涅蘿絲的肩膀，試著將亞米堤和我的每一分力量穩穩灌注在她身上。

我先感覺到安涅蘿絲的變化，然後才看見她放下緊繃的肩膀。她的肌肉不再顫抖，變得束緊結實；她重新抓穩轠繩拉住謹恩頭部，使牠無法拱背跳躍。謹恩氣惱地扭動身體，漸漸安靜下來。

我聽見槍響。又一聲。四周的野牛群逐漸散開，地上躺著兩頭牛，六名騎在馬背上的阿帕拉霍獵人緩緩圍聚在牛屍旁。其中一人翻身下馬，從鞍袋抽出鋸齒獵刀，筆直刺入野牛頸部厚厚的獸皮。暗黑色的血液潑濺落地。

紐斯看著那人肢解野牛，然後回頭望著我和安涅蘿絲。她臉上的擔憂一掃而空，彷彿我們只是巧遇一群外出上工的傢伙。

「咱們走吧？」她說。我們策馬續行。

我們在飛白鎮外一哩左右的小湖畔紮營。紐斯照料馬匹飲水，安涅蘿絲和我負責撿木柴。

「剛才謝謝你。」安涅蘿絲說。「你是個好騎師。」

這句讚美像溫水一樣暖和我的身體。我已有好些天沒過聽誰對我說一句好話了。

「你呢？你為什麼願意幫我？」我問。「其實你沒有必要為我說話，支持我來這一趟。為什麼那麼做？」

「就像我跟小子說的，」安涅蘿絲回答，「我們需要你幫忙處理鴉片酊。」

「我也可以先幫你裝好呀。」我說。「那樣更簡單吧。」

我們繞著幾棵不久前被閃電劈中、半燒焦的棉白楊撿拾木柴。安涅蘿絲拿起一根焦黑的大樹枝打量，鬆手任其落下。太焦了。

「你知道我在加入牆洞幫之前是幹什麼的嗎？」

「我聽說你坐過牢。」我據實以告。

她笑了。「只待過很短的一段時間。我十五歲結婚，但夫家在我十七歲生日那天把我趕出家門。我流落到特魯萊德的妓院，但日子實在太苦，賺來的錢也幾乎全被老鴇拿走，所以兩年後，我決定自立門戶。」

「怎麼做？」我問。我不曾聽過有哪個無法生育的女子順利創業謀生。

「找男人做掩護就好啦。」她說。「此人既是你的盟友，偶爾也能充作你『名花有主』的標記。假如你夠聰明，你還會知道不能跟同一名男子長時間結伴同行，或者不能在某個城鎮停留太久。這種生存方式不僅不難，甚至還算不錯。我在被捕以前其實是個有錢人呢。」

「你做了什麼事被抓？」我問。

安涅蘿絲拿起一段被火燒過、末端仍留著幾片葉子的短樹枝，放在她手中那一落薪柴的最上頭。

「重婚。」她說。「不過那又是另一回事了。總而言之，重點是現在的你就像以前的我：你開始能察覺到孤注一擲、扭轉乾坤的關鍵點。那是一種資質，我甚至不知道該怎麼描述它：感覺像運氣，有時候又像某種技巧，還有些時候甚至什麼也不是。但你有這份資質，我一見到你就看出來了。雖然你犯過不少錯誤，但你值得我們賭一次。你會上手的。」

在眼前這片草綠色平原彼端，飛白鎮緩緩浮現。首先映入眼簾的是牧場：倒鉤鐵網明確標示邊界，每過一哩路就能望見一座掛著「麥可布萊德」商標的哨亭。牛群在草原上靜靜放牧吃草，毛色有黑有灰白、也有帶花斑的，而且每隔一、兩哩就有一頭肩部厚實、體型碩大的種公牛威武嚴肅地看管其他牛隻。過了牧場是蓊鬱的玉米田，再來是店主和牧場工人樸素簡約的木板屋、還有牛仔轉移陣地前臨時落腳的寄宿處，屋外皆種植照料良好的綠色植物。草原的下一段微微隆起，形成小山丘，鎮上的有錢人全都住在山丘上。這些屋宅走的是大流感前的設計風格，有些門廊前立著一根根凹槽泥柱，有些則是高聳的屋頂配上山牆大窗。小山丘正下方是飛白鎮主街，街上有一間銀行、一間肉舖、幾家販賣男女裝的服飾店和一家雜貨店，主街最東邊的大客棧就是若妮驛館。

走進驛館，人聲鼎沸，酒食香氣撲鼻而來──這裡是我一年多來見過最熱鬧的地方了。為了擠到吧台邊，我們必須推開一堆人數不明的牛仔和三位穿著打扮像安涅蘿絲的女子（但她們更暴露，乳房都快擠出領口了）。餐館空間頗大，但天花板很低，幾位個頭較高的男子還得微微低頭才能站在吧台前面。

安涅蘿絲先點了飲料，然後在吧台找個位子坐下，等候她的男人。一會兒之後，紐斯也來了，最後才輪到我。不過，當我好不容易擠過男人堆、靠上黏呼呼的吧台邊時，紐斯還在等飲料。

「喝什麼？」女店主若妮馬上招呼我。

她氣勢不凡，看不出年紀；頭上戴著整整一呎高的栗色假髮，臉上畫著大濃妝。她一邊微笑、一邊上下打量我，眼睛和嘴巴各自朝不同方向獨立運作。

我盡可能壓低嗓音（希望過得了關），點了一杯威士忌；若妮立刻倒了一杯放在我面前。直到這時候（她已經先掃過吧台一圈，確定沒有其他男客需要服務以後），若妮才轉向紐斯，彷彿這一秒才看到她似的，臉上也沒有笑容。起初我很困惑，畢竟紐斯也來過好幾次了；後來我轉頭掃視整間餐館，這才發現全場只有三名黑人牛仔——而紐斯正是其中之一。

紐斯和我拿起飲料，走向中央一處空桌，從這兒可以清楚看見整個吧台。

「真抱歉。」我說。

「抱歉什麼？」紐斯聲音很輕，隱約帶著警告。

我們舉杯飲酒。我仔細觀察眼前的牛仔：他們大多長相普通，看起來就像我可能會在家鄉結識的成年男子（前提是我得在費爾查德待夠久）。好些人穿戴浮誇的牛仔帽、靴刺或醒目的皮帶扣，還有一人蓄著又長又亮的橘色鬍子，邊講話邊裝腔作勢地徐徐撫摸。他們沒有一個特別引我注意，直到我看見跟我們隔了兩張桌子的那名男子。他十分俊美，臉龐光潤修長，濃眉與豐厚的嘴唇使他看起來有點嚴肅，即使笑起來也一樣。自離開夫家以來，我不曾見過稱得上俊俏的男性；但光是跟這人同處一室便教我臉頰發燙，腿間發熱。對於他的存在，我幾乎要生起氣來：氣他竟然出現在我承擔不起任何令我喜愛的人事物的這一刻。於是我背過身去，即使這麼做得逼我微微扭轉上身，即使我不確定該怎麼做才能以這種姿勢繼續保持男人味。

畢斯比遲到了。我們比他平常抵達驛館的時間早到半小時；但半小時過去，然後又過了一刻鐘。儘管紐斯力持鎮定，繼續聊著待會兒要去買馬的事，我仍感覺得到她的緊張；安涅蘿絲在吧台邊和其他男人談笑風生、嬌笑連連，但她同樣很緊張。於是我腦中再次冒出這幾個禮拜徘徊不去的念頭：我應該留在修道院的。在那裡，我鐵定能貢獻所長，還能留在圖書館繼續學習，不會傷害任何人。

我不斷啃嚙自己的懊悔，這時，那個我避著不看的男人站了起來。我情不自禁轉向他：他很高，但他移動的方式並未流露高帥男子應有的灑脫自在，反而帶著某種拘謹。他和他朋友（另一名黑人牛仔，身材矮壯結實，臉上掛著大大的微笑但眼神敏銳）拿起啤酒杯、來到我們這一桌，我既開心又慌亂。

「奈特！」黑人喊道，拍拍紐斯的肩膀。「見到你真好。這位新來的小朋友是誰呀？」

「他是亞當。」紐斯說。「這一季他跟我一起在北邊做事。我正在教他怎麼喝酒。」

「你找對人了。」牛仔邊說邊向我伸出手。「我叫亨利，他是雲雀。很高興認識你。」

亨利的手勁厚實、堅定且友善，而雲雀幾乎是急促地短暫握緊、旋即放開。離開前夫後，我不曾觸碰過任何男性，完全忘了他們的手有多大，還有他們手上的厚繭擦過肌膚的感覺。

「雲雀？」紐斯開口。「你媽給你取這種名字？」

男人笑得靦腆，也有些疲憊。

「年輕的時候，我在愛達荷工作。那裡的人都這樣喊我。」他說。「因為我習慣早起。別人還在賴床的時候，我已經出門上工了，所以一起工作的夥伴們經常拿這事奚落我，說我是『像雲雀一樣早起的傢伙』。」

雲雀並未看著紐斯──他是看著我回答的，似乎對我有些好奇。我心知自己應該對這種好奇戒慎恐懼（我的舉手投足、行為舉止還經不起他人仔細審視），但我仍對上他的視線，雖然只有短暫幾秒。他的眼眸是棕色的，顏色極淺、幾近黃色，看起來像貓眼，中央還有幾簇綠色。

「你帶朋友來真好。」亨利說，自顧自坐下。「我有個提議，你倆聽聽看。」

「什麼提議？」我問，突然意識到我對牛仔生活幾乎一無所知。照理說，他們可是我此刻模仿的對象呀。

「主街上那家『農商銀行』的行員經常來這兒喝威士忌。」亨利說。「他們一共有八個人，通常是四個四個一組：三個看櫃檯，一個守金庫，互相照應。不過呢，他們的老闆、也就是銀行負責人不久前去威奇塔看孫子了，要到六月才回來，於是那幾個傢伙重新訂了一套他們自己的工作時間表：兩人顧櫃檯，其餘六個人可以喝酒、開小差，總之想做什麼都可以。所以從現在起到仲夏以前，只要湊足四個人──五人更保險，再加上一點行動力，銀行抽屜裡的好東西愛拿多少隨你拿。」

不知道紐斯之前是怎麼跟亨利聊她自己的。顯然亨利很清楚紐斯幹的都是些什麼勾當，又或者當她是個等待時機成熟、隨時準備幹一票的新手。

「這傢伙沒說的是，」雲雀補充，臉上掛著靦腆的微笑，「大家都曉得飛白鎮警長槍法一流，而且他經常無預警出現在銀行，找行員聊天。」

「想弄錢，怎麼可能不冒險？」亨利說。「銀行櫃檯少說也有一萬金鷹幣。分成五份，每一份都夠你過上一年好日子；若是省吃儉用，至少能撐個三年。怎麼樣，亞當，有沒有興趣？」

「想都別想，」紐斯說，「別拖他下水。他才剛開始工作，得學著誠實賺錢，不能跟著你們這種墮落傢伙偷拐搶騙。」

「說得好，你說的對。」亨利連忙改口。「不過現在他需要的是再來一杯。這輪算我的。」

亨利才離開座位，一名身材削瘦、衣著體面、臉色陰沉的男子也同時朝吧台前進，但他一見到安涅蘿絲便綻開笑容。她起身打招呼。安涅蘿絲的神韻姿態和她在牆洞幫時完全不同：在這裡，她像女孩一樣步履輕盈、婀娜多姿，支著腳跟踮上踮下的。男人放下一只看起來頗為沉重的深紅色皮囊，禮貌地在她臉頰上輕啄一下。我轉頭看紐斯，她幾乎不著痕跡地點了一下頭。

「你為什麼離開達科塔？」雲雀問我。

我的心臟猛抽了一下。一開始，我以為我被逮到了——我以為他是布蘭屈警長或我前夫家派來的，從費爾查德一路追蹤我到這裡來；我瞥向紐斯，發現她並未顯露過度擔憂的神色，僅僅挑了挑眉毛，似乎也在等我回答。

「你怎麼知道我來自達科塔？」我問，試著模仿紐斯冷靜、自在、微微逗弄的語氣。

「從你的口音聽出來的。」他說。「我老家在密蘇里的莫布里吉。」

安全感頓時消失。如果他能從口音聽出我來自費爾查德，接下來他還會聽出什麼？但我同時又想到他竟然這麼仔細聽我說話，這份親密感使我倏地臉紅。我舉起威士忌空杯湊向唇邊，一方面想遮住我的臉，另一方面也給自己一點時間，好好思考。

「你呢？你為什麼離開莫布里吉？」我反問。

他直瞅著我，但我發現自己只能短暫迎視他，撐不到數秒便立刻轉開，最後只好再一次低頭看我的威士忌酒杯。和前夫在一起的時候，我不曾有過這種反應；不過話說回來，我好歹也認識我前夫一輩子了。剛開始交往的時候，我確實對性事有所期待，兩人之間的浪漫情愫也教我激動不已，但他這個人對我來說實在太過熟悉了：我可以拿他一年級時被安迪·尼可斯扯下褲子的往事糗他，或者笑他竟然在弟弟出生後躲著不敢看

（因為嬰兒的臍帶像尾巴一樣繞著肚子）。然此刻坐在我面前的這個男人，我不僅不熟悉，也不認識。

「那時候我差不多該結婚了，」他說，「但我不想結婚。所以我能想到的唯一辦法就是離開。」

起初我不明白他的意思。我不曾問過自己想不想結婚。我只知道，結婚嫁人是我應該做的事。

「你為什麼會不想結婚？」我問。

這時，紐斯稍稍轉過上身，微微背向我們，狀似看著亨利要怎麼讓酒保注意到他、實則暗中觀察畢斯比和安涅蘿絲。看來她還沒給他下鴉片酊，要不就是我沒看到她下藥；若是後者，說來也算好事一樁。如果遠在室內另一頭的我都能看到她對畢斯比的飲料動手腳，難保其他人不會看到。只不過，這樣我就無法估算畢斯比何時會開始昏昏欲睡，或是萬一藥效不如預期，我該在何時介入。

「我愛上一個女人。」雲雀說。他開口的那一刻，即使我知道我應該緊盯吧台，我的注意力仍瞬間回到他身上。「她的年紀比我大，而且已經結婚了，有四個孩子。她丈夫是鎮上有頭有臉的人物，夫家也是大家族。我知道我永遠不可能得到她，但是從我為她傾心的那一刻起，我就再也提不起勁追求其他女孩了。我對她們沒一個感興趣。所以我開始存錢，存夠錢就買了一匹馬，然後我就出發了。」

我試著想像那是什麼感覺——自己想走、而非被迫離開家鄉，純粹只是想選擇不一樣的人生。那完全超出我的想像。我感覺自己對雲雀的熱情稍稍降溫了些，也拉開了一點距離。我轉向吧台。安涅蘿絲正來回撫摸畢斯比的手臂，嫵媚誘惑如情人，溫柔似水如母親。他似乎喝得挺醉的，空著的那隻手先是大幅度比劃、然後落在安涅蘿絲身旁，並且立刻打了一記酒嗝。除非他在數分鐘內一連灌下三杯威士忌，否則就是鴉片酊起作用了。

我再次望向雲雀，這回多了點謹慎、也更克制。我想了解像他這樣的人到底是怎麼想的。

「你怎麼知道你要去哪兒？」我問。

「我其實是不知道的。」他說。「我只是一路朝西南走，因為我聽說幾個比較大的城鎮都在那個方向。剛到梅迪辛博的時候，我還以為那裡是特魯萊德呢。」

我笑了。從梅迪辛博得再往南邊騎兩個禮拜才會到規模大了不只十倍的特魯萊德。

「你呢？」雲雀問我。「你看起來就是一副離家千萬哩的模樣。」

我瞥見紐斯動了動身子，順著她的視線看過去：畢斯比已經站不穩了。安涅蘿絲邊笑伸手環住他，巧妙支撐他的重量。她扶著他離開吧台，穿過通往樓上房間的門拱。

紐斯從工作褲口袋掏出一只舊懷錶。

「我們得快點回去了，是吧，亞當？」

我回想畢斯比搖搖晃晃的步伐和安涅蘿絲滴入的劑量，試著估算他還要多久時間才會睡著。

「再十分鐘吧？」我說，「啤酒放著不喝太可惜了。」

我轉頭看雲雀。

「我打算去帕戈薩溫泉鎮。」我說。「我想去那邊找一位有名的醫生、跟著她學習。我做牛仔只是為了賺錢湊旅費。」

紐斯警告地瞪我一眼，但我不在乎。跟過去幾個禮拜相比，此刻的我感覺無比堅強。雲雀揚起唇角一側、淡淡微笑。這時亨利端著大夥兒的飲料回來了。

「今天若妮好像身體灌了鉛似的，動作超慢。」他說。

他和紐斯互瞥一眼。

「可惜我們得走了。」紐斯說。

她灌下一大口亨利送來的啤酒。

「下回換我們請客。」她舉起啤酒杯，「敬飛白鎮『農商銀行』。」

「敬『農商銀行』。」亨利說。「願它使我們致富，讓你們嫉妒。」

雲雀最後一個舉杯。

「敬『帕戈薩溫泉鎮』。」他看著我的眼睛說。

房門上鎖了。紐斯臉上閃過擔憂。我們待在走廊的時間越久，就越可能撞見其他趁午後上樓偷歡的愛侶，而他們肯定會納悶這兩個牛仔幹嘛杵在這兒，而不是在樓下喝酒。此外，房門上鎖的時間越久，也越可能代表鴉片酊未發揮效果，逼得安涅蘿絲只好當真委身於畢斯比，落得我們三人無功而返。

等待紐斯發號施令的當下，我聽見樓梯響起沈重的腳步聲，把牆上的擠牛奶女工及牧羊女刻版畫震得嘎嘎作響。紐斯指指走廊另一端，我連忙奔向其中一扇門，佯裝轉動門把。

「我沒醉！」一名男子口齒不清地說，「只要讓我躺個五分鐘，我就能打垮你們每一個！」

男子踏上最後一階梯級——來者是個大肚腩、臉龐紅通通的高個兒。他擠過紐斯（她仍站在畢斯比和安涅蘿絲門外），然後抵著牆、奮力將自己拖過走廊，來到我站的位置。

「這是我房間！」男人朝我大吼，帶著啤酒酸味的呼息直接噴在我臉上。「你想進我房間幹嘛！」

「抱歉，」我說，「我鐵定是弄錯了。」

我試著溜走，但他肥厚的手掌一左一右擋住我去路。

「怎麼每個人都覺得自己能佔我便宜呢？」他說。「噢，波特喝醉了，盡管偷他的銀幣、調戲他的女人，直接睡他那張該死的床也沒問題！你們要什麼把戲、開什麼玩笑我清楚得很！」

「真的是誤會。」我說，努力保持冷靜。「我馬上去找我的房間，不會再打攪您。」越過他寬闊的肩頭，我瞥見走廊末端的門開了。紐斯對我點點頭。

「你們全都跟蛇一樣狡猾！」男人大吼。「若妮！若妮！快上來！我房裡有蛇！」樓下酒吧人聲鼎沸，但若妮遲早會聽見這醉漢咆哮嚷嚷。小洛教過我怎麼跟男人打架，但她沒教我怎麼對付好鬥挑釁、攔住我不放的醉鬼。我想起抱著馬車伕慟哭失聲的保安員，自知我若莽撞行動，一定會再度犯錯。我望向紐斯，驚慌、哀求地看著她。她翻了翻白眼。

「先生！先生！」她喊道，順著走廊朝我倆走來。「是說，我這位老實朋友怎麼會想闖進您的房間呢？瞧瞧您！您一拳就能把他打成肉泥，這兒的每一個人都畏懼您呀。」

「他們是該怕我！」男人說。「他們是該畏懼我。不過他們總以為，總以為——」

「相信我，」紐斯又說，「今天我們剛進門沒多久，就有三個人叮囑我們要小心應付您。『那傢伙一腳就能把你們踹到別州去！』他們是這麼說的。我一見到您就知道他們不是瞎說。」

「沒錯！」男人說。「沒錯，我現在就能撂倒樓下的每一個人！」

他比出一記拳頭，旋即踉蹌倒在右邊牆上，空出一半的走道。我連忙側身溜出來。

「嘿！」男人喊道，「我跟你還沒完！」

但紐斯和我迅速衝過走廊，轉身閃進安涅蘿絲的房門。

畢斯比躺在格子床單上，閉著眼，嘴巴張得開開的；他的襯衫鈕扣解了一半，露出黑黝黝的胸毛。鞍袋就靠在床邊地上。

安涅蘿絲試著開窗。

「外面那傢伙隨時都可能把若妮叫上來。」我壓低音量，以免吵醒畢斯比。

「知道了。」紐斯說。「走吧！」

紐斯從床邊搬來楓木椅，動作俐落地砸破最下方的窗玻璃。安涅蘿絲一手抓起鞍袋，再用外套裹著另一隻手、敲掉殘餘的碎玻璃，然後鑽過窗洞、落在外頭的屋頂上。

「從這裡跳下去應該不難。」她說。

說完，她的腦袋就從窗口消失了。

「下一個換你。」紐斯說。「我可不想讓你殿後。」

儘管安涅蘿絲已順利鑽出去，窗框邊緣仍嵌著細小閃亮的尖銳玻璃。窗外的屋頂以大角度傾斜直指地面，我無法判斷屋頂邊緣離地面有多高，但肯定不是我願意跳下去的高度。我左顧右盼、尋找排水管，看看安涅蘿絲是否抓著什麼東西減緩速度，但眼前只有一塊乾裂泛白、歷經風吹雨打日曬兼雪埋的木製招牌。

「快點！」紐斯斷聲催促我。

一陣暈眩漫過全身。我深呼吸，鑽出窗框，設法先讓我的右手右腳貼住屋頂；然而就在我試著把左腳跨過窗框時，右腳突然一滑——我失去平衡、滾下屋頂，最後躺在一落飼料麻袋上。

「起來吧，」安涅蘿絲向我伸出右手，「安全著陸。」

我們一路馳騁至日暮時分，確保無人跟蹤。我氣喘吁吁，全身痠痛，卻又為稍早完成的一切感到興奮不已。紐斯和安涅蘿絲看起來同樣神采奕奕。一進入渺無人跡的紅岩曠野，我們打開話匣子，有說有笑。

「你從哪兒找來那些麻袋？」我問安涅蘿絲。

「馬槽旁邊呀。」她說。「那家餐館的馬僮做事挺草率的。不過就算沒有那堆麻袋，你也不會有事啦。那屋頂的高度應該沒有超過六呎。」

那天傍晚空氣清朗，異常溫暖。遠處有兩隻斑紋鷲鷹正在獵捕土撥鼠：鷲鷹盤旋俯衝，土撥鼠群驚恐尖叫。

「我會想念若妮驛館的。」安涅蘿絲說。「我開始喜歡那地方了。」

「我可不會。」紐斯說。「不過醫生倒是在那兒交了朋友。」

我猝不及防，臉紅了。那還用說——我倏地明白：即使紐斯自始至終緊盯著安涅蘿絲和畢斯比，她也一直在留意雲雀和我。

「我不會說他是朋友。」我說。

「說不定比朋友更進一步？」紐斯調侃我。

我翻翻白眼，臉龐依舊酡紅。

「打扮成這副牛仔樣，我很懷疑我能迷倒多少男人。」我說。

紐斯和安涅蘿絲對看一眼，一副我說了什麼好笑的話似的。

「你這身打扮才是迷倒男人的最佳裝扮好嗎？」安涅蘿絲說。「你喜歡男人吧，醫生？」

我不曾認真思考過這個問題。看著凱西和伊利互動，我確實想過自己或許有一天也會喜歡上女人；不過，由於幫裡的夥伴沒有一個能觸動我心弦（就算我真的心動，她們也會覺得反感吧），所以我鮮少琢磨這些事。至於我喜不喜歡男人，這個問題更不值得花時間思考，因為「不喜歡男人」對我來說從來都不是我能擁有的選項。

話說回來，我仍清楚記得新婚時、我對丈夫的癡迷愛戀，記得我好想要他，甚至令我兩腿間微微發疼。我也記得以前在學校的時候，曾有不少男孩好看得令我目不轉睛（如果我夠誠實的話，雲雀也是），我一閉上眼睛就能瞧見他們的臉、腰背和結實雙腿。

「應該是吧。」我說，凝視亞米提的頸背。

「可惜。」紐斯說。「女生安全多了。」

天邊染上淡紫色，馬蹄踏過的灌木植被越來越厚。一隻野兔被我們嚇了一跳，飽食夏草的牠皮毛柔潤，腿腳靈巧。

「認識男人最安全的辦法呢，」安涅蘿絲解釋道，「就是好好打扮，然後假裝你是無父無母、正在尋覓金龜婿的年輕熟女。我們每年都會去特魯萊德或卡斯柏鎮，一年大概去個幾次。那邊的驛站酒吧比若妮的店舒服多了，一般來說都能認識幾個不錯的人，找點樂子。」

「不過呢，紐斯才不喜歡安安穩穩過日子呢。」安涅蘿絲補上一句，引導謹恩避開河床乾地。

「我只是不喜歡玩扮家家酒罷了。」紐斯說。「那你倒是說說，你最近一次穿男裝是多久以前的事了？」

安涅蘿絲搖搖頭，抿嘴微笑。

「喜歡牛仔的牛仔多得不得了。」紐斯說。「不過，說正經的，醫生。如果被他們知道你其實是女孩，我們可不曉得這些人會做出什麼事來，所以我給你的建議是：對於這些牛仔，你愛做什麼就做什麼，不過衣服要牢牢穿好；然後找一天一起喝酒的時候，你再不經意提起以前出過的恐怖意外——譬如被野牛戳傷之類的，用這個解釋他們在你身上感覺到、或者感覺不到的東西。」

「好消息是，男人大多笨得不得了，」安涅蘿絲說，「而且很容易上當。他們很樂意相信你告訴他們的每一句話。」

日落時分，我們在一處淺壑紮營，營地前方有條小溪可以讓馬兒喝水。夜鷹在樹間啼鳴，蝙蝠出洞覓食，牠們的身影在暮色中略顯笨拙。我們好不容易生起火，像瞻望聖像般崇敬地圍在劫來的鞍袋旁邊。

「應該讓醫生來。」安涅蘿絲說。「是她把畢斯比弄昏的。」

「我只是幫忙算鴉片酊劑量而已。」我說。

不過我還是伸手探向袋口。歷經好幾週的屈辱，這一刻的我為自己感到驕傲：我終於做對一件事了。想起媽媽當年教我如何使用玻璃滴管，甚至還列了一張計量表要我背下來，我內心充滿感激。

手中的皮囊異常沉重，散發淡淡的甜味，令我聯想到昂貴的衣料和上好傢俱，想到費爾查德鎮長大宅，還有銀行裡那些供有錢牧場主人斡旋交易的密室。我拉開搭扣。

起初，我以為金幣藏在瓶子底下。這些瓶子以防水油布仔細包好，以免策馬騎乘時碰撞碎裂。我打開其中一瓶，裡頭的威士忌氣味又淡又難聞，顯然畢斯比還兼做運送劣質私酒的勾當。除了劣酒，鞍袋裡沒有半枚錢幣。為了確認這一點，我甚至把整個袋子倒過來抖了好幾下。幾個薄薄的信封翩然落下，封口上了封蠟。我把食指探過封蠟上方，用力挑開。

「一八九四年九月二十一日，」我大聲唸出來，「飛白牧場羅傑·麥可布萊德向農商銀行商借兩百金鷹幣，總借款累計為五萬六千金鷹幣，相當於二十二萬四千銀幣。農商銀行將繼續持有飛白牧場及其資產暨周邊產業的所有權狀，以為擔保，並且保有隨時出售抵償的權利。」

我們三人就這麼呆愣著，好一會兒沒有動作。然後，安涅蘿絲抽出一只威士忌瓶，奮力扔向溝壑旁的石壁；瓶子應聲碎裂，無數碎玻璃反射熊熊火光。馬兒嘶鳴，蝙蝠飛散，紐斯抬頭仰望星空，然後轉頭看我。

「我實在搞不懂啊，醫生，」她說，「但你說不定是個詛咒。」

# 第六章

寒冬來襲。前一天，溫暖的午後微風才輕拂果園，翌日，火堆就被埋在一呎厚的雪毯底下。我們的錢用光了。小子和凱西原本指望能從畢斯比那兒大撈一筆，所以早就把上次馬車打劫的錢幾乎全拿去買鞋和馬鞍了。於是，凱西不得不開始嚴格管控食物配給：早餐只有一大匙玉米粒，晚餐吃豆子，禮拜天才有培根。我餓得經常幻想食物。睡不著的時候，我會躺在床上想像奶油融化滲入麵包的美景。

最慘的是，伊利沒辦法用槍了。某天早上，我看見她站在結冰的果園裡，瞄準雪球用左手開槍，結果至少一半沒打中。從那時候起，我小心翼翼觀察她，發現她吃飯、刷馬都用左手，僅在說話時偶爾會用右手比劃、做手勢；穿靴子的時候也一樣，右手動作笨拙，幾乎抓不住靴皮。我想幫她檢查，卻提不起勇氣問她，但我大概知道她的手是怎麼回事了。我在湯瑪斯修女的圖書室讀過一本書，書裡有張圖，描繪如絲線般密佈全身的神經網絡；那顆子彈撕裂了其中一束脆弱纖維，所以現在伊利感覺不到自己的右手。

伊利不只是幫裡的神槍手，也是最厲害的獵人。凱西、德克薩和小子出門打獵，試著擴充儲糧，但她們沒有一個能像伊利那樣，把山谷裡最膽小易驚的叉角羚帶回來，頂多獵到幾隻越冬捱餓、骨瘦如柴的火雞。又乾又柴的火雞肉實在無法為湯比料多的燉菜增添半點風味，所以吃晚餐的時候，我能感覺每個人都在瞪我。

於是我試著幫忙想計畫籌錢。

「甜水鎮不是有馬市嗎？」我向紐斯搭話。那天早晨，氣溫降至零度以下，大夥兒全擠在炊事小屋的火爐旁取暖。寒冷令我們覺得肚子更餓了。「那邊鐵定有不少人身懷鉅款。我們可以鎖定某個剛做成買賣、神色欣喜的傢伙，在他出城的路上幹一票。」

德克薩、小洛和凱西聞言轉了轉眼珠子，紐斯重重嘆氣。那是我在那個早上拋出的第三個點子了。

「給亞米堤上鞍吧。」紐斯說。「我得帶你去外頭看看。」

我拉低覆住前額的的裘皮帽，再用羊毛圍巾包住整張臉；外頭雖是大白天，暴露在外的肌膚卻如火燒般刺痛。冰雪厚實，步步發出吱響。迎著刺骨寒風，馬兒嘶嘶噴氣、雀躍萬分，牠們濃密的長毛足以抵禦寒冬。冬陽熹微，金光襯著片片薄雲，宛如日初。

我們默默朝南方前進，踏上穿山越谷的道路，馬蹄在雪地留下清晰足跡。不過幾分鐘，我就看見紐斯要我看的景象了：前方的路不僅僅只是被雪覆蓋，而是徹底消失了。先前夾在山丘谷底、供我們騎乘往來的道路，此刻只剩連綿於兩座山丘之間的平緩雪原，而且比我們住的棚屋屋頂高出好幾倍。

「跨得過去嗎？」我問。

「當然。」紐斯說。「如果你想害亞米堤陷進雪堆凍死，你就試試吧。」

我用戴著手套的手撫摸亞米堤頸側，暗自警惕。

「三月底以前都會是這樣，也許到四月都是。」紐斯又說。「所以在那之前，咱們不做買賣。」

在這片致命寒冬中，唯獨小子一人滿心歡喜。當其他人鎮日冬眠，啜飲茴香茶止飢果腹（截至目前為止，我在這個冬季的唯一貢獻就是將凱西儲存的茴香籽碾碎，供大夥兒沖茶），小子總是坐在棚屋角落，身邊擺滿紙張地圖，久久才起身繞著大房間踱步，不時凝視窗外白雪。一日清晨，我們被湯匙敲平底鍋和小子的吆喝聲吵醒：「起床了！我的美女、我的英雄們，起床起床！」

待全員於大房間坐定（每個人身上不是裹著被單、大衣，就是圍上浴巾或舊衣服），我這才看見，入冬以來我們都掉了不少體重：雙頰凹陷，黑眼圈又深又濃。我很清楚營養不良是怎麼回事。再過不久，我們的牙齒會逐漸鬆動，指甲甲床也會開始流血。

「在我說明今天早上為何召集大家以前，」小子開口，「我想先感謝各位。謝謝大家為彼此付出的一切。伊利，尤其是你。你付出了右手，我們心懷謙卑並感激你的犧牲。」

伊利望著窗外，神色凜然。

「紐斯和安涅蘿絲，你們倆在沒有後援的情況下，日復一日在陌生人之間穿梭周旋。我明白用假名過日子有多麼費心耗神，我知道你們為大夥兒付出多少，我深深感激。」

安涅蘿絲笑了，紐斯則否，不過她以我不曾見過的神態望著小子，目光忠誠堅決。

「至於醫生——我知道有幾個人還在生她的氣，不過，大家還記得《馬太福音》怎麼說的嗎？『如果你們不饒恕別人，你們的父也必不饒恕你們的過犯。』」[8]

「這樣的話，我們的父只好繼續生我的氣了。」凱西說。

「想想看，」小子不理她，繼續往下說：「如果沒有醫生，我們根本不可能完成飛白鎮那樁買賣。」

「所以呢？」凱西打岔，「我沒有對紐斯和安涅蘿絲不敬的意思，可是飛白鎮那一票照理說應該能讓我們好好過冬的。現在呢？直到越谷通道打開以前，我們可以說是一無所有。」

「誰說的？」小子說，「我們有這個呀！」

我認出她手上的東西：畢斯比鞍袋裡的信封。小子打開信封，大聲唸出信件內容。

「那個我們都看過了。」凱西說。「結果麥可布萊德根本負債累累。早知如此，我們就不會計畫搶他的錢了。」

「沒錯。」小子說。「我們連試都不會試。」

「所以我才說我不懂為什麼——」凱西又說。

「這表示飛白鎮並非麥可布萊德所有，」小子說，「而是銀行的。」

安涅蘿絲第一個會意過來。「所以，我們要去搶銀行？」

小子微微一笑。「我們要去『買』銀行。」

小子的計畫分成幾個步驟。首先，我們確實得先去搶銀行。多虧亨利提供的消息，所以我們知道屆時只需撂倒兩個人、而非平時安排的四個人。不過，光是掃光櫃檯還不

---

8 譯註：出自《馬太福音》6:15。

夠，我們得清空銀行所有的擔保品，也就是連金庫都得搶。這部分就花時間了：不只得設法打開金庫，還得把庫房裡沉重的金條搬出來；再者，單靠幾匹馬和鞍袋絕對載不了這些金子，所以咱們得弄輛馬車來。總而言之，那天我們必須聲東擊西，也就是進銀行前先在隔壁放火（根據小子手上的地圖，銀行隔壁一邊是肉鋪，一邊是女仕用品店），轉移行員注意力。

接下來，我們必須利用火災引發的騷動作掩護，闖進銀行後室、炸開金庫。「比起拿槍逼著行員打開金庫，還是用炸的比較快，也比較保險。」小子如是說。我們之中有幾個人要負責把金條搬上馬車，另外幾個壓制行員、並且把櫃檯抽屜裡能撈能拿的全部帶走。等我們把整間銀行的鈔票、金幣銀幣和金條全部搜刮殆盡，全員立刻撤退，然後等待七天再進行下一個步驟。

小子說，銀行被搶的那個禮拜，不僅飛白鎮的幾家牧場沒錢支付員工薪水，商家也領不到錢，無法買進棉花、鏟鍬、糖鹽等物資，每一位想領錢提款的老先生老太太都會發現他們的畢生積蓄一毛不剩——整個飛白鎮將陷入恐慌。

接下來，銀行董事會開始覺得愧對鄉里、無臉見人，銀行行員不只要保護金錢財產，還得拿槍捍衛自己的生命，這時，我們就要找一個人扮成「芝加哥來的有錢地主」，粉墨登場。這位有錢人會出價買下銀行及其一切資產，包括銀行在波德河一帶持有的全部土地和房產，而成交價格差不多是銀行被盜走總額的一半。雙方應該會討價還價，不過就算以總額的四分之三成交依然划算；銀行那幫人無路可退，所以他們就算再不甘心也會接受。於是，飛白鎮農商銀行就是我們的了。

「如此一來，我們也能順勢擁有整個飛白鎮。」小子總結。「從穀倉裡的每一顆穀粒到原野上的每一頭牛隻馬匹，全都是我們的。一如上帝賜地予亞伯拉罕，我們也將在此建立我們的國度。」

眾人一片沉默，我甚至能聽見雪花輕敲窗戶的聲音。小洛神情困惑，紐斯和安涅蘿絲則是滿臉好奇；伊利轉向凱西、欲言又止，最後選擇閉上嘴巴。

德克薩小小的身子裹在被子裡。她首先發難。

「我以為這裡就已經是迦南樂土了。」她說。

小子聲音倏地變冷。「你說什麼？」

德克薩的灰眸直視小子，眼神堅定。

「你聽見了。」她說。「我說，我以為這裡就是我們的迦南樂土，小子，我們的應許之地。現在你卻說你要飛白鎮？」

小子並未馬上回答。她看似想了一下，然後笑了。

「迦南美地是很大的，德克薩甜心。還記得上帝是怎麼跟摩西說的嗎？『你們的邊界要從押們轉到埃及河，直達到海。』」9

「我不記得上帝跟摩西說了什麼。」德克薩說。「我只知道，這個計畫聽起來極有可能害我們全部喪命。至於我們為何要為此搏命，我不明白。」

「我們落腳這座山谷多久了？」小子問她。

德克薩一臉莫名奇妙。

「我來這裡七年了。」她說。「我知道你和凱西應該比我早來個五年，所以加加減減大概十三年吧。」

「那麼，在這十三年裡，」小子又問，「我們靠偷盜掠劫弄來多少錢？」

德克薩轉頭看小洛，小洛聳聳肩。紐斯和安涅蘿絲互咬耳朵。

「好吧，」德克薩說，「現在我們有十匹馬……我假設你們剛開始只有一、兩匹馬，再加上棚屋和幾間庫房、我蓋的馬廄、還有鍋碗瓢盆等等其他物品——」

「你們看，」小子再一次對我們全體說道，「我們又偷又搶差不多也有十多年了，結果只賺到十匹馬和遮風避雨的屋子，如此而已。如果繼續原本的做法，我們絕不可能讓更多人取得溫飽，光是維持目前幾個人的生計都很困難。我們必須把眼光放遠，必須勇敢、主動爭取屬於我們的東西。」

「就算我們順利搶了銀行、也活下來，」伊利加入戰局，「甚至成功誆騙銀行經理完成這樁買賣，你認為飛白鎮的老百姓會張開雙臂歡迎我們嗎？他們會大聲歡呼、慶祝他們的新地主是一幫生不出孩子的女人嗎？」

「你說的沒錯。」小子說。「所以買下銀行只是開始。」

小子神情振奮，眼中閃爍激動的光芒。

「漢尼伯的銀行起初每個月會拿走我老爸一半的薪水，」小洛說，「然後是全部。最後他們連房子都拿走了。我們也要幹這種事嗎？」

紐斯搶在小子答話之前開口。「在我的家鄉，銀行是鎮民共同經營的。」她說。「銀行組成董事會，鎮民每年投票選出董事會成員。有一年我爸被選上了。那一年，每位鎮民都得到分紅，我家把我們分到的那一份拿去做新的防颱板。」

小洛翻了翻白眼。「那他們肯定都是非常善良的人。」她說。「我只希望，當我們一

9 譯註：出自《民數記》34:5。

家在黑水路沿街乞討的時候，你們的銀行能給你家人遮風避雨的地方。」

「你明明知道我家出了什麼事，洛安。」紐斯吼她。「不要假裝自己是這裡唯一吃過苦的人。」

這時，小子發話了，聲音劈過兩人的爭執。「凱西，我想聽聽你的意見。」

凱西捏捏伊利的手，然後放開。她深深吸一口氣。

「你知道我打從一開始就不喜歡這個主意：不贊成你帶更多人進來。但是我聽你的。我跟你一起研究地圖，在你擬定計畫的時候餵飽大家。我這麼做是出於尊重，出於我對你的愛，但現在——」

她停下來，思索該如何措辭。伊利望著她。

「這十三年來，每當我陷入絕望，你的鬥志始終支持著我。我沒看出這地方的潛力，但你看出來了：你在心中畫好藍圖，此刻我們才得以在這裡生活。但小子啊，這一切不過是空中樓閣，沒有任何基礎。」

小子冷漠地點點頭。「非常好，你明確表達你的反對立場了。現在還有誰不願意放手一博的？」

安涅蘿絲和伊利一來一往、熱烈討論，小洛則對著紐斯大吼；德克薩先試著安撫小洛，但後來也吼起紐斯來了。

「醫生，」小子的聲音穿過眾人的嘈雜爭吵，「你一直沒有發表意見。你會加入我們、爭取那片上帝應許我們的土地嗎？」

「噢！不會吧？」凱西喊道。她的語氣原本還算平靜，但現在我已能聽見平靜底下瀕臨沸騰的怒氣。「你現在是想叫她站在你那邊嗎？」

「醫生和我們其他成員都是平等的。」小子淡然回答。

凱西搖頭。「我開始理解你為什麼要讓更多人進來了。」她說。

我感覺無地自容。此刻，伊利的左手仍支著受傷的右手，而右手大拇指仍不斷前後擺動，彷彿想藉此喚醒神經似的；我也知道這裡沒有一個人有必要特別對我好，但我還是氣不過。這幾個月來，我總是自願拿最小碗的玉米粥，喝其他人剩下的帶渣咖啡；每次圍坐火堆旁，凱西總是直接越過我、把威士忌傳給小洛，德克薩也常常把其他幾匹馬的糞便鏟進亞米堤的馬房，推給我清理，這些我都沒吭氣，也不曾有過一句怨言。我不是故意要犯錯，也努力彌補過錯了；我不要求回報，更不寄望得到最基本的尊重或體貼。但我累了，我不想再一無所求了。

「你要我走嗎，凱西？」我問。「如果你們要我走，直說無妨。」

凱西連看也不願看我。她繼續對小子說話。

「我在想，你說不定只是想要一些聽話、好控制的人。」她說。

「我心愛的朋友，」小子說，「話一出口，猶如覆水難收。你不該這麼說。」

「你會把大家帶上絕路，小子。」凱西靜靜地說，眼眶噙淚。「我認為你自己也很清楚。」

兩人隔著大房間，凝視彼此。有那麼一瞬間，小子堅決的眼神略顯猶豫。

然後，小子轉身背對凱西，看著我、安涅蘿絲和紐斯。「我們之中有些人似乎不願意和他人分享這處避風港。」小子說。「有人覺得，既然我們已經找到能安穩度日的方法，就該閉上眼睛、無視其他仍在受苦的人。」

「小子，我不是這個意思——」凱西想澄清。

但小子不讓她說話。

「但我們之中一定也有人心胸更開闊，願意做得更好。我們之中應該還是有人願意伸出援手，幫助其他跟我們受過同樣痛苦的人。而我們這些人想必也十分明白，雖然這份企圖最後可能以失敗告終，至少我們願意嘗試、也努力過了。」

凱西起身。

「我去煮點玉米粒給大家吃。」她說。「你們繼續，不用管我了。反正我怎麼想你也不在乎。」

她推門出去，但門板半掩沒關好；小洛連忙跳起來壓緊門扉，但仍有半吋高的雪落入門內。

凱西的話言猶在耳。我環視周遭，看著還留在大房間裡的其他人，幾乎能感覺到大夥兒的心正逐漸背離彼此、背離小子。恐懼漫過胸口。萬一牆洞幫因為意見不合而分裂瓦解，我該怎麼辦？

「或許，我們都該花點時間、好好思考。」小子說。「今天就先討論到這裡。明天早餐之後再繼續吧。」

一股疲倦無力的氣氛籠罩整間棚屋。小洛把被子拉過下巴，轉身繼續睡。安涅蘿絲低頭挑撿襪子脫出的一段線頭，直到整隻襪子逐漸鬆脫拆解。伊利握緊受傷的那隻手，反覆握拳又鬆開、鬆開又握拳，我難過得別開視線。

白雪堆滿窗櫺。時間一分拖過一分，一秒拖過一秒。德克薩起身想去看看凱西，但伊利搖搖頭。「給她點時間吧。」她說。

飢餓彷彿在我體內挖開一個洞。小洛伸手探向床底，掏出她那件綴有鈴鐺的皮夾克，開始吸吮流蘇。眾人禮貌地無視她的舉動。我有點嫉妒她，只好把一根指頭塞進嘴裡，舔吮皮膚上的鹹味。

最後伊利下了床，動手套上靴子。

「你跟她說——」小子開口。

「我來決定我要跟她說什麼。」伊利回她。

伊利出了門，時間繼續流逝。忽地一瞬間，我想不起來她離開多久了；也許五分鐘、也許十分鐘、或甚至一個小時。一陣狂風呼號，德克薩起身查看窗外，我也跟著站起來；外頭風雪太大，完全看不見炊事小屋那邊的動靜。

「我去找她們。」德克薩套上靴子。

從窗外飛舞的雪花和鑽進門縫的酷寒疾風研判，屋外的氣溫大概不超過零下十五度。如果凱西或伊利無法及時衝進炊事小屋（或從小屋趕回來）、如果她們困在雪地裡動彈不得，那麼兩人必定會迅速失溫。我不曾接觸或治療過失溫的人，但我確定我比這裡的其他人更清楚要怎麼處理這種狀況。

「你留在這裡，」我對德克薩說，「我去。」

外頭積雪極深，我差點出不了門。我尋著足跡前進（應該是伊利的），但足印上已堆了幾吋鬆軟雪粉。我猜現在大概只有零下二十度左右，或者更低，因為已經冷到下不了雪了。強風陣陣刮過我的臉，令我雙頰刺痛、喉頭發乾。前方能見度不到兩呎，我只能依循伊利的足跡走向炊事小屋。

小屋裡沒有一絲暖意，幾乎跟外面的雪地一樣冷。屋內極暗，起初我以為沒人，一會兒之後才發現伊利和凱西縮在牆角。伊利在哭。她抬頭看我，我清楚看見她又變回加入牆洞幫之前的那個女人，滿臉的驚恐無助。

「我不知道該怎麼辦！」她說。「我不能留她一個人在這裡！」

我跪在她倆面前。凱西垂著頭，我抬起她的下巴：她肌膚冰冷，頸部癱軟無力；我把手指探進圍巾底下、按住頸側，意外感覺到微弱的脈搏。

「沒事，」我說，「她還活著。」

我模仿媽媽每一次必須擬定治療計畫時所做的那樣，閉眼思考：伊利和我可以合力將凱西抬回溫暖的棚屋，但是走這一趟勢必會花上不少時間；再加上外頭風雪太大，凱西的體溫極可能掉得更低。

「你得把火升起來。」我對伊利說。

爐底鐵桶是空的，看來凱西連煮都還沒開始煮；說不定，她來炊事小屋只是為了宣洩怒氣，結果意外遭低溫襲擊。

某年特別寒冷的冬天，媽媽特別解釋過，「凍僵」並非突然發生，而是逐步襲來：你會先抖個一會兒，然後就不發抖了、甚至覺得溫暖，接下來你會感覺平靜舒緩，彷彿有人拿毯子裹住你——「但這個時候最危險。」媽媽說。

如果我和妹妹們在外面玩，結果她們其中一個突然不發抖，或者嘴唇變紫、語無倫次，我就得馬上帶她進屋；萬一我們離家太遠，媽媽則叮囑我必須盡快找到暖和的地方待著（譬如鄰居家、甚至馬廄也行），然後脫掉妹妹和我的衣服（脫光或幾近赤裸），再找人把我們倆裹在一起，包得像襁褓嬰兒一樣，如此才能讓我的體熱流入她體內，從外而內使她暖和起來。

我鬆開凱西的圍巾，感覺一道微弱、溫暖的氣息拂過手腕——凱西的呼吸。我繼續解開她身上的大衣鈕釦。

「你在幹什麼！」伊利從爐前轉過來、對我大吼。她已順利引燃火苗，柴火劈啪作響，但熱度還沒傳出來。

「我們得讓熱氣直接貼著她的肌膚，」我說，「所以必須先脫掉她的衣服。」

「你怎麼能脫她衣服？」伊利吼道，「她會凍死的！你想害死她嗎？」

我想起媽媽當年是怎麼解釋給我聽的：身體凍僵，生理機能也會隨之停擺。

「凱西失溫了，」我對伊利說，「我們必須讓熱度回到她體內。雖然她的衣服仍有餘溫，但是在她體溫恢復之前，穿著衣服對她沒有任何好處。」

伊利猛搖頭。

「你走！」她說。「我自己照顧她，我不需要你！」

凱西的嘴唇漸漸變成藍紫色。我感覺寒顫直下背脊，這跟我見過的許多難產案例極為相似。死亡的氛圍不僅籠罩屋內，甚至已逼近腳邊，虎視眈眈。

我抬頭看伊利。

「我知道你不信任我。」我說。「我知道你受傷全是我的錯，我很抱歉。但如果我現在離開，凱西必死無疑。」接著我說出媽媽叮囑我萬萬不可許下的承諾。

「如果你讓我留下來，」我說，「她也會活下來。」

伊利直直盯著我。我看見她眼中的恐懼，也看見我的話奏效了。

「來，」我把聲音放柔，「我去把火升起來，你把衣服脫掉。脫到你能承受的程度為止。然後我會把你們兩個裹在一起，用你的體熱直接溫暖她。」

伊利點頭，立刻用左手解開大衣鈕釦。我把薪柴疊在引燃的火苗上，薄薄的火舌沿著木頭上竄。

伊利脫到只剩粗布底褲，她的肌膚極為蒼白，襯著青紫色的傷疤格外醒目。我和她一起脫掉凱西的大衣、棉衫和長褲，每一層衣物除了冷還是冷。我讓伊利剝掉凱西的內衣。即使只用一隻手，她的動作依舊十分輕柔。寂寞如刀刃般深深刺進我的胸口。

我將凱西的大衣攤在地上，再和伊利合力把凱西推上去；伊利在她身旁躺下，修長的身軀裹住凱西全身。平時堅決又固執的凱西，此刻看起來好小好小。我把伊利的大衣蓋在她倆身上，盡可能緊緊裹住兩人，接著再把兩件棉衫包在大衣外，增加暖意。伊利把凱西的頭摁在她胸口，閉上眼睛。

我不知道她們像那樣躺了多久。屋裡漸漸暖和起來，外頭的風也停了，但雪還在下，一切是如此柔軟、朦朧而雪白。我好怕凱西會死，害怕我守不住自己的諾言，害怕我的恐懼將無盡延續、不再變深也不會削減，就這麼往復徘徊，終此一生、沒有盡頭。回憶一幕幕躍上心頭，栩栩如生；其中有一幕特別醒目。那是個冬日白晝，那年小碧剛出生，媽媽病得下不了床，瑀拉她媽媽和鎮上幾位婦女偶爾會來幫我照顧小碧。可是，那天大雪一連下了好幾個鐘頭都不停，沒人願意冒險出門；珍妮和茉莉得了重感冒，雙雙發燒臥床休息。六週大的小碧剛脫離新生兒如夢的日常，開始懂得生存恐懼。

那天早上，我試著給她餵奶。她睜大眼睛、瞪著我瞧，沒完沒了地哭鬧尖叫，無論我怎麼做都沒辦法讓她安靜下來。她吐出奶嘴，在我抱著她左右搖擺、前後走動、低聲吟唱、細數人體主要骨骼名稱的時候仍不斷尖叫（以前這些動作都能安撫她）。我漸漸習慣她的尖叫，彷彿那就是我的新日常：我必須時時抱著她，她也會不斷尖叫，沒有人會來解救我們，這種無助又孤伶伶的狀態會持續到永遠。我心中一陣淒涼，卻也平靜。後來小碧終於安靜下來，也願意喝奶了。雪停春來，媽媽下了床，我也長大、結婚、然後被趕出家門；但此時此刻，在這間小屋裡，我望著窗外大雪紛飛，覺得自己彷彿不曾離開當年那個房間——那時的恐懼和平靜，那個需要我、而我卻無法安撫她的孩子，彷彿還在我身邊。

炊事小屋的靜謐氛圍好像有哪兒不一樣了。我回過神來。以前，媽媽總說鎮上老太太講的那些「邪惡之眼」的故事都是無稽之談；她說的沒錯。我不相信我們能感覺到別人的視線，但我相信你能「聽見」它：沉睡的人睜開眼睛時，他們的呼吸會變，身體的細微動作也會跟著改變，就算是非常虛弱或疲累、幾乎沒辦法移動身子的人也一樣。那天，我在炊事小屋聽見的就是這種變化，所以我比伊利更早察覺——說不定比凱西本人更早意識到：凱西醒了。

接下來幾天，沒人提起小子的計畫，大家的心思都在凱西身上：德克薩接手料理食物，餵凱西喝玉米粥的工作也由她負責；小洛為她梳整頭髮，仔細裹好她身上的毯子。伊利寸步不離，總是握著她的手。小子不斷在屋裡兜圈子（我不曾見過她如此焦躁），頻頻問我凱西會不會好起來。

「她會好起來的。」我說。

凱西已完全清醒，也能說話；儘管腳趾微微凍傷，但我認為她不會失去任何一根腳趾頭。我準備溫熱的菊蒿水讓她泡腳，一方面舒緩刺痛、一方面促進血液流入凍傷組織，最後再用棉布將她的雙腳鬆鬆地包起來。我照顧她的時候，她一句話也不跟我說，只有在我問她會不會痛的時候簡短回答「會」或「不會」，不願與我對視。不過，其他人倒是以一種不同於以往的慎重對待我，尤其是德克薩和小子：她們會問我讓凱西吃什麼最好，或者是否應該在暖爐裡多添些木柴，增加棚屋的溫度。我試著不去想像最糟糕的後果：萬一凱西死在炊事小屋、死在伊利懷裡，萬一我食言、沒能救活她，我會有什麼下場。

凱西休養了整整四天，終於能稍微下床走動；陽光此際也破雲而出，照耀山谷。我們動手剷雪，清出一條從棚屋通到炊事小屋、再連到馬廄的小路。我去看亞米堤，摸摸牠警敏的臉；德克薩讓我拿一條她私存的皺巴巴紅蘿蔔餵牠。那天，喜悅的氛圍無聲包圍著我們：小子對凱西說了件事，凱西笑出來，但笑聲輕得其他人都沒能聽見；紐斯暌違數週，首次拿出小提琴拉奏〈美人珍妮〉和〈新骨小弄〉兩首曲子。我們在外頭剷雪的時候，德克薩和小洛突然開始互扔雪球，接著——彷彿她倆串通好了——雙雙把雪球扔向我。

那晚，大夥兒吃完由德克薩料理烹煮、微微燒焦的豆子之後，小子站起來，面向凱西。

「凱西，我心愛的朋友。好些年來，牆洞幫就只有我們倆，然而那幾年實在幸運，所以現在我們收割的一切都來自當年種下的種子。即使團隊逐漸茁壯，我們仍舊一步一步慢慢來，踏實前行：紐斯先來到我們身邊，然後是伊利，再來是德克薩、小洛、安涅蘿絲，最後是咱們的醫生。我想，我們欠她一句道歉。『我們從一開始便事事懷疑你，抱歉。』」

紐斯率先鼓掌，其他人陸續加入。驚喜和溫暖盈滿胸膛，我已許久不曾體會這種被一群人關心、在乎的感覺了。但是凱西沒鼓掌。她低頭看著包起來的雙腳。

「以前人少的時候，我們很少意見不合。」小子繼續。紐斯和安涅蘿絲好笑地對看一眼。

「隨著人數增加，我們也會越來越常遇上這種情況。因此我提議，無論是這回我提出的飛白鎮銀行計畫、或是未來任何類似行動，我們都必須詳加考慮、辯證並釐清爭議之後再做決定。

「請大家考慮三天，盡可能互相討論。除了我已經說過的那些，我保證不會再提出其他意見、說服你們改變立場。三天後，如果多數人仍反對我的提案，我會接受，不會再嘗試改變各位的決定；不過，假如有半數以上同意這項計畫，那麼我們就要馬上開始準備了。我會盡一切努力，確保你們不會後悔信任我。」

隔天，豆子吃完了，紐斯和我動手拆解一件皮馬褲。我把褲子放在乾淨床單上攤開，讓紐斯沿著縫線小心割下褲腿的部分，再把它們切成薄片。

「我才不要煮那玩意兒。」凱西這麼說，所以我們只好自己抱著那堆皮革來到炊事小屋，舀水煮水。

飢餓使人瘋狂，腦子也昏昏沉沉。

「要不要加點松節油？」紐斯問我。「你看，這裡有釘子，可以補鐵喔。」

「再多等幾天，」我說，「說不定還能抓幾隻老鼠加菜。」

「少自以為幽默，」紐斯把皮革片拌進滾水裡，「五年前我們就吃過老鼠了。本來小洛拒吃，說什麼老鼠會傳染疾病，於是小子帶頭吃了第一隻，結果什麼事也沒有，所以我們其他人也就都吃了。最後我們靠老鼠撐過那年冬天。」

鍋裡徐徐飄出汗味，聞起來十分噁心，卻令我飢腸轆轆。

「你怎麼看小子的計畫？」我問。

紐斯笑了。「荒謬呀！」她說，伸手往凱西的香料架摸索一陣，從紙包瓶罐之間找出些許奧勒岡葉，往滾水裡倒了一些。

「但話說回來，如果行得通呢？想想看，一整座城耶！小子可以當鎮長，說不定我會是警長。我們可以光明正大過日子，不用再躲躲藏藏、也不需要亡命天涯了。」

「是這樣嗎？」我說。「我住的那個鎮就對我很不友善。我不確定我是不是真的想再回鎮上去住。」

「我還挺想回迦瑪烈的。」紐斯說。「我沒有一天不想它。」

「即使他們趕你走？」我問。

紐斯打開一罐長滿菌絲的乾蘑菇。「誰跟你說我是被趕走的？」她反問。「以前，每個月的第二個禮拜天，我們那個鎮的警長都會來我家晚餐。他知道我生不出孩子，鎮上每個人都曉得，我還幫忙照顧我小叔的孩子呢。我們過得很開心。」

我從紐斯手中搶走罐子，用力嗅聞，決定把它放回架子上。「不要加這個。」我說。「後來怎麼了？」

她的聲音帶著一絲粗啞。

「艾德華．樂福。」

我想起在修道院圖書室看過一本書，書上提到「混血」的事。

「他去了你們鎮上？」我問。

「他不必親自來，鎮長就成了他的信徒。迦瑪烈的白人和黑人一起生活了好幾個世代——這個鎮是主張廢奴的人在大流感前建立的，那些人就是我們的祖先。但後來鎮長被洗腦，認為不孕不育是種族混血造成的，於是他一下就宣告十幾樁婚姻無效，於是警長那晚就跑來我父母家，逼我媽搬出去。不用說，身為混血兒又不孕的我，自然成為鎮長關切的科學實驗對象：他想帶著我造訪其他城鎮，說服其他鎮長採行樂福醫生的做法。」

紐斯拿起胡椒罐，隨興地往鍋裡撒下一大把。

「離開迦瑪烈以後，有好長一段時間，我總以為只要等米勒鎮長死了，我就能回家了。後來我聽說他兒子接替他的位子，於是我就死心了。但現在——」她嚐了一口皮革湯，整張臉皺成一團，馬上加入更多奧勒岡葉。「我明白小子的計劃很瘋狂，」她說，「我們肯定很難活著回來。不過，如果能驚險保住性命——我忍不住覺得，那裡說不定會是我們的另一個家。」

「你還記得你在牆洞巖上跟我說過什麼嗎？」我問伊利。

她盤腿坐在棚屋最頂層的階梯上，清潔獵槍，一把一把上油。我注意到她已經有了自己的一套辦法：右手穩住槍管，左手拿刷子和布清理保養。除非你事先曉得要觀察哪些動作——每次移動右手的時候，她會側頭看一下，偶爾也會用左手調整右手幾根手指的位置——否則你絕對看不出她的右手受過傷。

「給點提示吧。在那之後我又跟你說過很多話，記不得了。」

「你跟我說，小子說『應許之地』那些話，不能單從字面去理解。你說，那些話是讓我們團結在一起的一種方式。」

伊利仍低頭清槍。「聽起來的確像是我會說的話。」她說。

我跪在她放置槍枝零件的乾淨棉布旁。「現在呢？你會怎麼說？」

伊利把槍管抵在拭布上，微微側身用沒受傷的手撥了撥頭髮；她發現手上有槍油，只好用手臂環住膝蓋。這種坐姿使她看起來像個俊美纖細、還未完全散發男子氣概的九年級或十年級男生。

「也許那時候是我誤解了吧。」伊利說。「也許小子始終是認真的，是我沒注意到。又或者現在可能有些事情不一樣了，我不知道。」

伊利搖搖頭，繼續給槍管上油。「不過你知道嗎，有一件事我確實說對了。小子的美夢、她那番高談闊論——像是我們有機會成為什麼樣的人等等，的確讓我們彼此依靠扶持了好長一段時間。即使我們可能並不相信那些話。」

「現在呢？」我追問。

「現在啊，現在那些話有可能會害我們喪命哪。」

經過一天半，我大致曉得幫裡多數人的立場了：安涅蘿絲和紐斯雖心存疑慮，但仍傾向支持小子；凱西、伊利和小洛則持反對意見。唯一還不確定的只剩德克薩，所以在表決前一天、她說要出門採集樺樹皮時，我自告奮勇跟她去。

那是個多雲的陰天。雪白覆上一層灰白，大地包裹在朦朧無聲裡。我們越過草原。夏日時分，叉角羚在此跳躍奔逐，雲雀歡唱；此際卻只有馬兒載著我們倆在草原上移動。

我們找到一排樺樹，遂將費絲和亞米堤綁在樹下。德克薩走向其中一棵，把小刀深深插進樹幹；她剝掉外層樹皮，露出底下的白色澱粉層——這玩意兒可以讓我們咀嚼充飢。她以高手般的靈活動作削下約一吋長的樹皮條，俐落捲起，收進大衣口袋。

「這是你在牧場生活的時候學來的嗎？」我問。

她看著我，彷彿我是個大笨蛋。

「我老爹是阿比林到薛安一帶最大的養馬戶。我們從來不需要靠啃樹皮過活。」

「抱歉。」我說。「我只是好奇你是怎麼學的，怎麼會這麼熟練。」

「進修道院以前，我曾經獨自熬過一個冬天。」德克薩說。「當時我還不習慣自謀生路，但我必須盡快學會應付現實。」

我把小刀插進她旁邊那棵樹，試著剝下樹皮，但我戴著手套、動作笨拙，一下子就把小刀掉進雪堆裡了。

「你覺得凱西說的有道理嗎？」我邊找小刀邊問她。

「你是說，小子異想天開這件事？我不知道，」德克薩說，「但那不是重點。不論是非對錯，小子現在做的夢絕對比這塊地方大上許多，最後免不了會變成一場戰爭。」

「所以你打算投反對票？」我問。我摸著刀子，抓住它貼向樹幹，卻再一次失手落下。

「我會投贊成票。」她說。

我沒想過德克薩會是個視死如歸的人。

「為什麼？」

她又剝下一條樹皮。她都已經弄好三條了，我卻還在跟第一條奮鬥。

「警長吊死我們全家。」她說。「那時我對自己發誓，總有一天我要回去親手殺了他。但這事我一個人辦不到，必須有人跟我一起回黃馬鎮、替我把風，萬一臨時出差錯的話還能支援我。」

德克薩把手探進雪堆、撈出我的小刀，然後直接放進她的口袋。我低頭看靴子，暗暗咒罵自己。

「我跟小子說，這次我會支持她。如果飛白鎮計畫成功了，小子會幫我解決警長。」

「要是不成功呢？」

「我會另外想辦法。」

她的語氣異常冷靜。

「伊利認為我們大概沒辦法活著回來。」我說。

「哦，我可不打算死在那邊唷！」她說。「不過，萬一我真的死了，那就這樣吧。至少我盡力了。」

翌日，奇努克焚風從南邊吹來，溫度一下子升到零下四、五度左右。熬過連日零下十幾二十度的酷寒，這天宛如春日；我們甚至忘了飢餓，紛紛衝向戶外，像小狗一樣在雪堆裡嬉鬧打滾。小子也一起放鬆一會兒，甚至在屋前雪地上做了雪天使，但她沒多久便手插口袋、隻身走向馬廄。我跟上去。

「纈草快用完了。」小子突然轉身對我說。

我一時反應不及。

「抱歉。」我說。「等越谷通道一開，我們會多弄一些回來。」

「有沒有什麼也能產生同樣效果的東西？」

「洋甘菊。」我說。「雖然效果差一點，不過多少有用。凱西好像曬過一些，收在炊事小屋那邊。」

小子點點頭，轉身背對我，望向牧場遠方覆滿白雪的紅巖牆。

「你媽媽治療的那個人，」小子過了好幾分鐘才又開口，「睡不著的那個人。他是因為害怕才睡不著嗎？」

「抱歉，」我說，「我不太懂你的意思。」

小子語氣有些不耐煩。「他是否常在半夜驚醒，卻說不出自己到底在害怕什麼？他眼角是否常常瞄到暗影，但一轉頭看就立刻消失了？」

「沒有。」我說。「他從未描述過這種狀況。」

小子拋下我，逕自走向牧場。儘管焚風送暖，牧場看起來荒涼依舊：沒有馬匹也沒有跡徑，平坦雪原越過籬笆、朝遠方山谷延伸而去。小子不久前還是個神采奕奕、自信滿滿的領袖，此刻卻形單影隻，縮肩垂目，黯然神傷。我再次想起伊利的那番話，現在不說就來不及了。心一橫，我跨步追上小子。

「還有一樣東西。」我說。「我們用來對付畢斯比的鴉片酊，還剩一點，我收在床底下的箱子裡。那玩意兒只要一滴就能讓你入睡，再多就危險了。你只能在真的非它不可的時候才能使用。如果一連使用好幾天，你會越來越需要它，你會……有人甚至會因此成癮。」

「若有誰需要這個方子，」小子說，「我一定會非常謹慎地使用它。」

對於我接下來的請求，我心裡有一部分感到內疚，但另一部分的我認為機不可失；既然小子有求於我、希望我守口如瓶，現在提出來正是時候。

「有件事我一直想試試看。」我說。「從我加入這幫姊妹那天起，我就開始計劃了：帕戈薩溫泉鎮有一位助產大師，她比我所知的任何人都還要了解不孕、生產這方面的學問。我必須去找她、和她一起工作，我認為我能幫她。」

最後這句話，我始終不曾說出口，但此刻我訝異地體認到，我相信自己真的可以。

「幫裡的每個人都是自己決定加入的，」小子說，「想走的話也可以自由離開，你是知道的。」

「但如果單靠我自己，我肯定到不了那裡。」我說。「我需要馬、需要錢、還需要有人作伴，以免途中遭遇不測。所以我想——」我停下來，不習慣如此厚顏無恥；「我想，你或許會需要我這一票。否則你大概會輸掉飛白鎮的計畫。」

小子笑了，但毫無喜悅之意。

「你跟德克薩聊過了。」

我閉口不答。

「好啊，這樣也算公平。一旦我們拿下飛白鎮，你想做的事很容易達成。不過你必須發誓，在計畫完成之前你必須絕對忠誠。你是否願意承諾你會為了我們的國度而奮鬥，不論眼前有多少艱難險阻？」

「我願意。」我說。

小子伸手與我相握。隔著厚厚的手套握手，感覺好怪，好像小子離我很遠似的。

「謝謝你。」我說。

「將來有一天，我會坦然接受你的感激。」小子說。「但此刻我還沒有資格承受。」

那天晚上投票表決前，紐斯、德克薩和我在門外看星星。紐斯和我只認得幾個簡單星座，譬如北斗七星和獵戶座，但德克薩能在夜空中指出雙魚、巨蟹和室女，甚至指出哪幾顆星星閃爍紅光或藍光，並非清一色都是白光；小洛來喊我們的時候，她正以食指勾勒雙子座給我們看。回到屋裡，小子已經開始講話了。

「我的好夥伴，」小子說，「我就不老調重彈、侮辱各位的智慧，但我只想提醒大家：『沒有行為，信心也是死的、孤單的。』行善的時候到了，我的美人，我們英雄們。為世間正義行動的時刻到了。」[10]

眾人沉默。我想起聖子，想起院長修女在禮拜日講道後，要求我們靜默禱告。

「贊成購買飛白鎮農商銀行計畫的人，請舉手。」

紐斯和安涅蘿絲立刻舉手。德克薩等待片刻，也舉手了。小洛直視前方，手插口袋。伊利和凱西十指交扣，沒有動作。我看著小子，為我倆的協議尋求確認，但此刻的小子和早上的她判若二人——抬頭挺胸，聲音充滿力量和勇氣。我舉手，決定放手一搏。

---

10 譯註：出自《雅各書》2:17。

# 第七章

四月初，安涅蘿絲和我策馬出了山谷。冬雪漸融。若側耳傾聽，你肯定能聽見雪水在地表緩緩流動的聲音。歷經數月荒寒，此刻濕土氣味清甜，瘦成皮包骨的叉角羚和野兔似乎被乍現的春陽嚇了一跳，彷彿先前已然忘卻陽光的存在。

我們的第一站是諾康的兜貨小舖。不過他沒有我們想要的東西。

「誰會跟我買炸藥啊？」他問，將子彈和香料推過櫃檯還給我們（捱過冬天，這兩樣是目前我們手邊唯一值錢的東西）。「只有瘋子會買。但我從不覺得你不正常呀，安涅蘿絲。」

「或許你的供貨商有辦法幫忙弄到一些？」安涅蘿絲不放棄。「我們可以過一兩個禮拜、或一個月以後再來，而且是帶著金幣——」

諾康搖頭。

「如果我賣槍給你，而你用它打傷了人，沒人會追到我這兒來，因為賣槍的不只我一個。可是這地方沒人賣炸藥啊。所以，就算我設法幫你弄到，而你搞砸了，警長的手下一定會直接來敲我家大門。不過我肯定排在你後面，是吧？」

「明白。」安涅蘿絲收攏我們放在櫃檯上的交易貨品。「總之謝了。」

但我還沒完。「如果我自己做呢？」我問。「這東西有辦法自己做嗎？」

諾康看著我，表情跟當初我提起愛麗絲・沙佛女士的著作時一樣，好像他挺感興趣的，甚至有些動搖。

「自己做炸藥？不可能。」他說。「不過，如果只是那種小小炸一下、拿來騙人兜幌子的玩意兒，應該做得出來。」

「要怎麼做？」我問。

「這就超出我的知識範圍囉。」諾康說。「不過，我看你挺機智的，你應該有辦法弄到想要的資訊吧。」

我們朝山谷西邊騎了一天，在某間驛站找到書販。若妮驛館跟這地方比起來根本是宮殿：這間殘破老屋搞不好是在大流感之前蓋的，左右兩邊都是空屋，然後又因為屋板被拆下來當柴燒而變得更加支離破碎，現在只剩廚房和一個小房間。驛站所有人是一名看起來精疲力竭的女子，名叫薇瑪，她在廚房灶爐旁用舊餐具櫃造了個簡單吧檯。吧檯靠近爐火，端上來的威士忌竟是溫的。

書販一臉緊張。他們總是這樣。過了一個冬天，他長出沙金色的濃密八字鬍，動作迅速且小心翼翼地啜飲威士忌（避免沾到鬍子），眼睛骨碌碌地掃視屋內。長木桌大概坐了十或十二個人。這塊木材原本挺漂亮的，卻因為長年廢棄而裂得一塌糊塗，表面還沾染不少重獲新生後留下的酒漬與油膩。牆邊還有十來個人站著喝酒。這裡的顧客比若妮那兒的年紀老些、也更剽悍粗獷，大多是獵人和一些做買賣的；他們住在森林區，經常一連好幾個禮拜見不到其他人。此刻他們聚在一起，有些人沉默依舊，彷彿忘了要怎麼說話，又或者他們其實是刻意過著這種生活，設法避開其他人；不過，大多數人就是一副剛脫離獨居生活、興高采烈或好辯好鬥的模樣，音量大到屋裡每個人都聽得見，或甚至蓋過其他人的交談聲。

「我手上剛好有你要的東西，」書販說，「《聖路易斯民兵團野戰手冊》。不論是土製爆裂物、對戰操練、偽裝誘敵，或是如何在沒有乾淨飲水及食物的情況下，在野地熬過三十天以上，你需要知道的每一件事這裡頭都有寫。給我五十個銀幣，這本冊子就是你的了。」

我翻了翻白眼。

「少來。」我啐道。「你以為我忘了一本書值多少錢嗎？我們可以給你一整盒品質極佳的子彈。我想安涅蘿絲應該願意再加上幾件首飾。」

安涅蘿絲打開她的皮革旅行袋，讓他看一眼我們打算拿來交易的胸針和耳墜子。

「這些全部，再幫我付今晚的酒飯錢，」書販說，「那我就考慮給你們一份簡易版——不給圖，只有文字。」

我看看安涅蘿絲。她點頭。

「反正那些圖我們也用不上。」我舉起酒杯。「成交。」

書販碰碰我的酒杯，仍避開我的視線。他一口乾掉溫熱的酒液，推開椅子站起來。

「對了。」我試著做好答案揭曉的心理準備。「最近布蘭屈警長有沒有什麼新消息？」

他搖搖頭。

「我就知道你在騙我。我應該跟你多要一點，給我自己買點保險以免惹禍上身。如果被他發現我用我的馬車載你出城——」

「但他沒發現呀。」我說。「聽好。他並不知道我現在人在哪裡，這點我很確定。」但我其實什麼也不敢確定。「我只是好奇他是否還在找我。」

「你的人頭依舊值錢，如果這是你想問的。」書販說。「今年有兩個賞金獵人向我問起你。聽他們說，你在費爾查德誘騙一名年輕男子跟你結婚，並且害鄰居難產，甚至還因為跟某位產婦共飲一瓶酒，導致她的孩子一生下來就是兔唇。」

安涅蘿絲推開她面前的酒。「像你這種受過教育的男人，」她說，「應該不會相信那些鬼話吧？」

書販聳了聳肩。「我信不信不重要。但我告訴你——」他靠向桌緣、壓低音量，「幾個月前，我巧遇布蘭屈那傢伙。就在入冬前，在快捷市。他去那兒的一處養牛場幫忙，因為那家人的父親病倒了。布蘭屈是個好人，也很聰明，於是我禁不住這麼想：或許那個叫艾妲的女孩能跟他講道理，如果他們有機會坐下來談一談，說不定能達成某種共識。但我現在卻跟你坐在這裡，聊一些炸彈之類的事……有時候，我真覺得你們這群住在山谷裡的女人才是真正的麻煩人物呀。言盡於此囉。」

我瞥見安涅蘿絲摸索她縫在洋裝裡的槍袋，我立刻按住掛在腰際的手槍。

「別擔心。」書販又說。「我什麼都不會告訴他。我認識小子好些年了，而你們也沒錯，錢的確很重要。不過，或許你們偶爾應該跟其他人一起上教堂、領聖餐，而不是成天跟人家作對。這種買賣安全多了。」

十分鐘後，書販爬上馬車、尋找那本沒有圖的《聖路易斯民兵野戰手冊》，安涅蘿絲趁機跟我咬耳朵，認為我們應該殺了他。

「現在我覺得我沒辦法再信任他了。」她說。

「驛站裡的每個人都看到我們跟他在一起。」我低聲回答。「如果在這裡殺掉他，大家一定會知道是我們幹的。」

「我們可以問他能不能載我們去別的地方？」安涅蘿絲又說。「假裝馬兒掉了蹄鐵什麼的。」

「兩匹馬都掉嗎？」我說，「會被他看破手腳的。」

實情是，我根本不想冷血地殺掉這個人。每天晚上入睡以前，我依然會看見那名年輕車伕的臉。那人對我來說尚且只是陌生人，但我跟書販共處過幾天，所以我知道他會低聲哼著走調的曲子，自以為沒人聽見；我知道他會咬指甲邊緣的皮（先咬左手、再咬右手），有時甚至咬到流血。雖然我不喜歡這個人、也不信任他（畢竟安涅蘿絲說的也有道理），但我就是不確定我有沒有辦法一槍了結他的性命。

「我倒是有個主意。」我說。

我稍微提高音量，讓馬車裡的書販能聽見我說話。

「咱們得先試一試。」我說。「我可不想載著一批破炸彈直奔卡斯柏。」

「卡斯柏？」安涅蘿絲詫問。

我使了使眼色，她馬上會意過來。

「我們得再往南邊騎一點，買足其他需要的東西，然後去空獾鎮試試。」安涅蘿絲說。「這樣的話，我們就不用從山谷帶著一堆會爆炸的玩意兒上路，大老遠騎去卡斯柏了。」

這時，書販從車廂爬出來，手裡拿著那本書。

「你們要買的東西應該不會太多。」他說。「如果我沒記錯，主原料好像是馬糞。」

書販說的沒錯。在這本一八五七年出版的野戰手冊中，聖路易斯民兵秘書事務官佛德列克．布朗特表示，只要準備五磅馬糞、半磅硝石和一條長引信，就能做出炸彈了。「若原料比例拿捏得當，要炸掉一輛馬車或附屬建物完全不是問題。」布朗特寫道。「兩顆炸彈就能夷平一間普通大小的房子。四顆的話，民兵可輕易摧毀『維寧格小子』佔據的碉堡要塞，強化我方在伊利諾河與密蘇里河匯流處的戰略位置，建立臨時行政中心。」

我著手製作第一顆炸彈。我計畫從馬廄取來五磅馬糞，放進麻袋與硝石混合，然後拿鞋帶充當引信。我在一條融雪形成的小溪旁引爆（那地方離棚屋有段距離），以免引起火災。驢蹄草的白花苞即將綻放，溪畔瀰漫泥土和植莖的味道。我想起媽媽的花園：她種的金盞花和紫錐花應該快開了吧。

書販說的沒錯，布蘭屈警長的確是仁慈又聰明的好人；所以我不斷告訴自己，警長絕不會傷害我的家人，只要能抓到我，他就滿意了。我的家人完全不知道我身在何處，對她們來說或許也是種保護：沒有一個人——我是指所有認識我的費爾查德鎮民——知道我現在是個法外之徒，沒有人曉得我此刻正跪在一顆土製炸彈旁邊，手裡拿著點燃的火柴，希望能成功搶劫銀行並買下一座小鎮。這種心情真的激動又孤單。

炸彈成果不如預期。火焰順著鞋帶往上燒向麻袋，麻袋在濕泥地上劈哩啪啦歡欣作響，但是並未產生任何能稱為「爆炸」的效果。我們等了一分鐘，兩分鐘。五分鐘過去了。

「手冊上有說炸彈多久會爆炸嗎？」安湼蘿絲問我。

「沒有。」我說。「但如果需要花這麼久的時間，情況就不妙了：假如銀行金庫外頭突然出現一堆燃燒的馬糞，一定會有人注意到的。」

接下來這顆，我在混合前先把馬糞放在太陽底下曬乾。待馬糞曬得硬梆梆、引來一群黑壓壓的蒼蠅，我便剷起足夠的份量放進麻袋，再試一次。這回小洛也加入紐斯和安涅蘿絲的行列，一起旁觀實驗。但實驗還是失敗了。

「如果做不出炸彈，」小洛試著用閒話家常的語氣說，「我們就得放棄這個計畫了。」

「一定會做出來的。」我說。雖然我壓根不知道該怎麼做。

我試著多加一點或少放一點硝石，多一些或少一些馬糞。鞋帶留長一點、剪短一點，麻袋打開或綁緊。有一回，我甚至絕望地直接放棄引信，就著袋口點火；幸好這一次也跟前幾次一樣，都失敗了。

其實我從好一陣子以前就不再提試做炸彈的事，但不知怎麼著，她們還是發現了，而且剛好就在我試爆無引信炸彈那次，大家（除了凱西和小子）全都跑來看。她們分成「希望炸彈成功」和「希望炸彈失敗」兩派，壁壘分明：大家表面上故作輕快，心情卻十分嚴肅。後來，試爆失敗、大夥兒各自散開，伊利走向我。

「你打算繼續嘗試多久？」她問道。

「試到成功為止。」我說，但我已經擠不出任何想法了。

「我看你好像沒有任何進展。」她說。「你何不老實跟小子說這主意行不通？」

「但它行得通呀。」我說。

伊利嘆了口氣，用沒受傷的手指揩眉頭上的汗水。快要五月了，陽光照耀之處一片暖烘烘，只剩陰涼的地方還殘存些許冬日的記憶。

「我明白你有你的理由，所以你願意嘗試小子的計畫，」她說，「而你肯定也認為你的理由站得住腳，但你我都曉得這計畫有多危險。所以這或許是一次機會，讓你能重新考慮你的決定。如果你跟小子說炸藥做不出來，小子應該就會打消念頭了。」

「你想想，」伊利又說，這回她用受傷的手耙過頭髮——她右手笨拙不靈光的動作因此變得格外明顯，「你說不定還有機會救大夥兒一命。」

有那麼幾分鐘，我說不出半句話。自那晚表決以來，我漸漸開始覺得自己是幫裡的一份子了，她們接納我的方式令我喜出望外：每天早上，我先幫德克薩餵馬；儘管我們沒怎麼交談，但我感受到某種平靜。自從離開學校、不再和蘇西一起走路上學以來，我就不曾有過這種感覺了（不過那是在我們去接瑪拉以前。因為接下來瑪拉會嘰嘰喳喳、笑話八卦一整天）。到了傍晚，小洛會教我怎麼用拳頭和雙腿撂倒別人，而我則教她藥物和毒藥知識作為回報：譬如告訴她哪些得找商人買、哪些在棚屋附近採得到，或是藥草乾製後可以泡茶或製成油膏，對於治療咳嗽、發燒或清潔被感染的皮膚都很有效。

我也看見山谷在度過漫長冬季後，處處綻放美麗的花朵、帶給我「家」的感覺；但我對未來的規劃仍充滿不確定，混沌未明。說不定愛麗絲・沙佛女士根本不想和我扯上關係，說不定她的診所早就停止營業，說不定她已經死了。

但是，假如我繼續留在山谷，我對我自己、對於跟我有同樣狀況的人的認識，並不會比離開修道院時增長多少；我極可能永遠無法得知是什麼原因使我不孕，最後抱憾而終。

「小子不會輕易放棄這個計畫的。」我對伊利說。「如果做不出炸彈，我們也會想出其他辦法的。」

那天晚上，夥伴們有的吵鬧鬥嘴，有的玩骨牌打發時間，有的直接倒頭就睡，小子則獨自對著成堆的地圖紙張發愁；她眼神渙散，兩眼佈滿血絲。我撐著不睡，等到其他人都上床就寢、凱西也窩在伊利臂彎裡發出平穩的鼾聲，小子終於打手勢喚我出去。

春夜，明月高懸皎潔。遠山如牆，陰影銳利地劃過山谷。近處，貓頭鷹嗚嗚嗚啼，啼聲響亮。月光下，小子的外套和帽子彷彿染上一襲銀灰色柔光。

「你最近有睡嗎？」我問。

小子望著月亮，聳了聳肩。

「那──」我打住，思索該怎麼以最禮貌的方式詢問她是否仍在夜半驚醒、莫名恐懼；「那，其他那些症狀呢？」我決定這麼問。

「你有沒有為別人的生命負過責任，醫生？你是否曾經一手掌握其他人的性命？」

「我有過，你知道的。」我說。

小子點點頭。

「我爸是牧師。」小子說。「流感襲擊阿拉巴馬州的時候，他年紀還很小，所以他七歲時就已經能帶領居民為病人禱告了。十歲那年，因為全州農地歉收，所以他們家和另外十個解放的農奴家庭一同西遷，在特克薩卡納城外新建了一個小鎮，我爸則是首任教區牧師。

「我們那個鎮雖然有鎮長，不過實際主事者是我爸。他為鎮上每一名新生兒施洗祝禱，此外也包括許多在鄰近白人城鎮出生的黑人嬰兒。他幾乎每個禮拜天都會為一對新人證婚。若有誰家的太太遭丈夫毆打，或是某位鰥夫因為破產而打算隨亡妻而去，或是有哪家的孩子病了、走丟了，或哪個老爺爺心智退化成小孩子，我爸總是陪在他們身邊，不分日夜，有時候也會提供食物、金錢、睡床、或任何他們需要的東西。因為每一位信眾都如同他自己的一部分：他們苦，他也跟著受苦。」

「他聽起來是個很偉大的人。」我說。

「他非常堅強。」小子說。「一年三百六十五天，他每一天都在扶助、支持每一個人。然後有一天，他崩潰了。整整一星期，他睡不著覺，幻視幻聽，指控我們做了一些我們沒做過的事；他不會打我們，但他會摔東西。有一次，他把廚房裡的餐盤全給砸了，我們只好把冷麵包和起司放在餐巾上吃，直到我們攢夠錢、買得起盤子為止。」

「你擔心你也會像他一樣？」我問。「擔心你會像他那樣突然發作？」

「原本是我要接下他在教會的職位的。」小子說。「不是我哥、不是我弟，而是我。我從十一歲起就開始佈道，我比教會助理牧師更受歡迎。我知道如何傾聽。我爸忙著挨家挨戶探訪時，教區居民慢慢開始願意把他們的心事說給我聽。大家都說我簡直跟我爸一模一樣，只差我是個女孩子。」

小子嘆了口氣，然後笑了。「我早該知道，我不只遺傳到他好的那一部分。」

「後來你爸是怎麼好起來的？」我問。「如果有藥醫，我可以試著做做看，或者可以找諾康幫忙，沒問題的。」

「藥物幫不上忙。剛開始，醫生或鎮上的產婆會來看他，最後唯一有效的方法只剩下等待。於是我媽跟教會長老說，我爸病了，請他們安排助理牧師主持禮拜天的聚會佈道。後來，她甚至把屋裡的窗帘全部放下來，不讓外人、訪客或甚至家人接近我爸，直到他恢復心神為止。」

貓頭鷹再次啼叫，這回聲音比較遠了。雲層團團裹住皎月。小子轉身背對我，望向在月光下黑白分明的紅巖牆。

「我的腦子還是很靈光。」小子說。「鴉片酊幫助不少。我一直照你說的，謹慎、小心地使用它。只不過，萬一有一天我忘了我是誰，萬一我以為自己是不死之身、是上帝下凡，以為沒有任何男人女人傷得了我，到時候你一定要送我去溪邊那間牛仔小屋。我會在那裡待到好起來為止。」

「這我做得到。」我說。「但你是不是應該要讓凱西知道？把這一切都告訴她？」

「凱西已經起疑了。」小子說。「但她不曉得我可能會病得多嚴重。如果被她知道——」

小子摘掉灰帽子，優雅地撫過理得極短的小平頭。夜空下，沒戴帽子的她看起來蒼老而疲憊。我不曾見過這樣的她。

「這群夥伴們——」小子比比棚屋，「她們不見得總是服我、或者同意我的看法，但她們依靠我。我不像過去那麼穩了，我知道她們看得出來，但我還是我，至少現在是如此。」

小子戴回帽子。

「如果有一天我不得不離開，」小子說，「你就告訴她們我發高燒，跟她們說一些你能想到的理由。唯獨就是不能把真相說出來。」

當下我只覺得害怕。不是怕小子、也不是害怕當年她父親生病的原因，而是害怕有一天，萬一必須由我來團結整個牆洞幫，到時我該怎麼辦？我也好怕自己無法及時做出有用的炸彈。這時我意識到，每一個毫無進展的日子都代表小子又一日徹夜未眠；但我也明白不能讓小子知道我的恐懼，這對她沒有好處。

「你可以信任我。」我說。

「很好。」小子說。「好啦，該上床睡覺了。晚間的空氣對我有益，我應該養成習慣，更常出來走走。」

小子轉身回棚屋，我連忙跟上。我心裡有好多疑問，而我實在沒辦法連一個問題都沒問出口、就讓這一刻溜走。

「你為什麼沒接手你爸的教會？」我問，「出了什麼事？」

小子對我微笑，同時搖了搖頭。

「改天再說吧。」她說。「我累了。」

隔日我埋首研究野戰手冊，尋找線索。炸彈那個章節我已反覆閱讀不下百次，不過我倒是不曾從第一頁開始，仔仔細細讀完整本手冊。嚴格說來，這本手冊幾乎稱不上「手冊」，頂多只能說是佛德列克．布朗特個人的功勳記錄：顯然，布朗特運用其卓越的斡旋技巧，將三大家族所有已屆作戰年齡的男子集結在一起，成立民兵團（在大流感侵襲聖路易斯舊城以前，這三大家族即已舉家逃往西北）。多虧他的老練靈活以及在軍事方面的敏銳度，聖路易斯民兵多次戰勝或逼和其他幾支同樣來自疫病死城、由白人拓荒者組成的武裝隊伍，成功控制密蘇里河附近的主要地區，獲得近五百人的忠誠支持。當時，布朗特打算協助大夥兒建城，而地點就選在一個叫「匯流地」的地方。他一方面指揮民兵抵禦其他難民團體攻擊（大夥兒都覬覦這塊寶地），另一方面，他未雨綢繆，派人到西邊去找伊利尼維克人的各領袖談判，建立衛星據點；因為他相信，「匯流鎮」的人口很快就會超過這塊河灣匯流地能負荷的程度，遷城勢在必行。

儘管布朗特做了那麼多事，他自始至終都只是民兵團秘書事務官，既未晉升至上尉或更高軍階、也沒坐上匯流鎮鎮長的位子。於是我懷疑，他在手冊中歸功於己的諸多功績成就，其實並非由他促成、或甚至根本沒成功過。不過他的記述十分詳細，從手槍、滑膛槍子彈數目（或民兵團倉庫內的其他彈藥數量）到他們花了多少時間蓋好市政廳（木材是從附近廢棄老屋拆下來的），還有民兵及其家庭餵馬的精料種類，他都寫得清清楚楚——而這最後一項令我眼睛一亮。

「一八五三年春天出生的小馬，育成率不及往年。」布朗特寫道。「不是容易骨折、就是經常生病。經驗老到的農人暨民兵團蹄鐵匠安德魯・蘭歐恩推測，自遷入匯流鎮以來，我們在飼料方面過度仰賴燕麥和玉米，並未給足牧草。確實如此：翌年春天，我們放馬兒去牧場吃草，僅偶爾補充燕麥和玉米精料，結果牠們全都身強體壯。從此以後，我們就照這種方式養馬。」

牆洞幫的幾匹馬夏天吃牧草，冬天吃乾苜蓿和乾草；有幾匹馬甚至一輩子沒嚐過燕麥和玉米的滋味。好在這兩種穀物都不貴，我應該可以用幾把舊槍和去年秋天調製的藥酒，跟諾康換幾袋精料回來。

我幾乎可以百分之百確定，接下來的實驗極有可能仍是白忙一場，所以我什麼都沒跟德克薩說，只告訴她我打算給亞米堤補補身子，託辭說牠最近好像有腸絞痛的毛病，然後在打掃馬廄的時候，把亞米堤的糞便單獨存放備用。待我存夠亞米堤的乾馬糞，我便裝進麻袋，隔天一大早（那時天空剛染上灰藍色）、趁著大夥兒還沒起床，趕緊溜出棚屋。

點著引信時，我腦中盤算著接下來該怎麼辦：我該如何告訴小子，向她坦白我做不出炸彈。剛才出門的時候，小子還在睡——頭戴帽子、靴子也沒脫，就這麼直接睡在椅子上；不過不管怎麼樣，至少她還是睡著了。實驗前一天，我檢查過皮箱裡的鴉片酊，雖然量確實少了許多，但小子顯然用得相當節制。說不定，小子的情況越來越好了，我這麼告訴自己。畢竟，要從無到有成立劫匪幫派，然後領導眾人度過連年的危機與困苦，讓八個人緊密團結、面對可能導致幫派分裂瓦解的各種挑戰，你得擁有異於常人的堅強才行。

我很清楚：少了炸彈，我們就得強逼銀行行員替我們開金庫。這麼做比較花時間，警長等人極可能在這段時間內趕到，其他行員也可能群起反擊；如此一來，整個計畫就會變得更危險，而小子說不定得再重新表決一次，或者至少得說服伊利、凱西和小洛，讓她們相信風險應該不會太大。火焰慢慢沿著鞋帶往上竄時，我還在自言自語，認為小子應該有餘裕應付這一切；說到底，如果她有能力事先交代將來要怎麼處理她生病的事，應該就表示目前她的病況還不算太嚴重才對。

這時，我聽見身後有個聲音——好像有什麼東西在高草叢裡移動。我轉身，以為是蛇或山獅，所以當炸彈爆炸、地面爆開的聲響亦隨之傳來時，我正好對上小子的雙眼。她根本沒睡。

# 第八章

卡斯柏鎮的復活節市集令我大開眼界。鎮外的露天廣場搭起超級大帳篷，大得足以容納費爾查德所有居民。頭戴白軟帽、身穿黃洋裝的婦女正在為接下來的禮拜儀式做準備，掛上一幅幅掛毯，毯上的圖像包括「聖子耶穌在抹大拉的瑪利亞懷中自墓地升起」、「耶穌復活，向門徒顯現」、「天使圍繞耶穌升天」等等。來自波德河上下游的攤商小販在帳篷外圍成一圈，兜售他們以馬車載運過來的各式貨品：譬如畫上花朵或復活場景的鏤空雞蛋或鴨蛋，還有糖水混明膠、再加入白蘭地或藍莓汁增添風味的「聖子淚滴」，串珠軟鞋或以豪豬刺鑲邊的手製皮袋、花冠、大黃甜派和羊肉鹹派，製作精美的墨西哥銀器，還有忙到最後一刻才趕製完成的省親節變裝服：男士是顏色鮮豔的寬罩袍，女士則是小帽和八字鬍，以及讓小孩子扮成老奶奶的灰色假髮。

廣場正中央是家畜交易場，動物不悅的鳴叫宏亮刺耳，體味交雜、惡臭難聞。我看見體型堪比閹公牛的公豬，以及身材比牆洞幫雞舍還要大的閹公牛；一隻白雞拖著長長的尾羽，宛如新娘禮服的長裙裾；還有一頭溫馴的黑熊，像人一樣頭戴高帽、以後腿站立。

我們在馬匹交易區巧遇亨利和雲雀。亨利看上一匹漂亮的沙色母馬，正牽著牠在隔欄內繞步；母馬高高揚起頭，彷彿自知身價不凡。雲雀中意的灰色花馬體型較小，紋路頗似河中卵石，眼神充滿懷疑與不信任。雲雀輕柔地咂舌安撫，起初牠略為遲疑，然後慢慢走向他，吃掉他掌心裡的一小塊方糖。

前些日子，紐斯向小子提起亨利和雲雀，表示他倆應該能幫忙弄到一輛載貨馬車，讓我們把金幣運出飛白鎮。我當下窘得不好意思支持她的提議。不出所料，凱西果然不喜歡這個主意——她說以前我們從來不需要外人幫忙做買賣——但紐斯認為這不完全是事實，因為過去她經常從亨利、雲雀或其他人口中探得各種資訊或內幕消息，更何況，我們至今偷過體積最大的物品不過是牛隻馬匹，沒別的了。亨利和雲雀都有駕駛馬車的經驗，也曉得如何排除故障或應付不熟悉、受驚的運馱馬隊。小子明快地點頭答應，我也自認應該陪紐斯跑這一趟。畢竟我認識這兩個人，況且，現在我和紐斯的默契已經好到能或多或少彌補我的經驗不足：此刻，當我們倆以奈特和亞當的身分穿梭馬棚（或許是我已經習慣男人的大步伐，再不就是這種步伐掩飾了我的真實身分），我覺得任何隨意瞧我一眼的人絕不可能料到我是個生不出孩子的女人、被拋棄的妻子，或是因為詛咒婦女子宮（儘管我接生過不下數十名嬰兒）而遭通緝的亡命之徒。

不過，當我一見到雲雀，我立刻覺得自己身分暴露了，彷彿任何人都能輕易看穿我的想法。與初識那天相比，他感覺有自信多了：上次在飛白鎮，我以為他只是拘謹、不自在，但此刻看起來更像是謹慎穩重——馬兒害羞舔舐他的掌心，而他屏息自持，紋風不動。在他轉身看向我的那一刻，我也同時背過身、假裝沒看到他，直到亨利來到他身邊，而紐斯也出聲喊人、拍拍他倆肩背並輪流握手問候之後，我才轉回來。

「找個安全的地方聊一聊吧？」紐斯說。

亨利搖搖頭。

「看看四周。」他說，而我看了——我看見孩童追逐嬉鬧，繞著寵物和馬兒又推又擠的；我看見戴著實用白軟帽或彩色網紗頭飾的婦女正在跟攤商討價還價、或打情罵俏，嬌笑耳語，有幾位甚至從她們豐腴的臂彎中拿出鑲了珠飾的廉價玻璃杯，賣給攤商。至於身著禮拜日服飾、或工作服和鹿皮裝、或兩種風格混搭的男士們則忙著丈量馬背高度，仔細檢查腳蹄，將成袋的紙鈔錢幣在空中扔來拋去，爭得口沫橫飛，開玩笑或挑釁地互推肩膀。總之，整體看來就是結合商業交易、友情問候和打仗的狀態。

「我向你保證，這裡每十個男人之中就有一個是馬賊，女賊的話少說二十人之中也有一個。所以在這裡說話最安全，咱們乾脆混進去吧。」

我們沿著馬棚外長長的隊伍往前走。亨利和紐斯走在前面，雲雀和我殿後。

「明天就是省親節，」亨利說，「大夥兒都會聚在這裡大吃大喝一整天。我們可以等到大家都喝開玩瘋了再動手：鎖定一輛沒人注意的載貨馬車，換上我們的馬，直接駕走。」

「那要怎麼應付警長和民兵？」紐斯問道。「他們一定會四處巡邏吧。」

「當然。」亨利說。「不過，這市集我以前來過，就我過去的經驗判斷，在省親節的這個禮拜一，民兵警隊那群人就跟一般老百姓一樣貪杯享受；再加上到時候每個人都會變裝打扮，誰是誰根本看不出來，所以他們極可能連我們是不是上週五駕車進城的那批人都不曉得。雲雀和亞當看起來就是一副年輕正直兜貨商的模樣，如果換上最好的行頭就更像了。你不覺得嗎？」

於是我們繞回賣變裝服的攤子。

「那兒有件粉紅色居家服挺適合你的，上頭寫了你的名字唷。」亨利指指最便宜的攤位，對紐斯說；攤子上放了一塊手寫看板，宣傳「打折賣！只要五個銀幣就能把一件衣服和一頂帽子帶回家！」

「饒了我吧。」紐斯邊說邊撥弄一件胡蘿蔔色混綠色的連身裙，「你也知道我穿不了粉紅色。」

我拿起一件藍底白圓點洋裝。這衣裳好美，像我以前在費爾查德會穿的衣服，也使我想起結婚前參加過的那些舞會：瑪拉、蘇西和我會站在牆邊偷看男生，並且在他們上前邀舞時別過臉去。

紐斯拿起一件瞧了瞧，再掛回衣桿，最後挑了一件不太好看的大紅玫瑰黃底洋裝，又拿了幾份化妝用的紅油彩。

「變裝講究的不是漂亮，」她趁雲雀和亨利走向另一排衣架挑揀時，低聲對我說；「你得夠誇張才行。」

女攤商收下我們的錢，再把我們買的東西用牛皮紙包好。這名女子貌美出眾，有著一雙大大的綠眼睛，下巴的淺溝給人一種意志堅定的感覺。她在計算找零時一直盯著紐斯的臉。起初我覺得她的視線粗魯無禮，後來才明白箇中含意。

「明天我有幸能在舞會上見到你嗎？」女子把部分零錢放回口袋，紐斯問她。

「你會見到我的。」女子說。

「那好，明天見。」紐斯掂掂帽緣。

亨利一路笑著離開攤商區，頻頻搖頭。

「你還是跟以前一樣呀，出手飛快。」他調侃紐斯。

「只是禮貌而已。」紐斯回答。

我們順著原路回到大帳篷。這時已經有人在大聲講話，吸引群眾注意。紐斯和亨利挑了主支柱後方的空位坐下，但柱子繫著花彩緞帶，我得側頭閃邊才看得見舞台。正在講話的男子頂著一顆圓圓的光頭，鼻樑架著牛角框眼鏡；儘管身材瘦小，聲音卻十分宏亮、充滿自信。他繞著舞台邊緣走動，舉手投足感覺相當有份量。

「咱們這兒有身強體壯、能吃苦耐勞的好馬，當然，瘦巴巴病懨懨的也不是沒有啦。」牧師說。「牠們有些長得又快又好，腿腳結實，有些則是動作笨拙又慢吞吞，連個犁都拉不動。有些能平安度過春夏秋冬，有些才碰上第一個冬季就高燒投降了。」

「走吧。」亨利對紐斯說，聲音低柔許多。「咱們去喝一杯。『聖子淚滴』隔壁那攤只要五個銅板就能喝到雙份威士忌。」

紐斯搖頭。「你想喝的話就去吧。」她說。「我想留下來聽。」

「任何有經驗的牧場老闆都曉得，只有好馬才生得出好馬，十匹有九匹都是這樣。」牧師接著說。「要是種馬體弱多病，配出來的小馬也沒戲唱。這道理很簡單。

「我們知道，人也是這樣。有辦法生一堆孩子的女人通常來自大家族，而本身就是兔唇或腳掌內翻的女人，大多也會生下同樣毛病的孩子。」

牧師這番話聽起來好熟悉，但我就是想不起來在哪兒聽過。

「現在呢，」他繼續，「我想給大家看幾樣東西。你們一看就會明白我想表達的重點了。」

一名神情愉悅、身穿黃色洋裝、頭戴白色軟帽的年輕女子牽著兩頭山羊走上舞台：一頭是短毛棕色小母羊，另一頭是黑毛蓬亂的長鬍子公羊。兩頭羊都長得又胖又壯，頻頻扯動牽繩，令年輕女子一邊使勁控制羊兒、一邊咯咯嬌笑。

「這頭漂亮的傢伙是科羅拉多種，」牧師指指公羊，「登山攀岩高手。而牠旁邊這位小姑娘則是低地種的亞利桑那紅羊。這兩頭羊生長的氣候、自然環境完全不同，所以在一般情況下，牠倆絕不可能在路上巧遇相逢。不過，基於科學實證精神，我讓這兩頭羊交配了。」

年輕女子牽著兩頭羊走下舞台，不久之後又牽著一頭奇醜無比的動物上台——牠瘦骨嶙峋，眼睛是淡粉紅色的，後腳扭曲跛行得令人不忍卒睹，頭上長了不只兩支角而是四支角，並且像鬼針草一樣分岔扭絞在一起。我一見到這頭羊，立刻明白眼前這位肯定就是艾德華．樂福本人。

「好，請各位看看這頭不幸的小獸。」樂福醫生說。「牠是剛才那兩頭活潑、漂亮的動物製造出來的後代。如果跟自己同種的山羊交配，雙方都能生下活蹦亂跳的健康小羊；如果跟血統**不相容**的品種交配，就會製造出這樣的可憐生物。這頭羊身上整整有十三項各式各樣的畸形或缺陷，各位從座位上看見的都還只是比較明顯的幾種畸形而已。」

觀眾好奇地竊竊私語、點頭稱是。這時，我意識到方才走進帳篷時沒注意到的景象：市集裡擺攤、做買賣的有不少是黑人，除了阿帕拉霍語，我還聽見好幾種我聽不懂的語言；然而，此刻聚在帳篷裡看樂福表演的幾乎清一色都是白人。

「現在，請各位告訴我，」樂福說，「假使動物血統不相容就會生出這種醜陋的東西，而且動物的身體構造相對比較簡單唷，那萬一人類、也就是世界上構造最複雜的生物跟血統不同的對象往來，結果該有多糟糕啊？」

群眾竊竊私語的音量逐漸上升。這時有位女子突然站起來，臉頰紅潤、金髮秀麗，年紀大概比我媽小一點。

「我兒子他老婆到現在還沒給他生個孩子出來，他們結婚已經兩年了。」她朝樂福醫生喊道，「那女人說不定是混血者的後代。這個懷疑合理嗎？」

「極有可能是這個原因，女士。」樂福醫生說。「根據我的研究，近半數的不孕病例都跟各種形式的種族混血有關，有時甚至可以追溯到好幾代以前的家族譜系。當然，這可不是什麼小病小痛——」

「奈特？」亨利又喊。

這一回，紐斯點點頭，雲雀和我也跟著離開帳篷。

有好一會兒，沒人開口說一句話。我們跟一攤直接在馬車廂做生意的酒販買了幾杯私釀酒。紐斯握著酒杯，手微微發抖。這攤子也賣一些自家調製的非處方藥，顏色有紅有綠還有鮮藍色的，瓶身則貼著「舒夢眠」、「男性活力精」等標籤。遊走費爾查德一帶的兜貨商三不五時也會叫賣這類玩意兒，我很清楚它們充其量只是摻了顏色的水罷了。

雲雀首先開口。「這傢伙是哪兒來的無名小卒？」他說。「今天的重頭戲是狄拉諾牧師的佈道大會，不過他得從拉勒米過來，所以大概要到晚上才會開始吧。到時候觀眾應該會是現在的五倍多。」

「雲雀！」亨利喊他，語帶警告。關於紐斯的過去，我好奇亨利知道多少。

「沒錯，雲雀說的對。」紐斯說。「真不知道那傢伙從哪兒冒出來的。」

雖然這話她是笑著說的，但她的雙眼異常晶亮——因為怒火。她一口乾掉杯裡的酒。

「亞當，」她喊我，「你再去幫大家買酒過來吧。」

我才起身，一名年輕女子同時走向攤商。她的步伐堅決穩定，然而當她來到攤商所在的臨時櫃檯時，態度卻變得相當猶豫，好像很緊張。「請問您這邊有沒有能幫助受孕的藥水？」她終於開口，最後幾個字甚至刻意壓低音量。

「當然有。」攤商回答。「我們的『旺子宮藥酒』正是您需要的。櫃檯上的都賣完了，但後面還有，我現在就去裝一瓶給您。」

攤商走出櫃檯（不過就是架在鋸木檯上的一塊松木）、繞過馬車，鑽進車廂。

「如果我是你，我會省下這筆錢。」待攤商一消失，我立刻對女子說。

她個頭不高，身形圓潤，喉嚨附近有塊藍莓色的胎記。聽我這麼說，她的表情看起來十分害怕，這時我才意識到：對她來說，我不僅是個陌生人，而且還阻止她做一項對她而言非常敏感的交易。

「我無意冒犯，只不過我剛好是醫生。」我說。「花錢買他們調製的藥水根本是浪費錢。請問您新婚多久了？」

女子仍維持懷疑的表情，但她還是回答了。「九個月。」

「試個一年再說吧。」我說。「如果婚後一年您還是懷不上孩子，那麼大概沒有任何藥物能幫助您了，屆時最安全的做法就是離開。有一間叫做『聖子姊妹會』的修道院——」

攤商抱著兩只大玻璃瓶走回來，一瓶裝滿藍色液體，另一瓶是綠色的。「這兩種個別服用都有效，」他對女子說，「不過，若您想快點看到效果，我會建議您每天早上服用兩匙『旺子宮藥酒』，」他舉起藍色那瓶，「然後晚上睡覺前再喝一匙這個。這叫『母親密友』。」

他用食指輕輕點兩下裝盛綠色液體的玻璃瓶。「兩種藥水能一起發揮作用，調節月事。您知道的。」

女子打開錢包時，抬頭看了我一眼。

「我兩瓶都買。」她說。

那天晚上，我們四人想在廣場外圍的河畔找地方搭營過夜。那兒已經有一排近數十頂帳篷了。紐斯趁著雲雀和亨利去找空位的時候，低聲叮囑我。

「晚上穿著衣服睡覺。」她說。「以前亨利跟我一起搭過營，他不會說什麼。睡帳篷很容易感冒，假如雲雀有意幫你搓搓身子，讓他幫忙，態度夠自然的話，他很快就會忘掉了。」

雲雀和亨利看來是找到營地了。亨利從鞍袋取出槌子、釘子和厚帆布。

「如果你要上廁所，」紐斯繼續，「去大帳棚旁邊那幾間露天廁所。千萬別去河裡或進樹叢小解，這樣可能會被別人發現。你不會碰巧來月事了吧？」

我搖頭。

「很好。我剛好來了。如果你需要，我這兒有乾淨的布可用。」

那夜稍晚，我去露天廁所排隊。每一間外頭的隊伍都很長，每個人都用好奇的眼神看我，有些視線甚至稱得上懷疑。每次穿男裝置身人群的時候，我總是害怕曝光；別人很明顯把我當成另一個人，但我總是因此感覺渾身不自在，有點像暈眩但又不完全是。我想起以前瑪拉描述的那種感覺，某種在她毫無防備時突然襲來、渾身顫慄的異樣感受，彷彿她離開身體，從旁看著自己。「好像有人從你的墳墓上踩過去。」她常常那麼說。

我聽從紐斯的建議，試著放鬆、保持冷靜。我抬起下巴，有一下沒一下地用腳尖踢蛋殼；不自在的感覺稍稍緩解，但未完全散去，依舊懸在我內心角落，持續低沉嗡鳴。前方的露天廁所小門忽地甩開，我感覺隊伍中原本緊盯著我的女子們紛紛轉頭不看我了。我順著她們的視線望過去：我看見雲雀。他直視我好一會兒才輕輕點了點頭，走回帳篷；然而在那之前，我已經看見他臉上的表情了。我知道他也在我臉上看見同樣的表情：我們都認出彼此肯定有事瞞著對方。

隔天下午三點，我們重回大帳篷，整個廣場早已熱鬧滾滾。一名著男性襯衫的嬌小女子拉著我起舞（她的襯衫有好幾顆扣子沒扣，露出豐滿渾圓的乳房曲線），紐斯咧嘴對我笑，還比了個大姆指；我無奈地大翻白眼。我們講好先花一個鐘頭混進人群跳舞玩樂，待會兒才能一身汗、醉醺醺、滿臉通紅地駕駛馬車離開，不致露餡。紐斯讓我換上黃洋裝，再用油彩塗抹嘴唇和臉頰，使我看起來像卡通人物一樣滑稽又開朗。

至於她呢，她在工作服外披了一件綠色連身裙（看起來還是很瀟灑），帽子則有羽毛和布花裝飾。我在人群中瞥見昨天張羅變裝服攤位的女子：她一身勁帥的深色修身便裝，還用眼線筆畫了八字鬍。紐斯快步走向她，卻佯裝路過；她停步、又一次輕拈帽緣

（這回動作慢多了），待紐斯放開帽緣，我瞥見帽子底下的笑容。她一個轉身，走出帳篷。穿深色便裝的女子猶豫片刻，跟了出去。

我這輩子還沒跳過男伴舞步，不過好像也沒什麼關係；因為大帳太擠、大夥兒喝得太醉，眾人頂多只能笨拙地轉圈圈而已。我的舞伴把她的胸部壓在我肚子上，邀請似地抬眼看我；我退一步遠離她，她聳聳肩、放開我的手，順勢移向旁邊另一名男子（這人頭戴白軟帽，一臉黑色落腮鬍，大肚腩上繃著一件花點瑞士圍裙）。

一名嘴上有灰色八字鬍、戴著鏡框沒配鏡片的年輕女子端著滿滿一盤東潑西灑的金色啤酒穿過人群。我買了一杯，大口喝下。昨日樂福醫生佈道的中央舞台上，此刻有兩名小提琴手和一位彈低音吉他的矮子（樂器比他還高），正以瘋狂的節拍演奏音樂。

我左右觀察其他也在跳舞的人，瞥見雲雀（身穿紫色格紋家居服的他堪稱優雅）貼著一名紅髮女子共舞；他對她說了什麼，她仰頭大笑。我沒來由地嫉妒。昨晚，我倆像兩個大男人那樣並肩而眠：我一件衣服也沒脫、就這麼直接爬進睡袋，他倒是一句不吭，低頭默默解開襯衫鈕釦（我連忙別過頭）；直到他轉身背對我入睡，我才敢放任自己偷瞄一眼他修長的背影。後來，我閉上眼睛，剛才瞥見的畫面仍持續浮現眼前。我完全不知道他究竟在隱瞞什麼，但我已經曉得他的祕密和我的完全不同。

另一名女子牽起我空出來的手。她年紀稍長，舞技絕佳，與她共舞，我感覺舞步順暢、甚至開始領舞（至少搭配得不錯）。啤酒滲入我的血液，使我的臂部和肩膀漸漸放鬆。這些人沒有一個是我的朋友，而我即將偷走他們的所有物；如果他們曉得我的真實身分，有人會說我是女巫、提議要吊死我，還有人會把我的家人趕出費爾查德、或做出其他更糟糕的事，只為阻止我身上的毒混入其他人的血脈。但此時此刻，與我共舞的女子渾身散發蘋果與美酒的香氣，舞台上的提琴手一邊對彼此微笑、一邊暢快彈奏，還有人填滿我的酒杯卻分文未取。女子鬆開我的手，又一名女子取代她的位置；此時樂風丕變，我們和其他舞者圍出一個大圓圈，大家手牽著手，齊步朝中央跨步再同時退後，笑鬧高歌。

我放開身旁男子的手（黑色胸毛從他的低領紅色女傭服裡冒出來）、跟著音樂節奏拍手，當我再次牽起他的手——對方輕輕握緊又放開，厚實堅定的感覺十分熟悉。我才轉頭，立刻對上雲雀的臉：他臉頰紅通通、眼睛也閃閃發亮。我輕捏回去，下一秒旋即後悔；捏一下算是友善招呼，但第二下肯定多餘。顯然我的防備鬆懈了。我放掉他的手，轉頭直視前方。

接下來那幾分鐘，雲雀都在我身旁跳舞，而我一輩子不曾如此敏感地意識到另一個人的存在。樂團持續演奏，群眾不斷拍手，我只好繼續隨大夥兒移動，但我的心思全在他身上，覺察我倆身體的動作和距離。我不敢看他。我認為假裝無視他，直到他厭倦我的無禮、決定找其他女子共舞應該是最安全的做法。

此時又換了一首曲子，眾人歡呼鼓掌，我們這個小圈圈開始左三步、右三步地齊步舞動。跳第二輪的時候，我從眼角餘光瞄到雲雀退出我後方的小圈圈了。看著他離開，我鬆了一口氣卻又感到失落；然而就在他經過我身後時，他突然伸手按住我的後腰、短暫停留幾秒。從旁人看來（如果真有人注意到），這個動作或許沒什麼特別意義，大不了就是穿過擁擠的舞池時，一人輕輕推開另一個人而已；但是對我來說，這個動作的意義再明白不過——我的身體直接推開心頭的詫異，下意識地往後貼，讓我的背完全靠在他胸膛上。我感覺他的呼吸拂過頸間。然後他就走了。

一個胖子站上舞台。他身上除了一條嬰兒毯和巨大的尿布之外什麼都沒穿。

「各位媽媽爸爸、男孩女孩、牛仔和……小姐們，晚安！請大家圍過來！」他喊道。「停下舞步、休息片刻，好好聽我說：今天最重要的節目即將開始——我們要頒發『年度最佳母親獎』啦！」

這句話是我們的暗號。趁著這位扮成嬰兒的男人將一位又一位精心變裝的男子叫上台：「溫尼佛．希金太太身上綁了五個洋娃娃！但為什麼有一個綁在左手臂上咧？」我擠過人群、朝帳篷邊緣移動，踏進帳外的夜色中。

紐斯、亨利和雲雀已經先到了。我們的集合點原是一處賣彩蛋的攤位，現在則為四對難分難捨的愛侶提供些許隱私（四個角落各一對：女人把手探進男人的洋裝衣褶裡，男人則奮力解開女人褲頭的鈕扣）。

我偷瞄雲雀一眼，不過他和亨利有說有笑，擺明無視我的存在。我想我肯定是誤解他剛才的意思了。那只是個友善、男性對男性的舉措，我卻以一種他從未預料到的方式回應，讓自己置身險境。畢竟，我看過他和那名紅髮女子談笑調情的模樣，他實在沒道理會對我這樣的人——穿著難看洋裝的年輕男子——萌生任何興趣。

「準備好了？」紐斯問道。

我們牽著馬，走過成排的運貨馬車。一如亨利所料，除了裝載昂貴貨物的馬車（譬如鑲金葉的聖子耶穌聖像，在沁涼夜風中飄蕩的小荳蔻、肉桂和香料），這些馬車大多無人看守。我們選定一輛停在廣場外圍的中型貨車，旁邊有幾個空木箱。按空箱裡的粉末研判，箱子應該是糕餅舖的。站在帆布遮篷下，我依稀能聞到十字麵包的甜香氣。

我試著將馬車挽繩套在亞米提身上，這時有兩名女子相偕路過：其中一位個子很高、長相漂亮，焦糖色長髮直下背脊；她的寬版襯衫鈕扣全部規規矩矩地扣好，長褲卻極為貼身，比洋裝更能展露她的身體曲線。

另一名女子個頭較矮，五官柔和，她把深色頭髮綁成辮子、塞在男帽底下。女子眼睛又大又圓，兩眼分得頗開，還有一張孩子氣的圓臉。兩人都很年輕，頂多大我幾歲。圓臉女子似乎對亞米堤十分感興趣，她頻頻撫摸牠灰色的頸側，看著牠深邃的眼眸；亞米堤耐著性子，警戒地打量她。長髮披肩的女子向我走來。

「你怎麼不去跳舞？」她問我。

她的語氣輕挑逗弄，我試著以同樣的方式回應。

「我也可以問你同樣的問題。」我說。

「我跟奧黛莉都結婚了，」她舉起左手，秀出她的金戒指；「我們不跟陌生男人跳舞。」

「哦，」我飛快動腦，「我想我們的理由差不多。我訂婚了。」

「恭喜。」女子低語，跨近一步湊向我。我能聞到她身上的汗水及香水味——儘管穿著男人的衣服，她還是抹了火焰草精油。以前鳿拉她媽媽會在春天製作這種精油，混入女性使用的胭脂妝粉裡。這種精油氣味很甜，同時又帶著某種邪惡氣息，我訝異地發現自己竟然被她吸引；我想像自己湊近她，嗅聞她髮間的香氣。

「那個幸運女人是誰？」她問。

「她叫艾妲。」我說。「她在費爾查德學習，將來打算成為一名助產士。我也是從那兒來的。」

想到我自己竟然成為我的妻子，我不禁笑了：我原本的女性身分和我假扮的男人，這兩個人的人生都比真實的我幸運多了。

「她是好人家的女孩兒嗎？」名喚奧黛莉的女子鬆開亞米堤，轉向我。雖然她嗓音細柔，卻隱約帶著某種急切。

「當然。」我說。「她有四個兄弟姊妹，而她的母親則是達科塔州最厲害的助產士。」

「那——」奧黛莉先瞄瞄亨利和紐斯，然後才傾身湊向我、幾近耳語地對我說：「她的血統純不純？」

就我至今學到的各種矇騙伎倆來說，我知道此刻應該怎麼回答，好讓她們繼續維持對我的浪漫幻想；但我也知道，天底下沒有一件事不是透過學習得來的。今日稍早，我沒能說服那位頸間有胎記的女子，但那是因為我第一步就錯了；現在，這兩名女子似乎挺喜歡我、對我的態度也很放鬆，說不定我有機會改變她們的想法。

「我才不理會那些無稽之談呢。」我說。「有些寶寶身體虛弱，有些寶寶健康活潑，但這跟他們的父母是黑人或白人完全沒關係。」

「不只是父母呀，」奧黛莉音量雖低，但語氣堅決，「這就像樂福醫生提到『好馬生好馬』的例子。你這匹馬肯定出身好血統，而牠的好血統也能一路往回追溯；就算祖先之中只有一頭跛腳或背脊無力，仍會讓整個家族毀掉。」

「我們的丈夫都是商人。」披著長髮的女子說。驕傲使她義正辭嚴，語氣傲慢。「從大角鎮到岩石城，我們從南到北跑遍整個州，所以我們很清楚不好的血統破壞力有多強。」

「太可笑了。」我說。「我的未婚妻接生過至少五十個嬰兒。她會告訴你，混血嬰兒跟『血統純正的嬰兒』——隨你們怎麼說——都一樣健康，沒有差別。」

紐斯警告地瞪我一眼。

「你錯了。」奧黛莉說。「樂福醫生見過數百個因為混血導致畸型的嬰兒。他甚至在拉勒米見過醫生收集黑女人和白人生的孩子的血，拿去毒貓。」

「如果樂福醫生相信這些，」我說，「那他簡直比外表看起來還要愚蠢。」

「樂福醫生學走路之前就能讀能寫了，他是奇才！」奧黛莉說。「說不定就是因為你跟那些人混在一起，你才會不喜歡他的肺腑之言。」

她瞄瞄亨利和紐斯，再轉回我身上。

「如果兩位不欣賞我的同伴，」我說，「請自便，不送。」

「我們會走。」長髮女子說。「但我們也會叫朋友離你們的攤子遠一點。不過你們到底是賣什麼的？去年有來過嗎？我怎麼沒印象？」

「十字甜麵包。」我答得飛快。那是我第一個想到的答案。「已經賣光了。」

「算你們幸運。」女子又說。「聽我一句勸：明年別來了。我們這裡不歡迎無知的人。」

她邊說邊斜眼瞄我身後的馬車廂——直到這一刻我才看清楚，車廂裡裝的全是農具：鋤頭、大鐮刀和刮板，每一件都清清楚楚標了價。

我們駕著馬車離開露天廣場。他們三人什麼都沒說。紐斯負責駕車，我坐她旁邊，亨利和雲雀擠在放農具的車廂裡。紐斯盡可能在不引人起疑地催促馬匹快跑，傍晚逐漸轉為黑夜。經過營地時，馬車在地上拖出長長的暗影；暗影擁抱帳篷、掠過林間和陰涼大地，讓人看不清男裝女子和女裝男子的身影。沒人抬頭注意我們。我們順利遠離廣場、轉向通往鎮上的路，沿途只聽見馬車吱吱嘎嘎和馬兒奔跑吐息，牠們正一步步帶著我們遠離危險。

「對不起。」我對紐斯說。「我應該先檢查車廂的。」

「你應該閉上你的嘴。」紐斯啐道。「你瞎扯什麼啊？未婚妻？你還沒學會要怎麼跟陌生人打交道嗎？」

「我以為我能改變她們的想法。」我說。「我以為，如果是助產士本人的意見，她們或許聽得進去。」

「對她們來說，你不是助產士，」紐斯說，「你只是陌生人，而且你還侮辱她們景仰崇拜的醫生。如果你認為你隨便講兩句話就能起作用，你大概對自己的說服能力非常有自信吧。」

她的語氣既挖苦又諷刺。我不曾聽過她用這種方式說話。

「我只是想幫忙。」我囁嚅。「我以為你會很高興。」

「哦，原來如此。」紐斯說。「你想幫忙。你以為，要是有哪個受過教育的人能對這些樂福信徒說清楚、講明白，他們就不會再用那種看畸形羊的眼光看我，開始把我當人看。我說的對嗎？」

「我不是那個意──」我想狡辯。

「還有，要是當年迦瑪烈有人想到應該跟鎮長解釋這些事，說不定我現在還住在家裡呢。多可惜啊！那時候竟然沒有像你這麼聰明、受過教育的人出來幫忙。現在我們有你真好，真是鬆了口氣啊！」

「很抱歉我不分紅皂白就替你出氣。」我生氣了。「我再也不會犯同樣的錯誤了。」

「我從來就不需要誰幫我出氣，醫生，肯定也不需要你。」

從露天廣場回到卡斯柏鎮的路是窄窄的卵石路。馬兒拉著我們迅速通過，震得牙齒頻頻打架。道路兩旁堆滿來自市集的廢物垃圾，有包裝聖子淚滴、水果塔或其他甜品的空紙袋，彩蛋殼，雞骨，用過的復活節軟帽、男士帽和假鬍子（它們橫在路上宛如動物屍體）。我們在沉默中前進，感覺大概有一哩路那麼長；我反覆思索自己對紐斯的怒氣何來。我自以為的英勇之舉，難不成真的錯了？這時，馬車過彎，前方出現一道用來阻攔放牧牛隻晃進鎮上的鐵柵。昨天早上進市集的時候，鐵柵沒關，現在卻拴上了，這表示任何想進城的人都必須下車，徒手拉開鐵柵才行。

紐斯扯扯韁繩，讓馬車停下來。她一句話也沒說，我只得轉身下車。鐵絲栓得有夠緊。幾條長長的帶刺鐵絲在兩根大木樁之間繃得死緊，其中一條穿過下方的金屬環，做成栓頭；由於鐵絲綁得實在太緊，我根本拔不動木樁，雲雀見狀立刻從車廂跳下來幫我。我們才剛把木樁拔出來、讓馬車通過，下一秒就有三人快馬繞過彎道，手裡拿著槍。

雲雀立刻反應。

「快走！」他對紐斯大喊。

紐斯迅速一點頭，扯動韁繩讓馬兒大步快跑起來，把我們留在一片由碎石、垃圾和塵土組成的煙霧中。

副警長負責給我搜身。他是個體型臃腫的大塊頭，動作粗魯。起初我以為他不會注意到我是女扮男裝：他順過我的腳踝、膝蓋、臀和腰，沒發現任何藏匿物品，然而當他滑過我雙臂再到腋下，立刻摸到我綁縛胸部的厚布條。

「這是什麼？」他問。

「有人在酒吧鬧事，我受了傷。」我說。「那是繃帶，沒什麼。」

「我看看。」副警長說。

我解開那件可笑洋裝最上端的兩顆鈕扣，露出纏布上緣。

「我得再繼續綁幾星期，綁到傷口復原為止。」我說。

這句話引起警長本人的注意。他是個削瘦、滿臉痘疤的男子，戴著一頂暗紅色牛仔帽。他正在給雲雀搜身。

「全部解開給我們看。」他說。

我解開洋裝，露出底下的纏布。

「我怎麼沒見過這種繃帶？」副警長說。

「那才不是繃帶。」警長說，臉上浮現理解混合噁心的表情。「脫掉。」

夜晚的冷空氣拂過我赤裸的肌膚。副警長滿臉疑惑。

燈光再次掃過。這一回，我清楚看見雲雀臉上的表情，而他的表情使我憤怒：即使我們都將命喪黃泉，即使人生徒勞走了這麼一遭，此刻的他既不輕視自己、也不後悔。我好嫉妒他。

待黑暗再度降臨，他靜靜開口。「離開莫布里吉以後，」他說，「我想了結自己的性命。那時我在驛館工作，於是我用麵包刀在手腕上劃了一刀。」

我聽見布料摩擦的聲音。

「這裡。」他說。「摸摸看。」

傷疤寬而光滑。我感覺底下跳動的脈搏。

「我應該不是真的想這麼做，因為我割得不夠深。驛館老闆發現我倒在廚房裡，我的血毀了他的地板。他人很好，但我總是個累贅，所以等我傷口一好，他立刻請我走人。從此我沒再試過，不過這並不代表我沒再想過。整整五年，我每天都有尋死的念頭。」

「後來呢？」我問。

「後來，我跟著巡迴獸醫工作。他年紀大了，需要一個力氣大的人在他給牛馬等大型動物看診時當他的助手。起初我很討厭他。這人個性刻薄，講話頤指氣使，不論大小事都要挖苦我、挑我毛病。

「然後有一天，我們被叫去看一匹有蹄葉炎的馬。牧場主人拖得太久，那匹馬幾乎已經沒辦法走了；獸醫一做出診斷，牧場主人立刻就說要斃了牠，於是獸醫決定自己照顧牠。接下來三個月，我看著他悉心照料這匹馬：給牠修蹄，拿冰水給牠泡腳；等牠好得差不多了，獸醫開始每天騎著牠散步，一點一點地延長騎乘時間，直到牠幾乎恢復至最佳狀態為止。這匹馬他賣不掉，因為牠一輩子都會有點跛腳。他把牠留在自己的農場裡，跟其他馬匹養在一起、一塊兒照顧。有一次，我問獸醫為何不讓牧場主人一槍送牠走，他看我的眼神好像我是瘋子。

「『牠有生命。』他說。

「後來，我觀察他怎麼照顧動物，從最漂亮的得獎種馬到最不起眼、皮包骨的母雞群，彷彿牠們全都值得他傾盡所有、細心對待。如果在極少數情況下，不得不結束動物性命，他總是盡可能迅速執行，而且會先花時間安撫牠，讓牠們不會在疼痛和恐懼中死去。

「在我跟著他的那段時間裡，他自始至終不曾溫和對待我。事實上，我覺得他討厭我。不過我也知道，要是我做出任何像在驛館時的那種舉動，他一定也會盡全力救活我：雖然他不喜歡我，但他還是會認為我的生命值得他付出心力、值得他努力。於是我不再嘗試傷害自己。跟了他一年之後，我發現我好像不太想這件事了；除了少數極度沮喪的時刻，我幾乎沒有過這個念頭。」

燈又亮了。雲雀的臉龐和身體姿態在我眼中有了全然不同的意義。看著他謹慎結合自信的氣質，我想像老獸醫如何慢慢訓練病駒重新練習走路、小跑、慢跑，他知道牠哪裡還不夠強韌，也知道牠會漸漸變強。真希望我也能用這樣的關懷看待自己有問題的身體，然而我卻滿腹羞恥和恐懼。

「我們會死在這裡。」我說。

「或許吧。」雲雀說。「但我們現在還活著。」

因為警衛換班，我才知道天亮了。值白天班的警衛是一名高個兒年輕人，煤油燈照亮他柔和光滑的臉龐。他提著一袋蛋殼畫得五彩繽紛的水煮蛋，邊走邊剝殼邊送進嘴裡。我把頭靠在長椅上閉目養神，徹夜未眠，不斷盤算思索各種脫逃計畫。

「如果我從窗子跳出去——」我看雲雀動了動身體，立刻開口。

「省省力氣吧。」某個女聲說道。光束掠過她的臉，我瞥見她閉著眼，身體呈現睡著的放鬆姿勢；但她的聲音顯然十分清醒和警覺。不知道她偷聽多久了。

「你們出不去的。」她說。「那扇窗是雙層玻璃，中間還夾了一張鐵網。這裡雖然是小鎮，但警長可是從特魯萊德派來的。他逮過好幾個密西西比河西岸最惡名昭彰的歹徒，所以把這監獄蓋得滴水不漏。」

「難道就這樣了嗎？」我說，「我們只能爛在這裡？」

我馬上後悔自己竟然說出這種話。眼前這名女子只因為不孕，就得坐二十年牢；我不過才待了一晚就這般大驚小怪。光束再度掃過，我發現她竟然在笑；她門牙缺了一顆——這使我突然想起瑪拉，想起她露齒而笑時那道戲謔的門牙縫。

「不過，有個方法你們倒是可以試試看。」她說。「要我就會這麼做，只是我還沒找到也願意這樣做的人——你們可以申請結婚。」

「我不確定外頭那個年輕人有沒有意思跟我們其中一個結婚。」雲雀說。「我應該沒弄錯你的意思吧？」

「錯了！」女人說。「這裡的警長非常看重家庭的神聖意義。如果你們倆請求締結婚約，他會差人帶你們去教堂福證，還會給你們隱私、讓你們度過新婚夜。如果你們結婚、又懷上孩子，這孩子說不定能保住你們倆的性命。」

「我懷不了孩子。」我坦白。現在承認這件事似乎有些冒險。

「即便如此，」她說，「至少你們會去教堂舉行結婚儀式。你們可以在路上想想其他計畫。當然，這趟路程一定會有武警押你們過去；不過比起逃獄，逃出我們那間小教堂可容易多了。」

女人歡欣的口吻跟囚房裡陰森滯悶的氣氛格格不入。

「你為什麼要告訴我們這個辦法？」我覺得事有蹊蹺。

女人坐起來、伸伸懶腰。

「我有很多時間思考我有多討厭那個警長。」她說。「只要有辦法傷害他，就算再小的事也讓我心滿意足。」

我能感覺雲雀在黑暗中泛起微笑。

「怎麼樣，艾妲？」他問。「願不願意嫁給我？」

「想得美。」警長啐道。「我怎麼可能放你們倆去教堂？你們是被通緝的偷車賊欸。還有你——」他轉向我，「我連法官會怎麼判你都不知道。要不是因為這禮拜是復活節，你早就被吊死了。」

他舉著煤油燈對我們說話，晃動的火光照亮囚房：我看見其他囚犯在牆上留下的記號（他們說不定都已經死了）。他們用自己骯髒的指甲，把名字、祈禱文和詛咒刻在牆上。

「敬愛的警長大人，」雲雀說，「除非在教堂接受福證，聖子耶穌才會認定我們的結合是神聖的。」

「送你們去教堂，豈不是白白送給你們一堆機會、讓你們逃跑？」警長說。「我知道你們在動什麼歪腦筋。總之，你們想結婚，可以，我不會阻攔你們。不過要結就在這裡結。」

「然後呢?」雲雀問。

「然後什麼?」

雲雀牽起我的手。我還沒意識到自己的動作,便已輕捏一下他的手。他也捏捏我。

在大帳篷共舞的回憶瞬間襲來。

「恕我直言。」雲雀說。「我和我的新娘需要一處較隱密的地方,完成我們的人生大事。」

警長尷尬地別開視線。如果不是今天這種狀況,我可能會覺得他挺可愛的。

「是,是。」他說。「我會把你們移到紳士區的牢房去。」

隔天早上,牧師來了(因為夜間警衛又換成昨日白天的年輕人,我才知道天又亮了)。據我推斷,復活節週只剩一天就要過完了,我們再過一天就得面見法官。

我問同牢房的那名女子:現在我們去不了教堂,接下來該怎麼辦?她聳聳肩。

「我很久以前就學會不要抱太大希望。」她說。「你們好歹還能在這鬼地方比較舒服的區域廝混一下午。那一區通常只開放給有錢大爺住呢。」

雲雀和我認為，眼前最好的做法是先按兵不動，等警衛送我們到紳士區時再開始行動：他可以先用腦袋撞掉警衛手上的煤油燈，然後趁警衛忙著滅火時伺機脫逃。這個計畫不甚理想，但我們除此之外別無他法。不過，首先我們得先結婚。

牧師是個中年人，下巴方正、長相俊美，一頭黑髮已漸灰白。他拄著拐杖走進囚房，就著昏暗燈光，我注意到他的肩膀和胸膛雖渾厚結實，雙腿卻短小纖細如孩童。他傾身、在我們身旁的長凳坐下來。警衛甩上門。黑暗將我們一把抹去。

「我是丹尼爾牧師。」他說。「通常，我會在證婚前一天跟新人見面，目的是確認他們明白締結婚約的神聖意義，並且為即將共度一生的兩個人做好準備。但今天，我恐怕還有另一項任務：我得確認兩位都懷著虔敬的意圖踏入婚姻，而不是把婚姻當成拖延審判降罪的手段。我想你們倆肯定都同意，神職人員不應該扮演調查人的角色，這是不敬的，然而這正是我們目前的處境。」

以前在修道院的時候，我們被教導要對來訪的牧師表現最崇高的敬意（偶爾會有牧師來院講道，或主持一場別具意義的彌撒）；我對那些牧師毫無印象，不過這倒也正常，因為他們不過就是一群只會對修女嘮叨講述責任義務的老男人，然而我卻意外地挺喜歡這位牧師的儀表和談吐。他雖然神情疲憊，但談吐幽默，彷彿為兩名待罪之人證婚是他這禮拜最不尋常、做得最心不甘情不願的一項任務。

「謝謝您特地來一趟，牧師。」我說。

「先別謝我。」他說。「好，我們先從新郎開始。你何不跟我說說，你們倆是怎麼認識的？」

我渾身一緊：我不知道我和雲雀要怎麼編出一套能讓牧師滿意的愛情故事。他顯然不是傻子。

但雲雀沒有一點遲疑。

「我們是在波德河畔的飛白鎮認識的。」他說。「那天，我和朋友正要去彎溪附近的牧場偷牛，艾妲則是跟她的夥伴一起來；以前，我們跟她的夥伴做過幾次生意。當時艾妲一身男裝，看起來十分俊美，總之就是個眼神慧黠、儀表堂堂的年輕牛仔。我們聊了幾句。她跟我說她打算去科羅拉多學醫。我本身是疑心病很重的人，但我發現自己被她迷住了。她有一種特質……我想我會說是『強烈的熱情』，讓我想再多了解她一點。幾個月後——」

「好，這樣就可以了。」丹尼爾牧師說。「現在換新娘了。年輕姑娘，可以說說你是怎麼愛上他的嗎？」

「第一次見到他，」我說，「我就覺得他是我見過最俊美的男人。那時候，我完全沒有結婚或跟人交往的念頭，但離開飛白鎮以後，我經常想起他。所以，當我知道我的搭檔想找他幫忙去復活節市集偷馬車，您可以想像我有多開心了。

「我和我的搭檔都是很謹慎的人。」我繼續。「所以我們在市集開始前見過幾次面，討論並計畫怎麼偷、如何分贓。他和我都察覺到我們彼此很快變熟了。有天晚上，雲雀和我一起縫製偽裝用的衣服——我們打算穿上女子服飾，扮成參加省親節活動的人混進去——這時，我決定不要再隱藏自己的真實身分了。

「『以前我也有一件這樣的衣服。』我指指他手上的格子連身裙。當他抬頭轉向我，我發現他看起來似乎不怎麼驚訝。

「『你認識的我叫亞當，』我說，『但其實我本名叫艾妲・瑪努森。我是家裡四個女兒中的老大，不過現在的我偷拐搶騙，也是通緝犯。我還以為，我在離家那一刻就已經拋下女人心了。』

「『可是現在，』我說，『我發現那顆心依然在我體內跳動。』」

我轉向雲雀，等待守衛塔的燈光照亮我們的臉，然後他就能看見我在看他。雲雀接著繼續往下說。

「我告訴她，剛開始，我確實以為她是貨真價實的男人——態度堅定、講話不拐彎抹角、目標明確，非常懂得照顧馬匹，並且總是驕傲地抬起下巴。不過，在某個時間點，我漸漸察覺這個穿男裝的傢伙其實是個年輕女人。她藏起部分自我，卻仍明確傳達她的力量、她的憤怒、還有她活力十足的無窮好奇心。我告訴她，我不知不覺愛上她了。然後我說，雖然我沒辦法確定我們是在什麼時候愛上對方，但既然現在我們都不想再隱藏自己的心意，那麼，如果她願意接受，我的心早已屬於她；如果她也同意，我想我們必須結束偷盜生涯，並且在順利賣掉馬車後盡快結婚。」

「換你告訴我。」丹尼爾牧師問我。「如果你們按原訂計畫金盆洗手，你打算怎麼建立你的家庭？」

「我們會去科羅拉多。」我說。「我可以跟著那邊的一位助產大師學習，做她的學徒。一旦我把該學的都學會了，我丈夫和我就能四處旅行，走遍山中和草原上的城鎮村莊。我可以幫人接生、治療婦科疾病，而他可以做一些類似獸醫的服務——他在年輕時有過這方面的訓練。我們會安安份份過日子，不再從事任何不法之事；不過我們還是會繼續過著冒險生活，每天早上都在不同的床上醒來，看著窗外不一樣的風景。」

門開了，警衛探頭進來。他高舉煤油燈，灑下圓錐狀的燈光。

「動作快點。」他說。「您什麼時候才要幫這兩個小偷證婚？」

「不管怎麼說，幫小偷證婚需要的時間絕對比善男信女長得多。」丹尼爾牧師回答。「因為證婚牧師必須花更多時間確認他們願意負起婚姻責任，並且懷抱正直的結婚意圖。不過別擔心，我只剩最後一個問題，問完之後，我就能決定要不要主持這場婚禮了。」

警衛翻了翻白眼，砰地關上門。

「說到尊重。有時候，我覺得神職人員受到的尊重不比竊賊高出多少呀。」丹尼爾牧師嘆道。「言歸正傳。我的最後一個問題是：如果你們打算過冒險生活，你們會怎麼撫養孩子？」

牧師拋出這個問題以前，我的脈搏一直跳得很快，因為這種感覺相當刺激。我沒有天真到以為雲雀真的就像他所描述的、對我有那些感覺；我知道我們只是共同參與一場騙局，但我喜歡這遊戲。雖然一切都是情勢所逼，不過我有理由相信雲雀的心情也和我一樣：在這個不見天日的牢房裡，要想出那些縫衣調情、甜蜜求婚、共度一生、生養孩子並照顧牧場動物等等畫面其實不難，甚至很簡單——只要想像這些都是可能的未來、而非捏造的過去就行了。然而，當丹尼爾牧師一提起孩子，我立刻認清剛才我們天花亂墜所描述的一切全都不可能發生。我可能再也見不到牢房外的世界，更別提窗外的藍天與山景了。

「我想，我們會想出辦法的。我……」我擠不出更好的答案。

「我的愛，」雲雀打斷我，「你想說的應該是我們會把我們的技藝傳授給孩子們吧？我可以教他們怎麼照顧跛腳的馬和生病的狗，而我妻子可以指導他們接生助產，讓她的知識學問能傳到更遠、她不曾去過的地方，甚至在她死後還能繼續流傳下去。」

「如果想了解一個人的真實動機，在牢房的十五分鐘不僅空間不足，時間也不夠。」牧師說。「說真的，你們大可欺騙我、欺騙你們對彼此的真正意圖，但我傾向盡可能相信人都有良善的一面，所以我選擇相信二位。你們兩位現在若是自由之身，毫無疑問會互結姻緣、共度神聖生活，不會繼續走偏且重回偷盜之路。我願意為兩位福證。」

我第一場婚禮的禮服是網眼蕾絲洋裝，頭上還戴著野玫瑰；但這第二場婚禮，我身上就只有髒衣服，不僅滿身塵土、還有因為連日驚恐而反覆浸透的汗水。舉行第一場婚禮時，我此生最愛的人們排排坐在教堂條凳上，微笑看著我說出誓言；至於第二場婚禮則只有一名歇斯底里的緊張男人和一名神祕老女人在場，後者勉強同意當我們的證婚人。第一場婚禮結束時，我以為我的人生正要開始；第二場婚禮結束時，我理智地認為我的人生已來到盡頭。

然而，在我第二任丈夫初次親吻我、我倆的臉龐在黑暗中仍十分貼近彼此時，他的汗味與呼息引燃我全身上下每一根神經——我笑了。我笑，不是因為這場婚禮實在滑稽（牧師宣讀誓約，還有雲雀和我輪流說出「我願意」，以及牧師從手提袋取出結婚證書讓證婚人簽名時，儘管氣氛莊嚴肅穆，卻各有荒謬可笑之感），而是因為即使身在這種地方、在面臨終身監禁或甚至死亡威脅的這一刻，我依然欣喜，彷彿我倆雙雙逃過懲罰、平安脫身。

牧師才剛離開，警衛馬上出現。

「準備度過新婚夜了嗎？」他問，語氣不好也不壞。

煤油燈下，雲雀和我緊鎖彼此視線，準備面對接下來的行動計畫。警衛給我們上銬、用鍊子把我們拴在一起，再拿槍比了比前方走廊，示意我們先行。雲雀動作很快：他一來到警衛前方便立刻轉身，舉高雙手，敲掉警衛手上的煤油燈。

一時之間，我只聽見玻璃碎裂、咆哮大吼。煤油灑在囚房地上，女人一步跳上板凳、避免遭波及。雲雀拔腿就跑，我只能跟隨，被我倆之間的鐵鍊拖著向前跑。他回頭看我。我在他臉上看見我也感受到的那份驚奇——幾乎不可能發生、始料未及的狂喜。然後，槍聲響起。

關於「痛」這件事，有一點很奇怪，那就是疼痛是慢慢散開來的。以下是警衛射中我、我倒地之前的事發經過：雲雀和我三步併作兩步跑過走廊，衝向通往外界的大門；大門微啟，彷彿警衛非常確定他獨自執行任務沒問題，不需要支援，甚至沒有考慮要多加一道鎖。眼見自由的空氣近在咫尺，我的心像小鳥一樣歡欣撲搏。陽光流洩，穿過門縫；雲雀看見我的腿，看見鮮血汩汩流下。我快跑三步超前他，腦中閃過鮮明的記憶，比眼前的監獄囚房還要逼真、還要清晰：那天，大概是媽媽逐漸康復、重新開始照顧我們的幾個月後，我從樹上摔下來，跌斷手臂。我記得媽媽一把將我抱起來、攬在胸口，記得她餵我喝肉湯、給我吃硬糖、悉心照顧我好幾個禮拜直到我康復，並且始終不曾為這件事責備過我（我站的那根樹枝對我而言顯然太細，而我在那個年紀也應該更懂事）。我納悶這些回憶怎麼會突然躍上心頭。突然，我一陣作嘔，喊了雲雀一聲。

我被劇痛吞噬，惡寒輾過全身，身體深處好像有哪裡極不對勁。這時，警衛早已一把將我和雲雀拖回走廊，扔回我倆結婚的囚房。當疼痛造成的模糊感緩緩散去，我的意識與判斷力逐漸恢復，我聽見雲雀在耳邊低語。

「沒事的，」雲雀說。「呼吸。盡可能慢慢吸氣、再吐氣。」

我吸氣，疼痛並未減輕，但吸入的空氣為我的腦子清理出一小塊空間，讓我有餘裕開口說話。

「你有沒有受傷？」我問。

「小傷。」雲雀說。「我沒事，有事的是你。你得告訴我該怎麼幫你。」

我探探右邊褲腳，感覺布料已被鮮血浸透；一瞬間，我的腦子一片空白，驚慌不已。

「艾妲，」雲雀喊我，「集中注意力。你是醫生，告訴我該怎麼做。」

我費盡氣力，想像我離開自己的身體，再從旁人的角度看照這副軀體：腿傷嚴重，但這裡沒水沒碘酒、沒針沒線。在這種情況下，醫生能做的只有紮緊傷處，盼望奇蹟。

「把你的襯衫撕下一長條給我。」我說。

我聽見布料撕裂的聲音。

「現在，用布條緊緊綁住我的腿，越緊越好。」

白光再度閃過。

「你在尖叫。」

「很好，那表示你綁得夠緊。繼續壓住傷口。」

眼前又是一片白，然後逐漸轉為強烈異常的疼痛。雲雀開始施力，疼痛範圍越來越大、越來越深。

「接下來呢？」他問。

「就這樣了。」我說。

「可是你還在流血，我感覺得出來。」

「我們能做的只有這些。」我說。「運氣好的話，在我失血過多以前，傷口流出來的血應該就會凝成血塊了。」

「運氣？」雲雀喊道，「我們只能靠運氣了嗎？」

我感覺他溫暖的手掌緊緊按住我的腿，彷彿他的手能讓我的傷口癒合。

「安涅蘿絲說我運氣很好。」我說。

「誰？」他問，但我的意識逐漸渙散，漂浮在疼痛與希望之間——在那裡，過去、現在和未來全部融合在一起：我睜開眼睛，久久凝望科羅拉多的清晨，呼吸之間盡是雲雀的氣息，然後低頭看著襁褓中的小碧初次綻開笑靨。

# 第九章

我在費爾查德的家位於一條泥土路旁，有人在這條路兩旁種了成排的大花山茱萸。每當我焦慮或沮喪地從外頭回來（有時是因為病人難產，有時則是在學校發生不愉快的事，或者因為舞會上沒有男孩注意到我），只要一看見、一聞到這一株株大花山茱萸的香氣，我的心情就會立刻平靜下來。所以每次一轉進那條路，我就覺得我回到家了。

復活節剛過的那個禮拜天，當亞米堤踏上通往牆洞幫那條小徑的最高點，讓整個山谷在我眼前鋪展綿延開來的那一刻，我心裡也有同樣的感覺。那感受十分強烈，完全出乎我意料，幾乎令我落下淚來。

「謝謝你。」我對紐斯說。她握著亞米堤的韁繩，坐在我後面。

「別再謝我了。」紐斯說。「你們做的事很蠢，你活該受罪。只是我沒打算讓你被吊死，小子也是。」

「總而言之，」安涅蘿絲開口，「那個警衛太好解決了。用甜言蜜語耍弄那些蠢傢伙的遊戲我實在玩不膩呀。」

我想，這個時候，那個值日班的年輕人大概已經抵達監獄，也發現囚房裡只剩那個歇斯底里的男人和夜間警衛，其他人全跑光了。和我們共囚一室的女子衝出牢房，速度極快，不禁令我懷疑她可能比外表看起來年輕許多。

「這話可不是針對你喔。」安涅蘿絲對雲雀補上一句。

「沒關係。」雲雀說。「橫豎我又不蠢。」

「你只是愛耍嘴皮子。」安涅蘿絲說。「聽我一句。別嘗試跟其他人開玩笑，尤其是凱西。大夥兒應該不會太高興我們就這樣直接帶你回來，所以你的話越少越好。」

雲雀左大腿有一道擦傷，傷口比我小得多；不過從他的表情看來，傷口一定很痛。德克薩騎著費絲走在最前面。本來她並不贊成帶雲雀回山谷，但紐斯替他背書，勉強說服德克薩，所以現在他和安涅蘿絲共騎謹恩，傷口的血正汩汩流進靴子裡。我們倆都在等候小子的最終裁決，看是要讓他走還是留他下來。

受傷使我腦袋昏沉沉的。血是止住了，不過威士忌、水和紐斯餵我吃的肉糜餅頂多只讓我恢復一半的體力；即便如此，我仍察覺安涅蘿絲似乎有心事。她刻意裝出高亢、歡欣的語氣，然而隨著我們越來越接近牆洞幫地盤，她越來越言不及意，內容也一再重複，好像她盡力想炒熱氣氛似的。

繞過最後一處彎路，棚屋映入眼簾。這時她終於說了。

「小子最近不太舒服。」

「怎麼個不舒服？」我問。

「眼睛充血，沒辦法睡，還有就是——」她頓了一下，「主要就是這個問題啦。她睡得實在不夠，或許你能幫幫她。」

我沒跟安涅蘿絲說我已經在幫她了，也沒讓她知道她這幾句話害我頸背起雞皮疙瘩，心裡七上八下。我想起小子父親的狀況：足不出戶、窗帘全放下來，直到他能再次講道為止。

「應該還有別的事吧？」我說。

「昨天晚上，」安涅蘿絲坦白，「小子把衣服燒了。」

我不明白她的意思。「什麼衣服？」

「就是小子經常穿的羊毛便裝。她點了一把火，把那套衣服給燒了。」

「聖母瑪利亞。」我喃喃唸道。

「當時其他人都上床睡了。小子跟我閒聊，討論這樁買賣結束之後，接下來我們要做什麼。起初還挺正常的，譬如我們討論要怎麼爭取飛白鎮民支持等等一類的事，但她越講越奇怪：她說，等我們拿下飛白鎮，下一個目標是卡斯柏和特魯萊德，然後就是芝加哥。她說我們會用正確的方式重建美國，而且不論是流感或任何一種熱病都傷害不了我們，因為神會保守我們。」

我試著小心應對，以免洩漏小子的祕密。

「聽起來確實有點怪。」我說。「小子有沒有說我們要怎麼完成這些事？」

「沒有。」安涅蘿絲說。「我問了，小子卻回過頭指責我懷疑她。她說，我們會像過去完成每一件事一樣，透過聖子耶穌基督的力量完成大業；如果我不相信，或許我需要異象神蹟佐證——說完，她就把手伸進火堆裡了。

「我認為她想讓我知道，就算是火焰也傷不了我們；但事實正好相反。袖子著火的那個瞬間，彷彿也把咒語打破了。小子滿臉驚恐地看著我。」

「後來呢？你怎麼辦？」我問。

「幸好當時我剛好披著一條毯子。我撲向小子，用毯子包住著火的袖子，好不容易終於把火給滅了。小子要我發誓不會告訴其他人。她只有輕微燒傷，我幫她包紮的，不過你回去再幫她看看吧，確認有沒有感染。至於其他的……艾妲，小子那些稀奇古怪的言行舉止我也不是沒見過，但我從來沒看過她這個樣子。」

回到幫寨時已近黃昏，眾人圍坐在火堆旁用錫杯吃燉菜。待我們一進入視線範圍——其中還夾雜一名陌生人的身影——小子和凱西立刻上馬相迎。一如安涅蘿絲所料，凱西滿臉的不信任與憤怒，小子則一派輕鬆，氣定神閒，唯一不對勁的地方只有探出袖口的那節繃帶。

「這位是雲雀。」我說。「他協助我們偷馬車，在囚房時也救了我，讓我不致失血過多而死。不過他受傷了，需要休養，所以能不能讓他在這裡待幾天？」

「合作歸合作，」凱西說，「但你們竟然把他帶回來？紐斯，你在想什麼？從以前到現在，不曾有男人踏進這裡一步呀。」

「我不懂這有什麼關係。」紐斯反問。「在外面的世界裡，我跟他一樣都是男人，你就沒把我踢出去。」

「紐斯，你明白我的意思。」凱西說。

「我不明白。」紐斯說。「我們需要幫助，而我找到一個值得信賴的人來幫我們。現在換他需要我們，你卻要我拋下他？」

「他當真值得信賴？」凱西問道。「他之所以還沒帶著警長或賞金獵人上門，說不定只是因為時機未到。」

「你不知道他——」我搶話。

我沒來得及說完，小子直接開吼。「別說了！」她的音量大到連坐在火堆旁的小洛和伊利都嚇了一跳，抬頭望向我們。我看見凱西臉上閃過一絲懼色。然而當小子再度開口，她的語氣和緩，措辭謹慎。

「先生，我想聽聽你怎麼說。」小子直視雲雀。「想必你一定明白，為什麼我們之中有些人很難信任你。你有什麼話想說？替自己說幾句話吧。」

雲雀並未馬上回答。我看了他一眼，希望我的眼神給他些許鼓勵。

「或許你們不該信任我。」雲雀終於開口。「不過，假如你們不信任我，不是反而應該把我留下來，這樣才能好好看住我？」

「這傢伙說的有道理，凱西。」小子說。「既然他已經曉得我們的藏身處，我們要不留下他，要不就得殺掉他。可是他幫過我們醫生，我不太想殺掉他。至少現在還不想。」

算我運氣好，子彈沒打中我的脛骨，而是直接穿過肌肉飛出去。德克薩聽從我的指示，先把一塊布泡在混了威士忌的滾水裡，再用這塊布消毒我的傷口；接下來，我躺上小床，咬著皮韁繩轉移注意力，讓她幫我把傷口縫好、包起來。

「換你了。」處理完我的傷口，德克薩轉頭對雲雀說。「把衣服脫下來吧。」

她準備動手解開雲雀染血的長褲，但雲雀扣住腰帶，搖搖頭。

「我沒事。」他說。

「你哪裡沒事？」德克薩說。「你的血都滴到被子上了。」

「應該很快就止住了。」

德克薩轉向我。「跟你朋友說，他的傷口需要包紮，」她說，「除非他想得壞疽。但我可不打算浪費時間照顧只有一條腿的傢伙。」

「我來吧，德克薩。」我說。「我的傷口處理好了，精神也好多了。」

「你看起來糟透了好嗎？」德克薩說。「你的臉白得跟馬鈴薯泥差不多。」她又轉向雲雀。「你看她這副鬼樣子。要是我，我才不願意讓她在我身上動手呢。」

「我願意碰碰運氣。」雲雀說。

德克薩聳了聳肩。「那你自己看著辦吧！如果她傷口縫到一半昏過去了，我可不會來幫忙唷。」

「為什麼不跟她們說你以前的事？」德克薩離開以後，我問雲雀。「她們說不定會比較信任你。」

「那又不關她們的事。」雲雀說。

「但你告訴我了。」我說。「難道關我的事？」

雲雀笑了。「那當然，你是我的妻子呀。」

我垂眼不看他。

「真好笑。」我說。

我不確定我倆現在到底是什麼關係。他在囚房裡說的那些話，我認為至少有一部分是真心的（他吻我的方式不像是在玩角色扮演），但我也明白，他是個大半輩子都靠騙人維生的竊賊小偷。我想到安涅蘿絲來救我們的時候，肯定也是搔首弄姿地向囚房警衛搭話，風情萬種地瞄他、讓他以為她對他有興趣，覺得他英俊瀟灑、甚至想要他。既然安涅蘿絲做得到，雲雀肯定也能做到。

「德克薩說的沒錯，」我說，「你的傷口不清不行。我能把你的褲子脫掉嗎？」

「我自己來。」雲雀說。

傷口不深，但血流個不停。他的大腿和內褲右半邊全被染紅了。

「抱歉，」我不自在地比了一下，「那個恐怕也得脫了。」

他點頭，卻動手解開襯衫鈕扣。雲雀的胸膛纖瘦，有著蜂蜜般的膚色。一道黑毛從他的肚臍往內褲褲腰底下延伸。然後他鎖住我的視線，動手脫下。

第一見到的當下，我只覺得醜。這點無可否認。雲雀的陰囊完整無缺，但上方只剩一小段殘餘組織，看起來像起皺微噘的肚臍。不難想見，當時的他肯定嚴重感染，因為傷口四周圍繞著宛如星辰爆裂的疤痕組織，面積幾乎像男人的手掌那麼大；疤痕表面光滑發亮，猶如新傷。此刻呈現在我眼前的不只是殘缺，更是一道恐怖的傷痛記錄，令我直覺想撇過頭去。

但我跟直覺對抗一輩子了。媽媽第一次帶我去助產的時候，產婦從丹田發出痛苦呻吟、喉中喊出尖銳嚎叫，血淋淋的小腦袋從她大腿之間擠出來，我並未別過頭去。當另一位產婦產道撕裂、直下肛門，好不容易把寶寶生出來，我亦不曾移開視線。當鄰居們帶著患部傷處上門求助——有腐爛流膿的瘡口，有結了厚痂的老癬，還有硬如石頭、紅腫透亮的發炎乳房，或是感染念珠菌而流出惡臭分泌物的陰道——我沒有一次撇過頭去。當媽媽清洗、包紮、照料各種嚴重發炎感染的傷口（長大以後，這些也變成我的工作），我同樣不曾逃避。當我明白上帝或造物主在創造我的身體時，似乎有個環節出錯了，我也依然勇敢直視，鎮定以對。於是，我把一塊乾淨的粗布泡進水裡，視線緩緩掃過他頎長的身軀，瞧個仔細。

「你很美。」我告訴他。

我在他臉上看見寬慰，看見安心。

「你也是。」他說。

那天是我頭一回在性愛時完全沒想到會不會受孕。我和我的第一任丈夫不曾如此做愛（他太年輕，所以我想他大概不知道他可以把舌頭放進女人雙腿間吧）；而我當下所感覺到的，也不同於和我第一任丈夫共享的任何體驗：那不只是身體感受不同──所有的渴望翻攪堆積至猛烈狂躁的程度，然後瞬間釋放；我彷彿從極高處落下，肚腹升起劇烈的沉墜感──還有為做愛本身而做的純粹感。每一刻都不再是未來的開端，而是純屬於這一刻、一個獨立存在的當下。事後，我感覺體內漫過某種不曾感受過的平靜；彷彿在那一刻，我是被需要的、也是完整的。

我們靜靜躺了一會兒，兩副受傷的軀體緊貼在一起。然後，我聽見外頭傳來聲響，意識到其他人就快出現了。我倆匆忙套上衣服，想起被我們暫時擱置的痛楚。

安涅蘿絲走進棚屋時，我們的襯衫都扣好了，但她臉上淺淺的笑容隱約透露她看見了什麼。她送上一根以橡樹枝做成的拐杖。

「來吧，醫生。」她說。「小子說要開會。」

雲雀作勢起身、想拉我一把，安涅蘿絲搖搖頭。

「我來幫她，你留在這裡。」她對雲雀說。「別介意，不過這場會議你不能參加。」

小子看起來氣勢十足：銀灰色絲質外套，黑襯衫，黑色馬褲。雖然置身這片紅土大地，她卻一塵不染，光潔爽颯。

「收成的時候到了。我們至今為止的努力即將實現。」小子說。「明天，我們要出發前往飛白鎮，拿走我們應得的東西。」

凱西的表情彷彿嚇了一跳。

「明天我們不能去飛白鎮。」她說。「醫生連走都沒辦法走，而且我們也還沒確認要在哪裡放火。我們少說還需要一個禮拜的時間。」

「我們沒有一個禮拜的時間。」小子說。「大家都在指望我們。」

「誰指望我們？」凱西問她。「有誰知道我們的存在？」

「我們的國度正巴望著我們呀！」小子說。「從密西西比河到太平洋，這個國家所有不孕的女子。她們需要我們，不論她們知不知道我們的存在。除了我們，沒有別人會幫助她們。」

「太平洋？」凱西說。「原本的計畫只包括飛白鎮，但我就已經不喜歡了，現在你竟然還想——好，我得說我甚至不明白你到底在說什麼。我們只有八個人哪，小子。」

小子跨一步來到凱西面前。

「你還記得耶穌跟馬大說了什麼？」小子問她。

「你每次都這樣，小子。」凱西說。「別再扯這些了。」

「耶穌跟馬大說，『復活在我，生命也在我。信我的人，雖然死了，也必復活；凡活著信我的人必永遠不死。』你明白嗎，凱西？」[11]

「你知道我不是虔誠的基督徒，小子。」凱西說。「你需要休息。」

「基督徒？」小子吼道。「基督徒？凱西，耶穌只是例證。如果你信，祂也只是個使者。祂來教導我們、告訴我們：若心懷正理，我們永遠不死，因為真理是殺不死的。你自己看看，你、安涅蘿絲、紐斯不都是嗎？我們就是復活，也是生命。」

小子話說得飛快，語氣急促，她的眼神使我聯想到即將燃燒殆盡的篝火。小洛和德克薩面面相覷，伊利望向凱西，每個人的表情都很不自在。最後，安涅蘿絲說話了。

「那些人確實仰仗我們。」她說。「但她們需要我們聽明行事，所以我們不能沒有一套周全的計畫就倉促行動。再等個兩天吧。到時候，醫生應該好得差不多了，可以騎馬，而紐斯也能找好放火地點。只要再多給我一天，小子，我保證你不會後悔。」說完，她意有所指地看我一眼。

「我贊成。」我立刻附議。「我能感受到你說的召喚，小子，從我來到這裡的那天起就感覺到了。但如果你選擇明天出發，我只能被迫留在這裡，這樣我就不能參與這件我同樣心有所感的任務了。」

小子繞著火堆走，眼神狂烈地垂眼瞪我。我抱住身體，準備應付隨時可能踹過來的一腳、或一記拳頭。

「你們說的對。」小子說。「我們不該落下任何一個夥伴。兩天，就兩天，然後我們出發去飛白鎮。大家準備好要重建世界了嗎？」

眾人沉默半秒，然後安涅蘿絲率先出聲叫好；大夥兒三心二意，快快鼓掌。

11 譯註：出自《約翰福音》11:25~26。

等大家都睡了（雲雀睡在麻布袋和馬毯臨時湊成的床鋪上），我走進果園，看見小子坐在我先前練習射擊的樹樁上。梨子樹開花了，一簇簇泡沫般的白花在月光下微微發亮，只不過，誰知道結出來的果子會不會硬得像石頭、苦得像藥？我坐在小子身旁冰冷的草地上。

「你多久沒睡了？」我問。

「我睡得很好。」小子說。「我只是出來想事情。」

小子的聲音聽起來很正常，我幾乎要相信她了。

「你在想什麼？」我又問。

「還是那些事。」小子說。「飛白鎮。哪些地方可能出差錯，哪些地方一定會出錯，出錯的話要怎麼解決。」

「早些時候的你聽起來比現在有信心多了。」我說。「剛才，你說得一副好像我們不太可能失敗的樣子。」

「我們當然有可能會失敗。」小子說。「火可能點不著，金庫可能太堅固以致炸彈炸不開，或是馬車意外掉了一個輪子，警長等人說不定也會一路追捕、把我們都抓去吊死了。比起成功，我賭我們失敗的機率更高。」

「可是剛才在火堆那邊，你不是說——」

「我知道我說過什麼！」

夜深寂靜，小子的聲音格外響亮。梨樹上有隻鳥倏地振翅，撲動深色翅膀忽忽飛去。

「我只是偶爾會有點衝過頭。」小子稍微恢復鎮定。「她們都曉得的。她們都知道不要把我說的話當成真理。」

小子的表情既憤慨又防禦，卻也疲憊焦慮。我感覺得出來，我們雙方都擔心我接下來要提哪件事。

「你還記得，你在我出發前一晚跟我說過的話嗎？」我問她。「關於你父親的狀況？」

小子突然站起來。

「少擺出一副高高在上的嘴臉。我當然記得，不過現在我不需要你擔心了。我以為我會走上那條路，但我沒有。等到早上我就沒事了。」

「小子。」我決定一字一句慢慢說。「你說過，假如你開始說出那種彷彿自己是不死之身，沒有任何人、任何動物野獸傷得了你的話語，我就得帶你到溪邊的牛仔小屋去休養，讓你在那裡待到神智恢復為止。」

「你好大的膽子！」小子嘶聲怒吼。「你欠我一條命，你知不知道？要不是我，你現在早就不曉得被吊死在哪裡了！而你竟敢質疑我精神不正常？」

「我不是質疑你——」

小子掏槍。月光下，槍身像蛇皮一樣散發油亮的光澤。

「滾！」小子喝道。

我舉起雙手，慢慢退開。

「我只是想說，我覺得你需要休息。」我又試了一次。

小子對空鳴槍。夜行動物們振翅奔躍，匆忙逃離巨響。

「給我滾！」小子大吼。

我拖著受傷的腿，倉皇逃去。

我回到棚屋，安涅蘿絲坐在屋前階梯上。

「感謝耶穌基督，」她一見到我就說，「我還以為我聽見槍聲了。」

「你沒聽錯。」我說。「幸好沒事。不對，應該有事。小子病了。」

「治得好嗎？」

「不好說。」我說。「在我出發前，小子和我做了約定：萬一發生今天這種情況，小子說她要一個人去牛仔小屋靜養。但現在小子不願意聽我的。」

果園那邊的騷動仍未平息。鳥兒啁啾鳴啼，試著重新安頓下來；烏鴉嘎嘎抱怨，貓頭鷹如鬼魂低嘯。

「這樣的話，眼下只有一個辦法。」她說。「我們先等小子睡著，再拿走她的槍。你跟我送她去牛仔小屋，必要的話就拿槍押她過去。然後我們輪流站哨守著她，直到狀況解除為止。」

我想像安涅蘿絲描述的畫面：我們拿槍指著小子，綁住她的手腕，再把她扔上馬背。我知道我們辦得到。但是一想到我得將小子雙手反綁，我便立刻想起我被卡斯柏鎮警長拽出城的時候，他和其他民兵看我的眼神——彷彿我比畜牲還不如，彷彿我只是一坨腐爛食物。我絕對不會用他們對待我的方式對待小子。

「不可以。」我說。「我們必須讓小子出於自願才行。」

安涅蘿絲嘆氣。「好吧。」她說。「那我們要怎麼說服小子做出明智決定？」

「小子會聽誰的？」我問。

「今晚以前，」安涅蘿絲說，「我會說小子聽你的。」

「顯然她已經不聽了。」我說。「還有誰？」

安涅蘿絲想了一會兒。星星一顆顆亮起來，山頂上的天空泛著淺淺的藍。

「小子信任凱西。」她說。

「但她們倆總是在吵架。」我說。

「她們對很多事情的看法都不一樣。」她說。「不過，凱西認識小子的時間比誰都長，也許她知道該怎麼跟她說。」

我摸黑走進大房間，在凱西床畔站了許久。我還記得，小子曾經委婉暗示不要讓凱西和其他人曉得，否則事情可能會一發不可收拾，這使我驚覺小子似乎不夠信任凱西。凱西肯定早就察覺小子有狀況。她認識小子太久、也太瞭解她了，不太可能沒注意到她的異常。我不知道凱西為什麼沒有在大家面前挑戰小子，為什麼不擺明拒絕繼續這項計畫；如果我們成功把小子送進牛仔小屋，說不定凱西會二話不說、直接宣布放棄。不用說，小子肯定永遠不會原諒我，但此刻我實在想不出別的辦法了。

凱西動了動身子，醒了。她眼中原始、赤裸裸的恐懼也使我感到害怕，但她的眼神迅速轉為輕蔑和氣惱。

「幾點了？」她語氣不耐。

「不是，是小子。」我說。「小子需要幫助。」

凱西走進果園去找小子，我和安涅蘿絲在棚屋外焦急等候。不到一個鐘頭，天空從藍黑轉為寶藍再變成水藍；頃刻間，山區那頭亮了起來，金色和粉紅光束如馬尾閃閃發亮。草地上的雲雀也醒了，唱著和昨天一樣的曲子（只是我不像昨日那般邊聽邊微笑）；郊狼在破曉前的迷濛中低嚎、復又安靜下來，彷彿為自己在天光乍現的一刻尋覓腐肉而羞窘慚愧。

安涅蘿絲和我坐在階梯上，再不就是她坐我踱步、我坐她踱步，或者我倆同時起身繞圈，各繞各的但圈子越繞越大。最後每隔幾分鐘我倆就打一次照面，彼此點個頭或扮扮鬼臉，互相鼓勵又憂心不已。她和我誰也沒說話，我不知道安涅蘿絲抱著什麼期望。早晨溫暖的空氣漸漸從四面八方圍過來，我們越來越接近命定的一刻：夥伴們都醒了，然後發現小子不見了。

我知道自己害怕的理由很自私：我怕凱西失敗，怕牆洞幫瓦解，怕飛白鎮計畫不了了之；或者雖然凱西成功說服小子休養，但改由她接掌幫務，飛白鎮計畫同樣不了了之。不論是哪一種結果，我都會失去前往帕戈薩溫泉鎮的機會。現在的牆洞幫對我來說或許已經有了家的感覺，但我並非宜家之人，我還有想做、要做的事；然而當我看見這件事和我的距離越來越遙遠、機會越來越渺茫，我也越來越害怕我會失去自我——不是像小子那樣突然喪失理智，而是慢慢地、一天一天地忘掉我的初心，我的意志，直到哪天我終於面無表情對上警長的槍、站上絞刑臺，不害怕也不傷心，因為那些一度值得捍衛的夢想早已消失殆盡。

最後，當太陽微露山頭，在棚屋階梯上灑下檸檬色光芒，凱西終於走出果園——小子在她身邊。安涅蘿絲和我衝上前嘘寒問暖，止不住地發問。

「你還好嗎？」安涅蘿絲問小子。「小子，你嚇壞我們了啦。」

「我去備馬。」我說。「小子，你想騎哪一匹？」

「我沒事，安涅蘿絲。」小子靜靜回答，咬字清晰。「醫生，凱西會幫我準備。你還有你自己的事要做。」

「跟其他人說，小子和我去外頭跑一跑。」凱西說。「如果她們問起我們去哪兒，就說你們不知道。等我回來再跟大家解釋清楚。」

如果凱西以為簡單兩句話就能打發夥伴們，那她就錯了。大夥兒一覺醒來——首先是德克薩（她得去照顧馬匹），接著是伊利（凱西鋪位是空的，嚇了她一跳），然後是小洛和紐斯，每個人都想知道小子在哪裡；當她們發現問不出個所以然，一股困惑不解並逐漸轉為驚慌失措的氣氛籠罩棚屋，我和安涅蘿絲根本無力招架。

「我知道了。」紐斯說。「小子病了對不對，醫生？很嚴重嗎？」

「計畫怎麼辦？」小洛問。「之前我們太著急了，趕東趕西的。如果小子不舒服，我覺得我們應該至少等到秋天再行動，或者再晚一點也行。」

「計畫不能延。」紐斯說。「醫生一定有辦法治好小子。對吧，醫生？」

凱西終於在正午左右回來。擔憂和缺乏睡眠導致她兩眼無神，至於我和安涅蘿絲則是老早派給自己一堆戶外工作，設法躲開夥伴們越來越頻繁、一副打破砂鍋問到底的質問。凱西下馬時，我正在採集薄荷葉，她叫大家進棚屋集合，我抓著一籃香氣撲鼻、露水點點的綠葉就進屋去了。

「首先，」凱西對在場所有人說，「小子應該不會有事。至少沒有立即的危險——」

「怎麼回事？」小洛打斷她，「小子現在在哪兒？」

凱西舉手制止她。

「讓我說完。」她說。「小子會好起來，不過她現在非常不舒服。坦白說應該只是小毛病，但我不想不懂裝懂，幸好小子心裡已經先有底了，所以她預先做好安排，為的就是不讓我們操心。」

「什麼安排？」紐斯問。

「這個毛病只有一種治療方式，就是時間和靜養。」凱西說。「所以小子會在某個安全的地方休養，直到不舒服的情況過去為止。」

「那地方在哪兒？」伊利問。「我們什麼時候可以去看她？」

「這段時間她需要絕對的隔離和安靜，這是小子的要求。」凱西說。「所以她交代我不能透露地點。小子需要的就只有好好休息，她很快就會好起來的。」

一時之間，大夥兒全部同時開口說話，唯獨雲雀閉口不語。他不明就裡地看著我，我捏捏他的手，允諾晚一點再解釋給他聽。

最後是小洛的聲音成功壓制眾人。「我們應該取消計畫。」她說。「誰知道小子需要多久時間才能好起來？」

凱西點點頭，緩緩吸了一口氣。

「小子明白，你們之中肯定有些人會擔心計畫的事，所以她請我傳話給各位：小子完全信任我們，對我們有十足的信心。她知道就算少了一個人，我們也會順利完成任務。」

棚屋再度炸開，大夥兒爭相發言、你一言我一語的。小洛的嗓門仍是第一名。

伊利看著窗外，避開凱西的視線，然後她說話了，語氣沉靜、冷硬。「凱西。」她說。「你對小子的忠誠並不足以成為把大家拖下水的理由。我們為什麼不能等小子康復再行動？」

「你知道我也想這麼做，」凱西說，「可是我們時間緊迫。還記得嗎？銀行老闆六月回來，到時候金庫守衛就會恢復原本的編制了。」

小洛張口又閉上，最後還是選擇說出來。「凱西，」她說，「你跟我一樣明白，這筆買賣對我們來說完全沒道理。我們不是銀行家，也不是地主，我們之所以窩在這裡，就是為了躲開那一類人呀。管理一座城？我的耶穌聖母！沒有比這個更糟糕的事了。現在我們正好有機會重新考慮。假使因為小子必須靜養，導致我們錯過這次時機，我認為小子不會怪我們的。」

「其實這事不需要爭，」紐斯說，「表決就好了。不論我們最後做出什麼決定，小子都會尊重的。」

「你說的對。」凱西說。「贊成按照原定計畫進行的人，請舉手。」

凱西舉手，紐斯、安涅蘿絲和我跟著舉手。最後德克薩也舉手了。

小洛搖頭。

「祝各位好運。」她說。「希望你們不會在飛白鎮大街上中槍，也不會被吊死在城中廣場。假如奇蹟發生，你們也成功了，希望各位能把飛白鎮變成天堂。我誠心希望。」

她從床底下拉出背包。

「你要去哪兒？」德克薩問她。

小洛聳聳肩。

「來這裡以前，我就是一個人，現在只不過是再次變成一個人罷了。我不會有事的。別忘了，你們每一個人的偽裝術都是我教的呢。」

伊利跟著小洛到門口。

「小洛，等等，」她說，「你不能就這樣走了。」

「我可以，伊利。」小洛把背包甩過肩膀。「你們也可以。或許你們都該考慮一下。」

小洛帶上門，留下滿室的震驚與沉默。紐斯和安涅蘿絲擔憂地對看一眼，德克薩雙手撐抵額頭，唯獨光著兩隻腳、盤腿坐在小床上的雲雀毫無懼色。

「現在我們什麼也做不成。」伊利對凱西說。「一個病一個傷，我的射擊能力連過去的一半都不到，然後我們還得放火、闖金庫、搞定天知道多少個銀行行員——」

「兩個。」紐斯說。

「好，兩個。」伊利繼續。「最後還得把金條裝上馬車，回到這裡。只靠我們六個人要怎麼完成這一籮筐的麻煩事？我們一定會被痛宰的。」

雲雀抬頭，直視伊利的臉。

「七個人。」雲雀說。

那天晚上，我走進炊事小屋，凱西在裡頭煮晚餐。時序已是春天，我們用陷阱捕到不少大啖青草、吃得肥嘟嘟的野兔。凱西在鍋裡放了兩大份泛著珍珠光澤的粉紅肉塊，爐子上滾著肉湯，味道又生又嗆。

「如果小子需要助眠劑，」我拿出那瓶近空的鴉片酊，「在茶水裡滴兩滴，不能再多。還有，絕不能把瓶子留在牛仔小屋。小子現在的狀況不適合獨自保有這玩意兒。」

「謝了。」凱西說。

她將一把鋒利的小刀插進野兔前腿下方，俐落削下。我賴著不走。

「你大可把計畫取消。」我說。「為什麼不這麼做？」

凱西仔細切掉兩隻前腿內側的黃白色油脂，整整齊齊疊成一落；接著她從腰脇腿順著肋骨往上劃開，削下肋骨上的肉。她就這麼靜靜處理兔肉，好一段時間不說一句話，害我以為她可能沒聽見我說什麼。這時，她開口了：「遇見小子的那一天，我先生剃光我的頭髮。他說我不是真正的女人，沒資格擁有女人的容貌。」

「太過份了。」我說。除此之外我不知道該說什麼。

她切開野兔骨盆，摸索後腿關節。

「問題是我相信他。」她說。「我相信他批評我的每一句話。不信的是小子。」

「所以你欠小子一份情？」我問，「是這樣嗎？」

凱西搖頭。她把指頭探進兔子後腿肉之間，啪地扯開關節。

「小子在我丈夫的牧場幫忙。」她說。「我們會在穀倉碰面，商量怎麼逃跑。起初我以為那只是我一個人的逃亡計畫，覺得小子是個無私的人，是英雄。後來我丈夫出門趕牛，我就讓小子在我床上過夜，但小子沒有一晚睡著過。」

她扯開另一側關節，切下兩隻後腿。

「慢慢的，我開始注意到一些小事。譬如小子的眼睛總是充滿血絲，或者你一提起過去她就跟你扯未來。我看得出來，小子身上背負著某種可怕的痛苦，而出手幫我也是她背負痛苦的一種方式。」

「因為這個病。」我說。「小子她父親也得過的這種病。」

「我認為這應該只是部份理由。」凱西說。「我總覺得她還有其他心事。小子總是跟人保持距離，連我也是。」

凱西將刀刃刮過野兔背脊，那力道使我不自覺跳起來。

「所以，剛才你問我是不是欠小子人情？是呀，那當然。小子給了我嶄新的人生，但小子自己也需要扮演英雄。小子必須是小子。如果我奪走這個角色——」

她將骨盆往後扳折、從脊椎卸下，再削成薄片，扔進滾水裡。「如果我搶走她的角色……我不知道。」她說。

她轉身背對我，開始剝野兔後腿的皮。皮肉泛著銀光。

我深呼吸。

「那麼，你們倆是怎麼回事？」我問。

「什麼意思？」

「在你離開丈夫以後，德克薩說你們出了事，不得不躲到這裡避風頭。那時發生了什麼事？」

凱西放下小刀。

「我們搬去阿帕拉霍族居地附近、一個多種族混居的小鎮，自稱麥卡堤夫婦。小子扮成丈夫，我是她妻子。我們大概有一年的時間都用這種方式過日子，快樂極了；小子去牧場打工，我接一些針線活來做。一開始我們只能分租房間，後來攢到一些錢，我們就在小鎮邊上自己蓋房子：一磚一瓦，整間屋子都是用我們倆的雙手蓋起來的。有一回，我們花了整整一天磨門板、直到門板能塞進門框。我從沒見過小子睡得像那晚那麼沉。」

「後來呢？」

「牧場出了意外。一匹馬踢中小子的頭，小子動不了，大家都擔心結果可能非常糟糕。他們還來不及送消息給我，醫生就解開小子的衣服，想檢查心跳。

「牧場主人是好人，他其實可以把小子送去坐牢的，但他給我們一個晚上的時間整理打包。『如果明天還讓我在鎮上見到你們兩個，那麼我別無選擇，只能聯絡警長了。』他這麼說。

「我們盡可能只帶必要的東西，行李越少越好；這時鎮民出現了。我覺得應該不是牧場主人叫他們來的，我認為他很正直，但總之這也不重要了。他們先開槍打死我們的馬，然後放火燒掉小屋；我們只能逃，因為這些人都喝醉了。幸好之前有過連月逃亡的經驗，我們腳程夠快。一路上，小子頻頻回頭看我們建造的小屋，看著它被火焰吞噬。」

「太慘了。」我喃喃道。

凱西聳聳肩。

「現在你曉得啦。」她說。「去幫我拔一些馬齒莧過來，我不要蝸牛啃過的。」

# 第十章

主後一八九五年五月三十日，牆洞幫一行人出發前往飛白鎮；陣中少了幫主，但多了一名流浪牛仔兼竊賊兼獸醫助手。路程費時一天。我們在數週前落腳過的同一處湖畔紮營（那次同行的有安涅蘿絲、紐斯和我），餵馬休息。安涅蘿絲從謹恩的鞍袋裡變出一瓶琴酒，讓大夥兒傳著喝、輪流享受。紐斯把小提琴帶來了，拉起〈甜心瑪莉〉這首曲子，節奏由慢漸快；她閉起眼睛，嘴角泛起微笑。過了一會兒，德克薩起身跳舞，凱西和伊利默默十指交扣。

這一夜使我想起來到牆洞幫的第一晚。不過，此刻圍坐在一起的人少了小洛和她那身綴著鈴鐺的美麗夾克，還有讓我們團結在一起、掌管幫務的小子。

「你好安靜。」安涅蘿絲把酒瓶傳給我。

藥草冷卻我的舌頭，酒精溫暖我的喉嚨。

「小洛一個人不會有事吧？」

我把酒瓶還給安涅蘿絲，她徐徐灌下一大口。

「她大概會很擔心我們。」她說。

夜色漸暗，我環視這個小圈子：初來乍到的那一晚，這幫人臉上只有狂野歡欣，處處洋溢著節慶氣氛；現在，我可以從德克薩跳躍和翻筋斗的方式，從眾人以口就瓶、啜飲酒液的動作感覺到孤注一擲的蒼涼。凱西低聲說了幾句話，伊利激動高亢地笑了起來。

這段時間以來，我始終跟隨德克薩的腳步，認為堅持擁護小子的計畫就是保障我能夠前往帕戈薩溫泉鎮的最佳辦法。但現在我好害怕。過去幾天，我常想著小子或許永遠不會好起來，或者待我從飛白鎮歸來（如果當真回得來），小子說不定沒有能力履行承諾。

「你為什麼願意幹這一票？」我問安涅蘿絲。

她沉默了一會兒，順手摘掉固定髮辮的幾根髮夾。豐厚的紅褐髮辮落下肩膀。

「我不懂你的意思欸？」她反問。

「我是說，我知道凱西為什麼參加，也知道德克薩的理由；至於伊利和紐斯，我大概也能猜到一二。而你，你又不是沒辦法養活自己、獨立生活，為什麼不乾脆離開？為什麼要冒險支持小子的計畫？」

安涅蘿絲鬆開一根髮辮末端的蝴蝶結，再解開另一邊。

「這事我不太說的。」她說。「不過，我曾經很愛我的第一任丈夫，日子也過得幸福美滿。我非常渴望擁有他的孩子。我們試了好幾年，他也一直很有耐心，但後來他不得不趕我走。我很清楚要怎麼躲避被吊死的命運，也知道怎麼賺錢；就像我跟你說過的，身為女人，我很吃得開，但心裡的悲傷卻一直把我往下拖、越拉越深。」

她動手鬆開左邊的髮辮，一段段髮結變成微捲的髮絲，閃耀光澤。

「遇到小子那年，我兩度嘗試自我了斷。第二次那一回，若不是其他女孩動作快、拿吐根酊給我催吐，我可能就成功了。雖然小子無法保障我的收入或安全，然而，當她說起想為我們這樣的人打造容身之處的那一刻，我覺得，自我離家以來，我好像頭一次在我的人生裡看見某種意義。」

「我懂。」我說。

她靜靜端詳我好一會兒。

「那麼你應該會明白，我為什麼不能離開這裡、重拾以往獨自一人的日子。」她說。「我會失去賴以維生的東西。」

她甩甩頭髮，豐盈的髮瀑宛如公獅鬃毛，映著火光發亮。

「總而言之，」她說，「有計畫是好事，但計畫並非只有一個選項。牆洞幫之所以能熬過這麼多年，全是因為小子深諳改進變通的道理。所以，無論我們在飛白鎮會遭遇到什麼事，小子肯定都能找到辦法，扭轉乾坤。」

「前提是小子能順利康復。」我說。

「小子會好起來的。」安涅蘿絲說。

她站起來，對我敞開雙手。「來！」她說，「跟我跳支舞吧。」

我們等到隔天下午才悠閒晃進飛白鎮。這時銀行行員剛用完午餐，一個個昏昏欲睡。牧場上，春天出生的小牛在母乳滋養下，此刻已長得又高又壯；玉米田裡的玉米莖抽得比五歲小孩還高，步步邁向收成階段。再過幾個路口就是主街了。我們鑽進小巷，放慢速度，安涅蘿絲和我跳下馬車。

早在幾週以前，紐斯便已畫好銀行與毗連建物的地圖，連玻璃上有幾條裂縫都標示得清清楚楚。她發現，雖然「特朗布爾夫人仕女襯衣舖」似乎是個理想的放火地點（店裡都是蕾絲、薄紗之類的東西），但夫人非常注重存貨安全，後門無時無刻都是鎖死的，且鎖頭堅固。另一方面，「史都華肉舖」的老闆倒是經常放著後門不鎖；儘管他工作勤奮，經營店務卻缺乏條理——庫房裡的帳本詳細記載所有跟店鋪有關的資料（從哪個市場進牛肉，或是顧客抱怨豬肉不新鮮等等），卻一本本從地板堆到天花板，有些還沾了肉汁。於是，從這間庫房、這堆肉舖老闆累積一輩子的經營史中，飛白鎮農商銀行搶案就此展開。

同一時間，戴著廉價男帽、嘴上貼著八字鬍的德克薩扮成旅行商人，駕駛馬車悠閒穿過小鎮後方的街巷。我們也在車廂裡放置一些劣質棉花和破瓷器等等的雜貨（諾康算我們超便宜），以免她臨時被人攔下、不慎穿幫。不過這些玩意兒最後都會扔掉，把空間騰出來放金子。

一旦放了火，安涅蘿絲、紐斯、伊利和我就要立刻從前門進入銀行。我們幾個都會換上棉質洋裝、戴上軟帽，扮成年輕良家婦女，然後拿一些複雜的財務問題（輔以打情罵俏）拖住行員，讓雲雀和凱西好整以暇地從櫃檯區晃進金庫所在的側間，趁著沒人注意時炸開金庫。在櫃檯區的四個人一聽見爆炸聲就要立刻拔槍，脅迫行員清空櫃檯抽屜。假使一切順利，接下來我們會把農商銀行的所有流動資產全部搬上馬車，然後趁著警長及其手下忙著滅火、銀行行員還搞不清楚到底發生什麼事的時候，一路飆回牆洞幫。

「我對那個肉舖老闆覺得好抱歉喔。」我猶豫地翻弄紙夾火柴。「他跟我們又沒有過節……」

「他聞到煙味就會跑出去了。」安涅蘿絲安慰我。「他不會有危險，也不會受傷的。」

「可是他的店舖就沒了。」我說。

「不如你這樣想吧。」安涅蘿絲說。「假如你現在正一步步踏上廣場中央的絞刑臺，再過不久即將以女巫罪名被吊死，你認為肉舖老闆會阻止行刑、把你救下來嗎？還是你覺得他會跟其他觀眾一起鼓掌叫好？」

「吊死女巫這事，沒有人不鼓掌吧。」我說。

安涅蘿絲看看懷錶。

「沒有人──除了我們。」她拿走我手中的紙夾火柴，點燃一根。

火勢迅速蔓延。前一秒火舌還在逗弄牆角的紙堆，下一秒就把一整落帳本給吞了；數十年的牛肉、雞肉買賣價格和骨頭、肉品進貨量，轉瞬全遭火焰吞噬。安涅蘿絲和我看著它燒了一會兒，這才轉身離開肉舖。

紐斯和伊利已在主街準備就緒，兩人站在特朗布爾夫人店舖外頭，裝模作樣地討論櫥窗裡的襯衣襯裙。伊利在金色假髮外還戴了一頂軟帽，淺棕色洋裝伏貼包裹她玲瓏有致的身材。兩人走路的方式和在山谷裡截然不同，多了一份矜持與試探，對我來說既熟悉又陌生（她倆一見到我和安涅蘿絲，立刻轉身朝銀行的方向前進）。這時，另一名女子以同樣獨特的姿態迎面走來，於是我才意識到：這是一般女性在大庭廣眾下的走路方式，她們深知自己無時無刻都是被觀看的對象。

銀行內部裝潢得十分漂亮，大廳不算大，但穹頂式的挑高天花板使整體空間看起來相當寬敞（上頭還畫了仿古歐式藍天白雲和小天使）。地板是大理石磚，白灰與黑色岩脈橫亙交錯，散佈點點金黃。這些大理石磚大概是從某個流感病故的有錢人家裡挖來的，又或者銀行前身就是有錢人的家，譬如那些在數年前（大流行結束數十年後）清空屋內屍骸、另作他用的諸多大宅之一。說不定，今日飛白鎮儲放全鎮財富的那個房間，碰巧正是一百多年前，鎮上最有錢富人嚥下最後一口氣時，他珍藏所有值錢物品的同一地點。

大廳一側是櫃臺，設有四座窗口；不過就同如亨利所言，四個之中只開了兩個。大廳另一側是開放式長廊，通往銀行辦公室與金庫。長廊正對櫃檯窗口，因此行員隨時都能看見有誰進出長廊，這表示我們得特別留意、確實分散他們的注意力。

這天早上，行員看起來挺愜意的：凌亂紅髮蓋過耳際、鏡片上都是指紋的那位，正在幫一名穿著雜貨舖圍裙的老先生把銀幣換成銅板；另一位則優哉游哉用銼刀修指甲。安涅蘿絲和我選擇老先生所在的窗口，伊利直接走向修指甲的行員，紐斯跟上去、排在她後面。我暗暗鬆了口氣。有兩個人排在我前面（其中一人是安涅蘿絲），這表示我應該不需要測試我能不能有效轉移他人注意力了。

「我想幫我兒子開戶。」伊利說。這名手握銼刀的行員年輕俊美，顯然對自己的外貌頗具自信：金色八字鬍及山羊鬍都跟他的手指甲一樣，修剪得整齊乾淨。兩條紅色吊帶越過漿挺的白襯衫。

「好的，夫人。」他對伊利說。「請先告訴我他的名字。」

「他還沒有名字。」伊利回答。

「抱歉，您剛說什麼？」行員語氣詫異。

從我此刻所站的位置，我能清楚看見前門及門外的人流。我知道雲雀隨時都可能從那扇門走進來——從那一刻，起他便置身險境，而我則有義務保護他（至少部分是我的責任）。我很訝異我竟如此為他擔憂。我從來不曾對我的第一任丈夫有過這種心情，不曾把我的伴侶看得比家人、比律法還重要；話說回來，以前的我沒道理為另一半擔憂，我無法想像我的第一任丈夫會身處雲雀今日的險境，正如同我無法將過去的人生與眼前這段嶄新人生的每一刻互相比較。我是新舊兩段人生的唯一連結，但這個連結越來越脆弱，使得我幾乎不可能重拾過往、同時積極開創新人生。

「就是這孩子要取什麼名字，他父親跟我還沒有共識。」伊利說。「我想叫他詹姆斯，紀念我祖父，但我先生想用聖人『聖克里斯多福』的名字，給他取名『克里斯多弗』。我好說歹說，我先生就是不肯讓步，所以我想啊，如果我先用『詹姆斯』這個名字幫孩子開戶，放點錢進去，我先生應該不得不同意吧？否則孩子就領不到錢啦！」

這位把外表打理得一絲不苟的年輕行員驚慌地瞥了同事一眼，後者刻意忽視他的求救訊號，繼續幫雜貨店老闆換錢數錢。

「夫人，」年輕行員說，「您這樣做恐怕會有幾個問題。」

前門開了。一名男子——不是雲雀——走進銀行，排在我後面。

「首先，我們沒辦法幫『不存在』的人開戶。既然您的兒子事實上並不叫『詹姆斯』——」

另一名行員終於點完銅板。他親切地送走雜貨店老闆，安涅蘿絲順勢上前一步。又一名男子走進銀行。這人也不是雲雀。

「但他以後會叫詹姆斯呀。」伊利說。「我只是得讓我先生理解為什麼罷了。你知道嗎，我祖父是很偉大的人，他有兩家乾貨鋪，而且還是他那個教區的教會執事喔。」

剛才進來的男子看了看兩個窗口前的隊伍，轉身離開銀行。安涅蘿絲從手提袋裡拿出一張破破爛爛的銀行傳票。凱西走進銀行，站在紐斯後面。

「再來，銀行這邊不方便介入夫妻間的爭執。不過，您倒是可以先用您的名字開戶，等兩位有了共識之後再變更帳戶姓名——」

安涅蘿絲亮出她最無往不利的招牌笑容，告訴行員這張匯款通知被狗咬爛了。一名女子走進銀行，排在凱西後面。又一位不是雲雀的男子跟著進來。我開始擔心雲雀是不是不會出現了。搞不好他在街上被攔下來，而對方不知怎麼著竟然識破我們的計畫。說不定卡斯柏鎮警長親自出馬逮他。也許凱西說的沒錯，他終究會背叛我們大家。

「但這戶頭不是我的呀，是我兒子的。而且他一定會叫詹姆斯的。」

行員向安涅蘿絲解釋，她得拿出半張以上的通知單才能兌現款項。她假裝不懂他的意思。腋下的汗水逐漸浸透我的藍格子洋裝。又一個不是雲雀的男子走進銀行。

「不如這樣吧。」年輕行員說。「我可以先幫您開一個沒有名字的帳戶，只有帳號。等您決定好名字，我們再補登帳戶資料就行了。開戶手續只需要收您五個銀幣作為保證金。」

「噢，可是我沒有錢耶。」伊利說。「錢都是我先生在管。」

雲雀走進銀行。

那個瞬間，有好幾件事同時發生：雲雀和我互相使了個眼色——頂多就是一眨眼的工夫——伊利和那位過分關注外貌的行員從對話變成爭執，凱西靜靜退出隊伍，頭髮亂糟糟的行員禮貌但堅定拒絕安涅蘿絲的要求，轉而微笑地望向我。

「請問您需要什麼服務？」對方問我。

我本來已經編好一套故事了（我們每個人都有自己的腳本），然而在那一瞬間，因為我意識到雲雀正從我身後走向櫃檯對面的走廊、意識到他的性命掌握在我手中，我竟然把原本安排好的計畫忘得一乾二淨。

「我——我要開戶。」我機械地重複伊利的說詞。

「好的。」行員說。他是個圓臉中年男子，小而溫暖的灰眼眸隔著髒兮兮的眼鏡看著我。「您要開簡單的存款帳戶，還是可以開支票的往來帳戶？」

我用意志力命令自己不准回頭，不准看走廊。

「呃，我不知道欸。這是我第一次開銀行帳戶，您可以告訴我這兩種帳戶有什麼不同嗎？」

「好，沒問題。」行員說。「存款帳戶是專門用來存錢的帳戶，以備不時之需。您把錢存進來，每個月底銀行都會另外存一點點錢到您的戶頭裡，就是利息。」

年輕行員拔高音量。

「夫人，」他說，「我一直很有耐性地服務您，但您其實根本不該拿您的蠢問題到銀行來浪費我的時間。您應該留在家裡陪孩子才對。」

我這邊的行員轉頭望向起爭執的兩人，讓我逮到機會偷瞄大廳現況：凱西和雲雀都不見了。我頓時鬆了口氣，但下一秒旋即意識到裙裝左口袋裡沉甸甸的手槍、還有我再過幾分鐘就要用到它了。緊張感又回來了。

眼前這位頭髮凌亂的行員搖搖頭，以某種心照不宣的語氣低聲對我說話。

「抱歉，」他說，側頭往同事的方向比了比，「今天我們有點忙不過來。幾位同事，唔，現在碰巧有事在忙，所以目前只有三個人在這裡。」

我胃裡一沉。

「三個人？」我問。

爆炸聲比我想像的要響亮。在山谷試爆時，空曠的環境使音響迅速消散；然而在銀行裡，爆炸的巨響穿透木板、石板和鋼板，朝我撲來。在隨之而來的混亂中，我搞不清楚是誰在尖叫，也不知道那幾位銀行老顧客有誰奪門而出、又有誰立刻高舉雙手貼牆站，就連我自己究竟是何時拔槍喝令這位頭髮凌亂的行員清空櫃檯抽屜的，我也不知道。不過有一件事我非常確定：那就是在炸彈爆炸前，我聽見槍響。

一名靠牆站的女士喃喃禱告：「聖子耶穌，請您拯救我們脫離危險，請您看顧。請您如同聖母看顧您一般保守我們。」年輕行員邊哭邊把抽屜裡的金幣、銀幣裝進麻袋，頭髮凌亂的行員則不為所動。

「我不能把錢給你。」他說。「這不是我的錢，我無權交出去。」

我不知道要對他說什麼。他的灰眸滿是蔑視和恐懼。

「把抽屜裡的錢都拿出來，」我說，「否則我就要開槍了！」

「你看見那幾位站在牆邊的客人嗎？」行員問我。「這是他們的積蓄，他們需要這些錢養家活口。如果錢被你拿走了，你要他們怎麼辦？」

「別擔心，」我說，「我們會照顧他們的。不過首先我們需要這些錢。」

「把錢給她吧！」年輕行員喊道。他把沉重的麻布袋推過櫃檯窗口，送進伊利空著的手。

「很抱歉，」亂髮行員說，「那您只好開槍打我了。」

我想起上次那個馬車伕，憶起他彎身倒地、他父親跪在他身旁的畫面。我知道我絕不可能朝這名行員開槍。

「你不會希望我這麼做的。」我說。「你的家人怎麼辦？他們需要你。」

我能感覺到自己聲音裡的恐懼，我覺得我快撐不住了。

「我沒有家人。」行員說。「就只有我自己一個。如果你想開槍打我，現在就動手吧。」

他穩穩看進我的雙眼。

「安德魯！」年輕行員啜泣，「拜託你，把錢交給她們吧！」

「聖子基督，請您保守我們，」女子大聲祈禱，「請您像聖母保守您一樣保守我們！」

凱西現身走廊入口。我的注意力暫時從行員身上轉向她——她臉色灰白，襯衫上都是血。頭髮凌亂的行員伸手探向櫃檯窗口下方某處，伊利開槍，子彈正中他胸口。

*

有些人相信，人死後，身體就只是一副被靈魂拋下的軀殼；但我從來不信。第一次接觸屍體那年，我十三歲。伊爾瑪・樂芙的心臟停止跳動、肺部充滿液體——也就是她過世那晚，她八十歲了。隔天早上，媽媽帶我去清潔並安放樂芙太太的遺體。

樂芙太太生前在乾貨店工作，也教孩子彈鋼琴。她能把曲子彈得極為優美，為人卻頗為惡毒，我和費爾查德的其他小孩都很怕她。不過，樂芙太太講話經常帶著諷刺的幽默感，因此隨著我漸漸長大，我也越來越喜歡去乾貨店找她嚼舌根，聽她說她覺得哪個人愚笨呆蠢、哪個人自命不凡（我幾乎沒有一次不同意她的看法）。樂芙太太過世時，她的惡意彷彿仍刻在嘴角，而她縱聲大笑的紋路也還留在眼睛周圍；她修長的手指也因為一輩子在琴鍵上曲屈伸展，柔軟靈活依舊——一切的一切都還留在她身上。媽媽叮囑我，處理遺體時，態度必須尊重，就像對待普通人一樣；對我來說，樂芙太太自始至終都是人，我不會因為她過世了，就認為她的身體不如她本人一樣重要。

因為如此，當我看見雲雀躺在炸開金庫前的走廊上，看見子彈在他胸口轟出幾個彈孔，同時聽見凱西嗓音破碎地嘶吼、要我們拋下他，表示如果再有拖延肯定會被警長抓走，我仍執意不理會她的警告——我彎下腰，把手繞過他癱軟的雙臂，半拖半拉地將他帶上馬車。德克薩早已等在車上，準備載大夥兒撤離。

車廂內一片漆黑，凱西把臉埋進掌中。

「我應該要提防還有人守在金庫裡的。」她說。「如果是小子，她一定會先想到，並且做好準備。」

第三名行員身材壯碩，年輕的臉龐紅潤如蘋果，即使他已經死了——凱西的子彈正中他心臟——整個人看起來仍充滿生命力。此時此刻，鎮民們應該已經在飛白鎮的教堂墓園裡準備他的葬禮。我們永遠不會知道，這個倒楣的年輕人到底是哪來的一股衝動，那天怎麼會決定留守金庫，而不是跟朋友們去若妮驛館喝一杯，這樣說不定就能逃過一劫了；我們只知道，就在雲雀和凱西把幾顆炸彈放在金庫地板上、準備點燃引信時，那傢伙剛好從後面辦公室出來，穿過走廊進入金庫。或許是他已經聽見外面起了騷動，所以先把槍握在手裡；也許當雲雀看見他、準備拔槍時，對方直接朝他連開三槍，然後才被好不容易拔槍還擊的凱西擊倒。我們把金條搬出金庫時——袋子多到數不完，而且每一袋都跟三歲小孩一樣重——還得跨過他的屍體才出得去。

「剛才實在太恐怖了。」伊利說。「但凱西，我們辦到了。我們拿到黃金了。我從沒想過我們會成功，你知道的。至少**我們**大家設法活著回來了。」

凱西抬起頭。

「他為了幫助我們，甘願冒著生命危險一起來，」她說，「我卻讓他死了。」

雲雀的頭枕在我腿上，看起來彷彿還活著；表情微微哀傷、帶點戲謔，十分俊美。不過，方才我一把他安全送上馬車，就立刻為他闔上雙眼了。他的眼睛愣愣瞪著，盡是恐懼。

凱西直直望著我。

「我很抱歉。」她說。

我伸出手，她旋即握住。我們緊緊握住彼此。

幫寨裡沒有棺木，不過安涅蘿絲設法用小洛扁衣箱的白棉襯裡做了一件壽衣給他。安涅蘿絲主動表示願意幫我整理雲雀的遺體，但我拒絕了。即使是現在，我仍想維護他的隱私；況且，我也想和他再多獨處一會兒。

在滿室晨光的棚屋裡，我再次凝視他的舊傷。看著那漩渦狀的傷疤，還有一度存在、如今只剩些許殘餘的陰莖組織，我不再感覺不舒服，取而代之的是憤怒和愧疚——雲雀命不該絕。他不該因為銀行搶案出錯而死在陌生人槍下，更別提這一切只是為了讓我前往我想去的地方。事發至今，我不曾為雲雀掉過一滴眼淚；但現在，挫折和自責的淚水終於撲簌簌落下。

眼前我能為雲雀做的只有一件事：清洗他胸前的每一處傷口血跡、為他包紮，彷彿他還活著一樣。我清掉他指甲裡的塵土，梳洗他的頭髮。我想像那位獸醫全心全意照料動物的心思，以同樣的關注和細心照料他的遺體。我發誓，從今往後，我都會用這種方式對待及觸碰每一副軀體，不論生者或亡者，不論病人或愛人。最後，我為雲雀穿上白壽衣。安涅蘿絲、紐斯和我一起送他至果園安葬。

接下來的日子過得緩慢，感覺好奇怪。飛白鎮計畫算是完成了一半：金條高高堆在馬廄裡，馬兒剛開始還會不時蹭個幾下，然後漸漸沒了興趣；因為除了麻布袋的塵土味以外，這些玩意兒沒半點香氣。現在只剩等待。

小子說過，七天，等個七天應該足以令銀行經理心頭發慌。即使飛白鎮民一開始還願意同情這位無辜被搶的生意人、願意接受他的保證，但時間一久，當他們發現銀行經理仍保有山丘上的大房子，而他們畢生的積蓄——那些讓他們桌上有食物、牲畜有草料，讓他們有錢修屋頂、補蹄鐵，讓他們付錢給產婆接生寶寶的金條金塊——全被陌生人給裝進馬車載走了，原本的同情也會轉為憤怒。他們會拿著雞蛋、石頭團團圍住銀行經理的大房子，最後甚至會拿槍，這時經理肯定急著想擺脫銀行這顆燙手山竽。

至少小子是這麼囑咐我們的，但現在她不在我們身邊。這禮拜的第二天，凱西裝滿一鞍袋的食物、帶著一大罐清水去了牛仔小屋，並且在數小時後帶著「小子好多了，她非常期盼能早日跟大家團聚」的消息回來。可是她在傳達這些訊息的時候，眼睛始終看著我們頭上的某一點，刻意避開大夥兒視線。後來，我去給亞米堤刷毛，她跟著我走進馬廄。

「小子又睡了。」她說。

「這是好現象，不是嗎？」我將馬梳刷過亞米堤頸側。

但凱西神情憂慮。

「我的意思是，她就**只是**睡。不吃，不說話，甚至連看都不看我一眼。我幾乎要懷念起以前跟她吵架咆哮的日子了。你能不能去看看她，給她做點檢查？」

牛仔小屋裡沒幾樣東西：一張窄床，一只水罐，幾副馬鞍和轡頭疊靠牆角。進門的時候，小子面著牆壁側躺在床上，身上只有一件又髒又皺的白睡衣。

媽媽生病那年，我曾用盡各種方法想讓她振作起來——此刻那些記憶都回來了。我會準備媽媽愛吃的東西，譬如餅乾、肉湯、草莓灑糖粉、或是奶油起司玉米派；我會煮熱咖啡，檸檬香草茶或山楂茶；我還會用牛骨熬湯（我特地拜託肉舖老闆免費送我）。但這些全都沒用。然後，有一天，她短暫下床了；隔天，她下床的時間長了一點。再隔天又更長一些。直到有一天我醒來，發現她早就起床了，正坐在地上和還是嬰兒的小碧玩著、笑著。後來，我問媽媽到底是什麼治好她的，她聳聳肩說：「時間吧。」

說完，媽媽想了一會兒又補上一句：「你都會跟我說話。幫助挺大的。」

所以我開始跟小子描述外頭的天氣，告訴她凱西那天早上做了什麼早餐、昨晚大家吃了什麼，或是哪匹馬又開始鬧脾氣，或者誰和誰一言不合吵起來。小子一句話也沒說。

「想不想去外面散散步？」我問她。

小子不發一語。

「喝點湯好不好？」

她還是不說話。

於是我只好為了說話而說話。我跟小子說我的生平故事，從我在家鄉的生活、短暫停留聖子姊妹會、一路講到坐在小子床邊，跟她講故事的當下這一刻。

小子依舊不言不語。

最後我決定問小子一個問題——我真的很想從她口中聽到這個問題的答案。

「你為什麼沒當上牧師？」我問。

小子嘆氣。她幽幽轉向我，說了起來。

「十六歲那年，我嫁給我們教區的一名男子。我爸幫我挑的。他人很好，想法自由開明，甚至不介意我將來去當牧師。我們試了一年，但就是沒有孩子。」

「他趕你走？」我問。

小子抬起一隻手——我看見橫過手腕、手臂的傷疤。燒傷。傷口已逐漸癒合，長出新生皮膚。

「那年底，我媽帶我去找一位厲害的產婆。她給我一種草藥，讓我調整月事。後來我懷孕了，生了一個小女兒。」

「你有過孩子？」我輕喊。

小子再次抬手制止我。

「生產過程很辛苦。後來，我有好幾個禮拜沒辦法下床走路。我就是在那時候首次發病的：起先一連三十天睡不著覺，接著又連續睡了三十天——至少我覺得是這樣。後來，夫家的人從聖安東尼奧請了醫生來看我。醫生瞧瞧我的舌頭、我腳上的褥瘡和我的眼白。」

「醫生跟我丈夫說，我身上的問題不嚴重，但我的心病了。他說這個病會傳染，如果讓女兒接近我，女兒也會染病，所以我丈夫只好盡可能隔開我和女兒。每個禮拜天只准我去看她一會兒，頂多如此。」

換作是我只能在禮拜天見小碧一面？這幾乎比見不到她還糟糕。

「太悲慘了。」我喃喃道。

小子第三次制止我。

「醫生說，我這個病最好的治療方式就是懷孕。他說我應該繼續懷孕生子，生得越多越好；但除非我的行為能證明我的病已經好了，否則孩子不能留在我身邊。」

這一回，我沒說話，但我試著直視小子的雙眼。她別開視線。

「我熬了三個月。」小子說。「我天天詛咒自己，天天覺得我絕對撐不過一個禮拜、甚至看不到小女兒最後一眼。那實在是最痛苦的折磨——夜夜躺在丈夫身邊，卻深知我終會失去我生下的每一個孩子。某個春夜，我從臥房窗戶爬出去，攔路搭便車逃進聖子姊妹會，我聽說她們願意收容生不了孩子的女人。可是回憶始終不放過我，關於我女兒的回憶。

「我兜兜轉轉了好些年，做牛仔、盜牛偷馬。我扮男人，也試著以女人的身分過日子，但沒有一種生活適合我。後來我遇見凱西。我告訴自己，只要我能保護她，我這條命就值得繼續。」

小子轉身，再次面對牆壁。

「現在我連這件事也做不到了。」

# 第十一章

我們選定進城買下銀行、展開地主生涯的那天凌晨，我清醒地躺在棚屋小床上。星子高掛夜空。再過幾個鐘頭，我們就要出發前往飛白鎮，但我睡不著。凱西已經清掉原本充作雲雀睡鋪的毯子，但那一小塊地方仍然空著，紅土也還未鋪覆佔據。他的逝去令我格外想念家人，新傷又一次撕裂舊創。

八月是小碧生日，她快十歲了。我還記得她襁褓時代的頭皮氣味，記得她小小手指頭纏繞我一縷髮絲的情景，還有她在抵在我胸前睡去時，那顆越來越沉的小腦袋。

隨著計畫越來越接近收尾，我發現自己越來越閒不下來。我每天都去看小子。她的狀況時好時壞，不過我每次離開時都感覺精疲力竭，彷彿全身的力量都被抽乾了。

以前媽媽幫忙接生時，通常都會和產婦成為親近的朋友。後來她病了，這些女性之中有不少人會不時來家裡探訪，帶些食物或寶寶的衣服給我們。媽媽康復以後，她這麼告訴我：不論在孩子出生前，她覺得這些產婦有多蠢、多麼心胸狹窄或惡毒，生產之後，這群女人都有一個共通點——她們都面對過死亡，也都活下來了。可是小子還在面對她不得不面對的處境，還沒辦法成功渡過、跨到另一邊去。我一邊想、一邊爬出被窩來到火堆旁，坐在黑暗中。

在黑夜將盡、即將破曉的前一刻，陽光留下的記憶最是黯淡稀微。火堆旁的石塊極冷，蟲鳥噤不作聲。我瞪著灰燼，突然發現我好想禱告，可是我把在修道院學過的禱詞全給忘了；彷彿我一離開修道院，就把這些記憶從心頭抹除，以示抗議。於是我只好輕輕唱起歌來，宛如呼息地低柔哼唱；我環抱雙膝，像母親搖哄哭泣嬰孩般徐徐搖擺身體。

峽谷中　洞穴裡，

礦脈長又長——

有一頭小動物或小鳥在火堆南面、泥土路旁的冬青樹上窸窣躁動。或許是哪隻野兔躲過伊利設下的陷阱吧。

礦主年老且富有，

女兒仁慈又善良——

窸窸窣窣的聲響越來越大，我起身探看。深夜在山邊嚎叫的野狼偶爾會潛入山谷獵食，不過德克薩向我保證過，牠們個性警敏，絕不會輕易接近人類。話說回來，如果是熊就危險多了，尤其在春夏兩季，母熊可能帶著小熊來到山谷；若不巧碰上牠們，你完全無法預測母熊會做出什麼事來。德克薩叮囑我，這時候最好盡量製造噪音，讓牠知道你的位置，並且給牠充分的時間避開你。

「她上市場買菜，」我邊走邊唱，折回棚屋。

每天早上九點鐘，

她親手照料感冒發燒——

槍聲離我太近，我甚至能感覺到子彈掠過臉頰邊的輕風。我一個轉身，赫然發現飛白鎮警長就站在那排冬青之間，槍管迎著朝陽第一道曙光。

我腦筋一片空白，身體直接自主動作——我用力推開棚屋木門，用盡肺活量、扯開喉嚨放聲大喊，叫醒夥伴們。

凱西第一個睜開眼睛，臉上閃過懼色。這些年來，隱身山谷的她最害怕的就是這一刻——藏身之處曝光，陌生人侵門踏戶。恐懼瞬間轉為悲憤，彷彿她剛失去所愛之人；但下一秒，她吞下這份痛苦，目光堅定並以命令的口吻說道：

「上牆洞巖！」

我們光著腳、邊跑邊還擊，迅速衝向馬廄。然而警長並非隻身前來，子彈不斷從牧場、小樹林——好久好久以前，我頭一次看見凱西和伊利卿卿我我、溫柔擁吻的地方——兩處朝我們飛來。如果剛才我在火堆旁再多坐一會兒，此刻我們大概已經被包圍了。

眼前的突發狀況令我們措手不及，但馬兒一一豎直耳朵、肌肉鼓動，看來早就準備好了。我才剛把鞍具和我自己拋上馬背，亞米堤立刻衝出馬廄，沿著通往牆洞巖的小徑疾速狂奔，彷彿我倆心意相通。我們一行人策馬奔馳，槍響緊密跟隨，一輩子活在平靜安詳中的鳥兒被戰事驚醒，撲飛啼鳴。越過小山頭時，我聽見後方傳來高亢無助的哀鳴，像極了嬰兒痛苦的哭聲；一轉頭，我看見費絲跪倒在地，鮮血汩汩流下側頸。我為牠難過。我常在刷完亞米堤的尾巴後也順便替費絲梳理，而且費絲喜歡從我掌中舔走大麥糖。不過真正令我感到背脊發涼、寒意直竄心窩腦門的是費絲身後——以及伊利和禮克、凱西和謹恩、紐斯和格瑞絲身後——的景象。

任何一名經驗老道的搶匪都知道，警長和民兵的陣營與規模每天都不一樣，主要是依可出勤人數（他們必須騰出時間，拋下自己的農場、牧場或商店）、可用槍枝、可用馬匹、還有警長本人受擁戴的程度而定；或許，最重要的還是罪案本身能號召多少人共同施懲討伐吧。偷牛賊可能只會吸引一兩個人，盜走獲獎種馬的偷馬賊可能逼出三、四人來追；若是流浪漢或品行受質疑的婦女遭人謀害，可能就只有心地仁慈的人願意出面替他們討公道（或者根本無人聞問），不過，如果受害者是一名母親或地方顯要，那麼少說也有六、七個人會站出來追捕緝凶。

然而，在我這群夥伴們身後、通往牆洞巖的泥土路上，我看見一排排高坐馬背、持槍握韁的男子從山丘上傾瀉而下，少說二、三十人。在這群人之中，我不只認出飛白鎮和卡斯柏鎮警長，就連布蘭屈警長——照例戴著白帽子、騎著那匹我小時候餵過的馬——也來了。這麼長一段時間以來，我一直害怕再見到他；此刻看見他與其他人一同前來，我心裡有種很不踏實的感覺，好像我腳下的大地突然扭曲變形、崩裂坍塌。我們之間原本看似極度遙遠的距離，在這一刻變得好近好近，彷彿我的敵人瞬間就能跨過這段距離。我不知道這幾位警長是怎麼湊在一起的，也猜不著他們是如何一路追蹤我們到這裡來，可是他們匯集的影響力竟足以號召一支人數三倍於我們的民兵大軍：他們的馬匹緊追我們這幾匹馬的腳後跟，此起彼落的槍響將草原上的雲雀嚇得直衝天際，飛向山谷晨光。

伊利策馬超越費絲，再用她好的那隻手一把撈起德克薩、往身後甩。凱西緊跟在後，大喊「散開！」

我引導亞米堤離開泥土路，鑽進高草叢。牠靈活跳躍，如叉角羚般穩健踏實地越過山谷低地。地面揚起的滾滾紅土包圍我們、黏附在我喉頭深處，我嗆咳不止，但仍緊盯前方的牆洞巖，深知凱西、伊利、紐斯、安涅蘿絲和德克薩此刻的想法也都和我一樣：若能順利抵達牆洞巖，我們就能站在制高點觀敵防守，將山谷裡的一切動靜看得清清楚楚。

亞米堤越過小溪。我朝東邊望去，看見遠方的牛仔小屋，窗玻璃映射粼粼晨光。希望小子明白此刻最好躲著別出來，希望民兵團的人不會想到去小屋搜查。我想起媽媽生病那段期間，她曾任由老鼠爬上床柱、在她腳邊的被子上啃出一個大洞；如果民兵衝進牛仔小屋，我擔心小子會不作抵抗，任他們開槍射擊。

來到山谷中段的冬青林，我再一次放膽回頭看：我聽見遠方槍響，但眼前沒半個人影，於是我讓亞米提逐漸放慢步子，拍拍牠灰色的脖頸；牠步伐俐落，腳步堅定。這時陽光已達熾熱的程度，我用沾滿塵土的手背抹去額頭汗水；空氣中瀰漫著鼠尾草和鮮草的氣味，四周的蝗蟲蚱蜢嗡嗡唱著夏之歌。

我才讓自己稍稍喘口氣，槍聲倏地響起。亞米提一時受驚、拱背後躍，將毫無防備的我往後甩在地上。我像咒罵孩子一樣地喊牠，但牠拔腿朝北狂奔，速度比野馬還快。我知道牠肯定是被打中了，否則牠絕不可能拋下我；但眼下我只有短短數秒能分神擔心牠，因為我聽見另一匹馬逐漸逼近的聲音——馬蹄踩在山谷硬地上，聲音結實響亮。

我做了此刻唯一能做的事——爬上冬青樹，盡可能藏身枝幹葉隙間。我才剛躲好不久，一名男子旋即進入視線：我認得那副削瘦身材和暗紅色牛仔帽——卡斯柏鎮警長。我屏息等待。他一走進二十步距離內，我立刻開槍。

子彈沒打中他，反而明白告訴他我所在的位置。他抬頭對上我，瞬間還擊，但他也失準了。子彈卡進樹幹。我一躍而下。他再開槍，同樣沒打中，這時我聽見咔咔兩聲——彈匣空了。看著他削瘦的胸膛與馬匹厚實的身軀，看著一人一馬全速衝向我，我明白此刻只有一個選擇：我低聲致歉，然後開槍。

馬兒發出和費絲一樣的哀鳴，揚起前腳、頹然倒下。警長連忙跳下馬背，邊罵邊跑，我瞄準他的胸口再度開槍；但這一回，換我感覺自己手中的彈匣空了。

我轉身鑽進高草叢、奮力狂奔，可是少了亞米堤，我拖著一條傷腿根本快不起來。我拐了幾下，踉蹌跌倒，警長立刻從後方撲上來，將我的雙手緊扣在背上、把我的臉摁進土裡。我下意識做好準備，以為他會用槍托敲我後腦杓；腦中閃過一張張我以為再也見不到的臉孔——我的家人，安涅蘿絲、紐斯和小子——還有我想問卻再也問不出口的問題：我永遠不會知道為什麼有些孩子生下來就是兔唇或腳掌內翻，為什麼棕眼睛的父母可能生下藍眼睛的孩子，又或者我為何不孕。我好氣警長奪走我的機會——學習這些知識的機會——這時我才意識到我在生氣，也意識到那一記重擊並未落下。警長用力把我從地上拽起來。由於他沒有手銬也沒有繩子，不得不用兩隻手抓住我的手腕、推著我走，彷彿我是一件家具什麼的。

「你要帶我去哪裡？」我問。

「我們早就在廣場備好刑具，就等抓到你了。」他說。「你會先在那裡待三天。三天後，假如你還活著，我會把你吊死。」

他的聲音帶著某種熟悉的輕蔑。打從數週前、安涅蘿絲和紐斯成功劫獄，把我從他牢房裡救走以來，他肯定始終惦記著我；我也一樣。原來仇恨也能滋養親密感。我拖著步伐，被迫前進。

「你是怎麼找到我的？」我又問。

「閉上你的嘴。」警長狠狠推我一把。

我決定試試別的辦法。

「費爾查德和飛白鎮警長應該也想在他們自己的廣場上吊死我吧。你是怎麼搶到頭獎的？」

「他們沒打算抓你，」他說，「要抓你的人是我。如果他們想吊人，大可抓你的朋友去吊。我非常確定，唐利警長肯定等不及要在他家牢房門口吊死你們這些生不出孩子的女人。」

他一說我就明白了——牢房裡那個滿臉皺紋的女人，彷彿她此刻就在站我面前。她鐵定聽見我跟雲雀說的每一句話，而我什麼都跟雲雀說了：我告訴他牆洞幫的事，飛白鎮的事，連我自己和我家人的事全都說了。在我們策畫逃獄之後，她包準拿這些消息跟警長交換她自己的自由。我差點笑出來，也很想哭。我的嫁妝未免太過昂貴，我卻連享受的機會都沒有。

我的身高跟卡斯柏鎮警長差不多，體型相仿。我想起小洛曾經教我怎麼跟男人打架，怎麼來陰的、怎麼耍賤招。下一秒我突然向前跑，狀似想掙脫他的箝制；他只能追著我跑，但我跑了幾步就停下來，一感覺他的鼻息拂過我頸背，我立刻快狠準地往後一撞，後腦杓直接往他臉上招呼。他痛呼大喊、鬆開箝制——正合我意——我立刻掏槍，卯足力氣敲他腦袋。我沒浪費時間確認他是否斷氣，轉身就逃。

沒跑幾步，我不得不慢下來，然後拖著傷腿邊跳邊走。太陽彷彿脹大塞滿整個天空。在正午熾熱陽光下，鳥兒噤聲不啼。皮膚上的汗水混著灰塵，變成泥巴。若單靠步行，我至少得走一天才可能走到牆洞巖；考量我的傷勢，勢必得花上更長的時間。想到眼前還有這麼長的路要走，腳傷感覺更痛了，痛得我腦袋發暈。越過鹽沼，登上小山丘，我決定坐下來歇歇腿。

我肯定是不小心睡著了。我被某種聲音驚醒——山丘下方的平原傳來一記高亢悲鳴。起初，我以為我看見一匹狼越過乾涸龜裂的紅土，我緊張得聽見脈搏在耳內咻咻躍動；待雙眼適應強光後，我從那頭動物拱背移動、鬼鬼祟祟的姿勢研判，那應該不是狼，而是體型較小的郊狼。驚惶的心跳立刻慢下來，我毫不畏懼地與牠對視。我在心裡盤算：如果接下來每走一小時就休息一小時，大概多則兩天、少則一天半可抵達牆洞巖；只不過到了那個時候，夥伴們說不定早就被抓、或者全都死了。當然，布蘭屈警長、飛白鎮警長或民兵團的人也有可能先一步抓到我，所以眼前最安全的策略應該是躲起來，等待風波平息；可是這片開闊空曠的山谷實在沒什麼能藏身的隱蔽之處——這也是牆洞巖的優勢所在：從牆洞巖這處制高點望出去，底下這方遼闊大地上的人物動靜皆逃不過你的眼睛。可是在抵達牆洞巖之前，你會完全暴露自己的位置，任何想抓你的人都能輕易逮到你。

郊狼穿過平原，緩緩朝山丘前進，沿途不斷發出細微聲響。雖然郊狼體型不若野狼，但也不算小，力氣也比狗兒大，肩頸處的紅金色軟毛底下藏著強而有力的肌肉。我盯著牠瞧，而牠想必也順風嗅到我的氣味，於是牠揚起頭、咧開嘴巴，像狗兒一樣露出依稀辨認出獵物的賊笑。牠越走越近。

我知道落單的郊狼不會主動攻擊人。可是，如果牠以為我是死屍、或我重傷動不了，牠極可能會繞著我又嗅又聞，試探性地咬我一口。我痛苦地站起來。郊狼停步，但牠並未後退。

「嘿！」我喊牠。

郊狼立定不動。我舉步朝牆洞巖的方向邊走邊蹦。太陽已然來到最高點，巖牆下方的影子縮得好小好小；陰影節節敗退，紅土恣意擴張。我回頭看了一眼，郊狼仍亦步亦趨地跟著我，嘴巴微微張開。牠又尖呼一聲。襯著寂靜的夏日午後，牠這聲尖嘯極為響亮：這一回，我聽見另一記呼嗥——在我左邊、也就是山丘南面的高草叢裡，另一頭郊狼正緩步逼近。發出回應的郊狼體型更小，皮毛看起來也比較軟，一副毛絨絨的幼獸模樣。我猜牠大概一歲左右，跟著媽媽兜轉覓食。

我加快速度。兩頭郊狼蹦蹦跳跳地彼此會合，雙方呼喊回應的頻率也越來越密集，越來越興奮。

第三頭郊狼在我差點迎面撞上時才發現牠。牠動也不動地站在高草叢裡，頸背不見金紅色毛，而是一圈銀毛；牠的頭部和下顎比另外兩頭更為厚實，顯然是公狼。我和牠的距離近到能直視彼此雙眼——牠的眼睛是金色的，眼神慧黠無懼。我邁步跑了起來。

某種近似歡欣喜悅的呼嗥包圍著我，聲音高亢且充滿音樂性，像在唱歌一樣。假如此刻我並未被郊狼包圍，不是渾身散發恐懼的氣味、誘引狼群一邊嬉鬧一邊在草叢間奔逐追趕的受傷獵物，我應該會覺得牠們的叫聲很美。

兩頭成年郊狼跑在我旁邊，等我跌跤、伺機欺近，我的傷腿彷彿下一步就要跌倒。我感覺肌肉即將棄守，這時，我聽見另一種聲音衝破狼嗥。

我看不見耳邊的馬蹄聲從何方而來，直到牠大步越過郊狼：亞米堤的步伐強健如雷雨雲，嚇得郊狼們遠離牠至少二十步以上，甚至重拾食腐動物羞愧鬼祟的拱背姿勢。牠沒多久便繞回來，放慢速度並停下來，讓我有時間爬上馬背；馬鞍仍好端端地等著我，彷彿我從未離開。

我重握韁繩，引導亞米堤朝牆洞巖的方向奔去，這時我看見牠左頸側有一道乾涸的血跡。子彈擦過牠灰色的肩頭，傷口綻紅但不深，應該很快就能復原了。我想起雲雀在卡斯柏鎮受的傷，還有更久以前、他在莫布里吉經歷的恐怖舊傷——我想起所有未奪走他性命的每一道傷口，還有最後害他喪命的槍傷。我傾身埋進亞米堤的鬃毛裡好一會兒，深深嗅吸牠身上的乾草味與塵土味，還有某種甜甜的、猶如母乳的甜味。我告訴牠，我愛牠。亞米堤低頭奔馳。在牠腳下，一哩又一哩的草原路彷彿僅數吋之遙，故我們抵達牆洞巖邊緣的紅岩壁時，太陽仍高掛天空。

大地靜謐而詭異。有那麼一瞬間，我以為最糟糕的情況發生了：夥伴們都死了——比較可能的是她們都被抓了，然後分派給另外兩個鎮的警長，讓他們各自帶回鎮上問吊。但就在這個時候，我瞥見巖牆上似乎有動靜——就在兩塊巨岩面對面形成的幽暗切口，也就是「牆洞」那裡。我把亞米堤綁在一棵山楊樹上，一步一步往上爬；好不容易繞過最後一道髮夾彎，我的臉直接對上槍口。

「醫生！我的老天！」德克薩輕喊，立刻壓低槍管。「我還以為是他們的人。」

「他們在哪？」我問。

「守在底下。」

德克薩指指南面那塊突出地面的岩脈。我看見人和馬：布蘭屈警長的帽子在燦陽下白得發亮。

「現在怎麼辦？」我問。

「只能等了。」德克薩說。

其他夥伴早已架好營地，就在幾個月前、德克薩和我並肩而坐的地方。伊利拿子彈給我，凱西給我一塊肉餅、再用錫杯裝水給我。紐斯揉揉我的肩膀。

「我們以為你死了。」她說。

那個下午漫長得度日如年。我們看著岩壁底下的人手持長槍、在充作哨點的岩脈四周走來走去。疲乏與恐懼傾頭罩下。眼前這片山谷猶如風景畫，綠色、紅色和金色襯著藍天，朝遠方無盡開展。安涅蘿絲唱起歌來。她的聲音好細、好沉，音色好美。

　　耶穌，別指望我成為陽光
　　陽光跟我一點都不像

「噓！」凱西說，「他們有動作了。」

底下的民兵呈扇狀散開：其中一群直接從哨點後方上攀，另一群從南面出發，第三批直奔通往牆洞的小路。我沒看見布蘭屈警長。

「就讓他們上來吧。」紐斯說。「等他們到了這裡，我們再一個一個解決掉。」

凱西搖頭。

「他們打算採取包圍戰術。我們得分散開來，守住制高點，利用岩壁藏身，等他們一接近就開槍。紐斯、安涅蘿絲，你們倆守南邊。醫生、德克薩，北邊交給你們。伊利和我留在這裡解決從小路上來的人。」

她頓了一下。「如果不幸被抓，記得要抬頭挺胸，不用求饒也不要認罪。只要我們無愧於心，無地自容的就是他們。」

卡斯柏鎮警長說過，他在薩里達吊死過一個女人。女人死在絞刑臺上。不知在她嚥下最後一口氣以前，是否曾哀求眾人饒她一命？又或者她堅定赴死，毫無懼意？當圍觀群眾拿石頭、爛水果和糞便往她身上扔，他們當真在乎嗎？他們可曾感到羞愧？

德克薩和我爬上牆洞巖北面的平坦岩臺。這裡的岩石層層交錯，被亙古以前的自然巨力割蝕堆疊；有些岩層薄如餅皮，有些厚如樹幹。我們謹慎往上爬過這些岩塊，谷底越來越遠、越來越模糊。鷲鷹在下方盤旋，不時俯衝攫取獵物。

我們一路攀至巖頂附近的一處切口。這裡的空間比牆洞小，僅能容納一人一槍。德克薩和我對看一眼，點頭示意：她鑽進切口，我繼續上行。

切口北面的岩塊幾乎是互插在彼此身上，我得面向岩壁，側身碎步通過不比我腳上的靴子寬多少的狹窄豁口。壁面聞起來像暴風雨，那是許久以前，雨水鑽進石縫、沖刷岩石所留下的氣味。底下的追兵若打定主意往上爬，肯定很快就能爬上來了，所以我不時稍稍遠離岩壁、轉頭朝肩後望，暈眩地探看有沒有人從下方接近。

我完全沒料到會有人從上方開槍。子彈先擊中我後方的岩盤，再擦過我面前，把我困在不超過一步寬的岩架上。我拔槍、抬頭一看，發現布蘭屈警長就趴在我上方不到十碼的一塊岩盤上。陽光灑在他身上，他的白帽宛如皇冠，閃耀金光。

「把槍放下！」他吼道，把槍管往下壓。

我直接開火。但陽光害我失了準頭，子彈射偏了。

「要是你再反抗，」警長喊道，「我就只能對你開槍了。你應該曉得我不可能錯失目標。」

布蘭屈警長狩獵技巧高超，在費爾查德十分出名。聽說，有一次他只不過把上身探出囚房小窗，便一槍打中巷尾樹枝上的鴿子。我扔掉槍，舉起雙手。這時，我看見他眼裡噙著淚。

「艾妲，」他說，「小姑娘，事情走到這一步，我很抱歉。」

「那你可以不要管我們呀！」我說。

警長搖頭。

「跟我回費爾查德吧。」他說。「我向你保證，我會讓法官饒你一命。你會在鎮監獄度過往後的日子，但至少每個禮拜天都能跟你妹妹們見面。」

我聽見身後的咆哮和槍響。我的夥伴及他的盟友正在對戰。

「我才不信！」我大喊。「卡斯柏警長說要押我上絞刑臺！」

「我不會讓他這麼做的。」布蘭屈警長說。「我知道你有多痛苦。我曉得懷不了孩子是什麼心情，那可能會逼你做出很糟糕的事。」

我想對他大叫，告訴他我不曾做過任何糟糕的事——但那是在離開費爾查德以前。

現在不是了。

「我沒有傷害瑪拉！」我只能這麼說。「我不曾詛咒過任何人！那些全是胡說八道，全是無稽之談！」

警長摘掉帽子，用袖子揩去眉毛上的汗水。光頭的他看起來蒼老疲憊，他的頭皮被太陽曬得發紅。

「我知道，艾妲。」他說。

「那你為什麼還要這麼做？為什麼還要緊追我不放？」

我感覺淚水奪眶而出。身後傳來更多槍響。我聽見腳步聲、馬蹄聲，聽見紐斯大聲喊叫，但我聽不清楚她說了什麼。她的聲音聽起來有點怪，好像很……很開心？

「這個世界有它殘忍的一面，」警長說，「人們需要理由，才能將這些殘忍合理化，你跟我一樣清楚。當病人聽到你或你媽媽說出『這是風濕、花粉熱或肝臟出毛病』時，他們的病大概就已經好了一半了。」

「我不懂你的意思。」我說。

「艾妲，孩子死了，或者兩個相愛的人無法生育孩子，或者妻子難產過世——這些都是難以承受的痛苦，我們根本無能為力。可是如果能知道原因，如果能有一個可以怪罪的事件或對象，那麼有時候，這反而能成為支持我們活下去的力量。你明白了嗎？」

「所以你要讓我一輩子待在牢裡，只因為瑪拉需要一個能責怪的對象？」

「不只是瑪拉。」警長說。「當我宣布你被控施行巫術時，鎮上每個人的心頭都輕鬆了些；如果我能把你帶回去，他們的心情肯定更舒坦。我們都得有所犧牲，艾妲。我很抱歉，但這就是你的命運。」

我的淚水已乾，輕蔑和鄙視熾熱地脹滿喉嚨；然而在此同時，我也明白他說的都是真心話——他不會傷害我。他會帶我回鎮上、把我關起來，每個禮拜天讓我見我媽媽和我的妹妹們。我會看著小碧長大成人，看她生養自己的孩子。

但我應該不會親眼見到孩子們出生，這點我瞭然於心，屆時會有其他人幫我妹妹接生。他們也不會讓我接近孕婦和寶寶，甚至、尤其是那些生病並且亟需專業照護的人——明明能被我救回來的性命，極可能因此死亡。我會像廢物一樣枯坐囹圄，看著雙手一年比一年蜷曲衰老，知識也漸漸過時，然而在其他地方的其他人卻能習得我永遠不可能知道的知識與技術。我回過頭望向肩後，凝視下方廣袤無垠的鮮綠和金光：沐浴在夕照餘暉下的大地最是美麗。山谷猶如金缽，像一雙展開呈托捧狀的手，而我只要退後一步就能落入這雙手掌之中。我可以死得無愧無懼，無悔無疚。

「求求你，艾妲！」警長喊道，「讓我帶你回家！」

我閉上眼睛，往後退了半步——這時，槍聲響起，我以為我中彈了。我猛地睜開眼睛往上看：我看見小子居高臨下，站在警長屍體旁低頭注視我，神情戒備，卻也平靜。

# 第十二章

我們和民兵徹夜對戰，戰況延續至次日；不過就在我見到小子的那個當下，戰事風向已然逆轉。小子熟悉牆洞巖的每一處躲藏地點，每一條山道小徑；不論那些傢伙打算從哪邊爬上來，我們都有辦法早一步擊退他們。最後一個被解決的是飛白鎮警長，凱西和小子在巖底附近找到他：當時他正準備騎馬逃回飛白鎮，凱西將一顆子彈送進他胸膛。然後，小子蹣跚走了幾步，癱倒在凱西懷裡。

小子瘦得僅剩一把骨頭。回到幫寨棚屋，我們得用毯子把身體虛弱、心神也被這場病折磨得疲憊不堪的她密密裹起來，再拿甜菜根和牛骨熬成的補湯一口一口餵她。我先把蕁麻用滾水燙過、除去棘刺，再混入檸檬與蒲公英製成藥酊。這時，我想起布蘭屈警長說的那幾句話。我不知道小子為什麼生病，也無法保證她不會復發；我只知道，凱西守在小子床畔似乎讓她的病情加速好轉。於是，我盡力確保小子無時無刻都有人陪伴：

大家可以唸書或說話給她聽，或在小子沉睡時望著窗外發呆也好。

經過五日休養，小子感覺體力恢復許多，已經可以坐起來吃肉糜餅和小餅乾了。於是凱西立刻開口問出大夥兒都掛在心上的那個問題：

「接下來要做什麼？」

小子微微一笑。

「我在想……要不要去散個步？」

「聽你這麼說真好。」凱西說。「不過你知道我問的不是這個。現在我們幾乎不太可能買下銀行了。我們幾個若有誰敢走進飛白鎮，大概馬上就會被一槍打死吧；而他們大概也已經發出重金懸賞，誓言要取我們每一個的項上人頭。我敢打賭，此刻說不定又有人組成一支民兵團，不論人數、裝備鐵定都比這一次強大許多。」

「我知道。」小子說。「我會想出辦法的。」

日子一天天過去，新計畫依舊沒消沒息，大夥兒彷彿處在某種停滯狀態裡。夜晚越來越涼，秋意近了。我們輪流駐守越谷通道，等待那些警長遭我們屠殺的鎮民們再度集結，等著他們前來討伐。他們想必需要時間——經過牆洞巖一役，我們這個幫派鐵定更令人聞風喪膽。不過該來總是會來。

小子歸隊後的第七天，我跪在路邊挖紫錐花，準備曬乾過冬。我聽見背後響起腳步聲，立刻拔槍轉身（現在我天天槍不離身），赫然發現眼前站著一名女子：腳上的軟鞋破破爛爛，微微滲血；她手上什麼都沒有，只有一張皺巴巴的紙。

「請問，」她說，「您知道『牆洞』在哪兒嗎？」

「你是誰？」我問，「誰叫你來的？」

她不說一句話，直接把手上的紙遞給我：在路旁的漫天紅塵中，我看見我自己的臉回望著我。那張臉旁邊還有其他夥伴的臉，每一張都像極了本人，活脫脫就是我們搶銀行那天的模樣。通緝海報的畫像底下寫著：

**〈通緝牆洞幫〉**

這群不法之徒犯下一九八五年**五月十三日飛白鎮農商銀行搶案**。當日總計劫走**三萬金幣**和**十萬銀幣**。

據聞，這群**極危險份子**中有**女巫**也有**混血雜種**，經常變裝**出**沒且涉及**不法行為**。這幫人花招百出，**騙術**、**詐欺**無所不施，請鎮民多加小心，**謹慎防範**。

凡提供消息、有助捉拿此等**罪大惡極之人**者，將獲**五百金鷹幣**以茲**酬謝**。

「求求您。」女人說。「我從斯圖吉斯一路走過來的。那裡的人說我是女巫，要吊死我。我看見這張海報，所以我想你們或許能幫助我。」

隔週，又一名女子現身，再過一週又來了兩個。到了八月底，已經有六個人來投靠我們：她們大多是不孕之身，其餘則是因為和其他女子同床、或遭控不守婦道而逃離家鄉。小子派安涅蘿絲去找諾康買足麵粉和豬油，份量多到足以餵飽一支軍隊；而她帶回來的彈藥也讓我們能守過這個冬天。雖然我們並未按原定計畫買下城鎮，但我們有錢有地——說不定，「城鎮」會自己找上我們。

有天晚上，我和小子坐在火堆旁，四周一片嘈雜：每個人都在說話，認識彼此，互相爭論。

「凱西說的對。」小子說。「太危險了。」

「你不信任她們？」我揚手朝那群新面孔一揮。

「不是的。」小子說。「你轉頭看看：要不了多久，來投靠我們的人數就會超過我們自己的人了。但是要讓大家團結起來、確保所有人安全，實際上比我一直以來想像的要困難多了。」

但這話小子是笑著說的。每次大家要決定什麼事、或是質疑新規定、新計畫，或是新來的人分成兩派、吵得不可開交時，小子總是巧妙、滿懷信心地帶領大家找出解決方案。她在眾人心中的地位越來越高。小子是天生的領袖。

「雖然我對你有過承諾，」小子又說，「我也一定會履行這個承諾，但現在的我們比以往任何時刻都需要醫生：譬如那邊那位蘿希。我聽說她帶了一身蝨子過來。」

我大笑。事實上，待在牆洞幫的這幾個月，我不知想過多少回了：自離開費爾查德以來，我不曾有過這麼無拘無束、像在家裡一樣自在的感覺；可是，即使帕戈薩溫泉鎮之行充滿變數，我還是想去看一看。

「給我幾天時間想想該怎麼辦。」我說。「反正，如果要用松節油把大夥兒的頭髮全都洗過一輪，大概也得花上好幾天吧。」

隔天晚上，安涅蘿絲幫紐斯梳頭髮，我則忙著在新成員黛西頭上搜尋褐色小蟲。剛開始，安涅蘿絲還會跟這群新來的夥伴閒聊，聊她如何「解放」史皮爾菲許某律師家裡的兩百多隻「金色老鷹」，還有她怎麼讓寇迪鎮某議員丟了皮夾也失了自尊；可是時間一週週過去，她的話越來越少，現在幾乎不開口了。

「怎麼啦？」我問她。

「我不斷想起那個肉舖老闆，忘也忘不掉。」她說。

「你說飛白鎮那位？」我問。「之前你不是說，如果我們被吊死，他肯定會鼓掌叫好的嗎？」

「他當然會。」安涅蘿絲說。「只不過，那時候我只想到：要嘛我們沒有一個活著回來，要嘛我們都會回來，而且還會把金子全部還給鎮民。我從沒想過我們會拿走所有人的積蓄，最後卻沒還回去。」

「安涅蘿絲，」我盡可能溫柔地說，「你以前也搶過別人哪。」

「別挑我語病。」她說。「我又不笨，我知道我是什麼樣的人。」她緩下語氣。「每一次出門做買賣之前，我都會給自己一個理由。飛白鎮這一票，我告訴自己：如果這次能活下來，我們一定要再回去，並且千倍、萬倍回饋給鎮上的男男女女──向他們展示一種全新的生活方式。但現在我知道我們辦不到了。這個念頭不斷啃噬我，如此而已。」

「我懂。」我說。「我心裡也很不好受。」

「哎呀！」黛西哀叫，「你弄痛我了啦！」

「來吧，」安涅蘿絲說，「讓我來。紐斯已經清完了。」

黛西站起來，沉著一張臉；紐斯也起身，不過她頓了一下，舉手遮住光線。

「看來凱西又撿到新成員了。」她說。

起初，凱西對這些新加入的人總是非常冷漠，不過她也著手擬訂計畫，打算在山谷種植放牧，設法養活未來勢必逐年增加的人口。

「我們得自給自足才行。」某天晚上，我聽見她跟小子這麼說。

看著她朝火堆越騎越近，我的心情也越來越激動——和她同坐馬背上、在她身後的那名女子，竟是幾個月前我在復活節市集自家藥水攤見過、頸間有胎記的女子。我上前扶她下馬。雖然初見時我一身男裝，但此刻我能從她眼裡看出來，她認出我了。

「聖母瑪利亞！」我倆終於面對面相望，她輕聲驚呼。

「我叫艾妲。」我說。「我們大概得好好跟你解釋解釋了。」

她轉頭，看見圍坐在火堆旁的紐斯、安涅蘿絲、黛西，還有匆忙跑來、想探探新面孔的幾個女孩，這名女子輕輕笑了起來——那是疲憊、憂傷卻鬆了口氣的笑聲。

「確實如此。」她說。「不過那天你說對了。我的確應該早一點跳上馬車、投奔聖子姊妹會的。」

「所以是院長修女送你過來的？」我問。

「沒錯！」女子說。「讀聖經我可以，但我實在壓抑不了我的憤怒。又或者我其實辦得到，但我不想，所以院長修女告訴我我不適合做修女。她說，如果我能到這裡來，說不定我會找到適合我的人生。」

再隔一天晚上，我去馬廄找德克薩。進門時，她正偎著謹恩，一邊為牠梳理鬃毛、一邊低聲唱歌給牠聽。

「你就不擔心把蝨子傳染給牠？」我打趣道。

「咬人的蝨子不咬馬。」她說。「我甚至在想要不要把我的床搬到這兒來，等天冷了再搬回棚屋去。這裡安靜也乾淨，也不會有人說閒話。」

我笑了。

「抱歉。」

「道歉沒用。」德克薩說。「有話快說。」

「你還是要去黃馬鎮？」

「對。」德克薩刷過謹恩的鬃毛。「將來有一天，等我把這裡的事處理完以後就去。」

「那要等到什麼時候？」

「難說。現在我們收留的人越來越多，也需要更多馬匹。更多馬匹就代表牠們更需要好好照顧。」

「你可以找別人代勞呀。」我說。

德克薩走向禮克的馬房。這頭栗色馬一認出她，立刻開心嘶鳴、拿鼻子蹭她的手。

「但她們照顧得沒我好。」德克薩說。

*

又過了一天。那晚，我瞥見小子在牧場散步。希望小子的心情比前陣子輕鬆多了，但我自己倒是無比沉重。我想我會懷念我在棚屋上層、那張可以俯瞰暖爐的木製小床；不過，就像過去的每一次一樣，此刻我的心境無比清明。雖然我不是神槍手、不是高明的騙子也不是馬上英雌，然而當時機成熟時，我的天賦和我要走的路總是與別人不同。

「松節油……再讓大家繼續洗個三天吧。」我囑咐。「跟安涅蘿絲說，每個禮拜都要幫大家檢查一次。蝨子很難對付的。」

「我會轉達的。」小子說。「讓紐斯和德克薩陪你去科羅拉多州吧，如果她們願意陪你跑一趟。對，還有亞米堤。牠才不會讓別人上牠的背呢。」

一八九五年九月，紐斯、德克薩和我出發前往帕戈薩溫泉鎮。我們黏上假鬍子、拉低帽沿遮眼睛，以流浪牛仔的身分結伴同行。牆洞幫的故事如影隨形跟著我們：每到一處地方，我們就聽人說起牆洞幫的豐功偉業，但已經到了極盡扭曲誇大之能事的傳奇地步。他們說，牆洞幫能把城鎮夷為平地，讓晴天降下大雨，也會用鐵叉串烤嬰孩。他們說，幫裡的劫匪是雌雄同體，有乳房也有陰莖，可以隨意靠自己懷孕。這些故事令我們覺得好笑又害怕，意識到自己變成多麼巨大的目標，對那些有志剷奸鋤惡的人產生莫大的吸引力。儘管到處都貼著繪有我們肖像的通緝海報，但這一路上，我們三人始終沒被認出來——只能說小洛把我們訓練得太好，我們只要換一套衣服就等於變了一個人，就算其他人直直盯著我們看，也會只看見我們要他們看見的形象：一個普通男人。

出發十天後，我們開始登高越過洛磯山脈。山上的空氣感覺好不一樣，清爽潔淨，瀰漫針葉林的香氣。每天早上醒來，我都會想到雲雀，想起結婚那天我們一起擬定的計畫；雖然有一部份是騙人的，此刻回想起來仍舊甜蜜而哀傷。越過森林線之後，眼見所及的生物無不貼著大地生活：地衣汲飲雲霧化成的露珠，土撥鼠和鼠兔在岩塊間鑽來竄去，彷彿只有鳥兒還擁有自由——秋陽下，藍雀歌聲嘹亮；鷲鷹在山間盤旋，疾如子彈。

待我們終於越過稜線、來到山脈另一邊，眼前再度冒出林木：樹林越來越濃密，鹿和麋鹿穿梭林間。我知道我們就快到了。上路第十五天，我在風中聞到類似熔岩或礦物的特殊氣味。我們循路前進。溫泉泉脈從地面下流過，綿延數哩；我們停下來讓馬兒歇息，聽見腳下如幽魂絮語的水聲。爾後泉水冒出地面，形成溫泉或瀑布，來泡溫泉的人有些結伴、有些獨行；有人只冒出一顆腦袋，有人則掬水潑臉、泡手泡腳，還有人抱著嬰孩浸入水中，也有人將輪椅直接推進溫泉，讓老人家和病人們一同享受泉水的溫暖懷抱。

帕戈薩溫泉鎮沒有驛館，只有一間間圍繞中央浴池搭建的公共澡堂。紐斯、德克薩和我沒辦法脫衣泡澡，只好窩進日光浴室；來泡溫泉的人可以坐在這裡曬太陽，飲用泉水製成的奎寧水。一位臉頰胖嘟嘟、膚色極為健康紅潤的年輕女子拿了幾瓶這種臭烘烘、以厚玻璃瓶裝盛的飲料過來。

「我們在找一位女士，她的名字叫愛麗絲．沙佛。」我對女子說。

對方搖搖頭。

「沒聽過這個人。」她說。

「請問是誰在經營這裡的診所？」我再問。

「這裡沒有診所。」她說。「我們不需要診所。泉水治百病。」

女子離開後，我小啜一口奎寧水。好鹹。

「以前這裡的確有間診所。」坐在我旁邊的婦人對我說。

她老得不可思議，卻彷彿回春般地擁有嫩軟如嬰兒的肌膚，頭髮也像蒲公英一樣纖白蓬鬆。她失焦地望著空中某處，眼眸是極淺的淡藍色。

「診所怎麼了？」紐斯問。

「三年前關了，也許不只三年。事出突然，逼得產婆不得不馬上離開溫泉鎮。」

「她是不是叫愛麗絲．沙佛？」我問。

「應該是這名字沒錯。她的診所經常有女人來來去去，你也知道，就是那些沒辦法生孩子的女人。那年鎮上突然爆發疫病，好像是斑點熱什麼的……我想不起來了。總而言之，大家懷疑是她造成的，後來就連警長也找上門了。」

「那您知不知道她到哪兒去了？」我又問。

老婦人淺藍色的眼眸定定望著我。我這才明白原來她看得見。

「不管她去了哪裡，」老婦人說，「肯定不想讓人找到她。」

日光浴室有成排的玻璃窗，窗外是中央浴池。一對著藍色浴衣、正在進行某種儀式的年輕夫妻親吻彼此雙唇，然後緩緩踏入池中。

「診所在哪兒？」我請教老婦人。

「如果我沒記錯，應該在東邊，位置有點偏僻。」她說。「就在學校對面。」

抵達診所舊址時，時間已近傍晚。學校剛放學。我看見三個小女孩手牽著手——一個拉一個——走在路上，頓時想起瑪拉、蘇西和我。我知道瑪拉和蘇西現在想必都成了母親，說不定，她們的孩子會和我妹妹們的孩子玩在一起。想到這裡，我發現自己竟已不再傷心，感覺就像隔著一層厚玻璃凝望這幅景象，所有衝擊皆已淡化，不再鮮明。

校舍對面的這間屋子又矮又小，屋頂顯然被冰雹破壞得相當徹底；然而一走進屋裡，我立刻發現處處都是能讓人心境平和、舒適放鬆的設計：偌大的窗口讓人一眼就能望見遠山，即使窗玻璃積了厚厚一層灰，房裡的光線仍然像冷冽的山泉一樣，帶著甜美靜謐的氣息。

「晚上就在這兒過夜吧。」德克薩說。「我們可以明天再啟程回家。抱歉啊，艾姮，我知道你心裡一定很失望。」

我點點頭，但我還是不太相信沙佛女士已經不在這裡了。她的存在感充斥整間診所：寬敞的起居間擺了一張大床，一旁還有洗手盆和各式各樣、不同形狀及大小的靠枕——沙佛女士在手冊裡建議：花生狀的靠枕能舒緩背痛，小一點的圓筒靠枕可以夾在膝蓋之間，緩和陣痛。這兩種靠枕整整齊齊地擺在床邊，和其他幾個我還不曉得用途的靠枕放在一起。

屋後的房間有張窄床和三座顏色頗深的木頭櫃。其中一座擺滿器械，有內診用的鴨嘴器、產鉗、手術刀及各式針具，只可惜全生鏽了。第二座櫥櫃放的是瓶瓶罐罐，有藥酒酊劑、軟膏和奎寧水；有些看起來很眼熟，有些完全沒見過。第三座櫃子裡滿滿都是筆記本，按日期排列，每一本都鉅細靡遺地記錄病症觀察、手術、分娩和死亡的種種細節。就在我讀到某位產婦於一八八九年冬天流產時的一連串記錄時，我聽見有人敲門。

當時已過午夜，站在門口的女士隻身徒步前來：她很年輕，大概比我小幾歲，暗色眼眸和微微前突的下巴給人一種意志堅定的感覺。

「請問是沙佛女士嗎？」對方問道。

「抱歉，我不是。」我說。「沙佛女士已經不在這裡了。」

「好吧。」年輕女人答得倉促，狀似漫不經心，但聲音隱隱有點緊繃。她轉身走進黑夜。

「等等！」我叫住她。「你要找人接生嗎？」

她轉身看我，表情哀傷而譏諷，但微微上揚的嘴角隱約帶著希望。

「我還真希望我有這個需求。」她說。

「進來吧。」我說。

隔天早上，夥伴們發現我和這名年輕女子坐在內室書桌旁，這時候的她已經交代完家人的狀況（誰不孕、誰生了一堆孩子），此刻正說到她居住的那個城鎮、她小時候鎮上發生過的幾次流行病、還有過去一年她的身體有哪些地方不舒服。

「這位是？」德克薩問道。

「她是蜜妮．派瑞許，」我說，「我的病人。」

「哦？那你動作得快一點，趕快開藥方給她吧。」德克薩說。「如果不早點上路，沒走多遠天就要黑了。」

可是我已經把床罩卸下，也燒好一鍋滾水，準備消毒床單和器械了。我大致盤點過櫥櫃裡的東西，發現藥膏全乾了，藥草也沾滿灰塵；不過我倒是發現幾包種子塞在樟腦袋後面，我想我應該可以用這些種子弄出一小座藥草園。我還找到一本空白筆記本，一枝鋼筆和一瓶墨水（裡頭還有一些墨水沒乾），而我甚至已經翻開筆記本第一頁，在頁面上緣寫下日期，並且把蜜妮．派瑞許告訴我的每一句話都記在日期下面。

我害怕，也有些猶豫，因為沙佛女士的遭遇極有可能也會發生在我身上。可是過去幾個月來，我跟著幾位高手受了不少訓練，知道要怎麼避開嫌疑；就算哪天實在躲不掉，我也知道該如何反擊保命。一番斟酌權衡之後，我認為現在該是應用所學的時候了。

「請向小子轉達我的謝意。」我說。「將來，如果幫裡有任何一個人需要醫生，你們隨時都可以把她送到我這裡來。同樣的，未來假如我有任何一位病人需要庇護，希望我也能把她們送到你們那兒去。」

我還想跟各位聊聊接下來幾年發生的事，說說我見證的出生和死亡，我醫治的女性和我寫過的書，或是我從沙佛女士的筆記裡學到哪些經驗，或是經過我漫長的努力之後，其他助產士從我這裡學到了什麼。不過這些都留待以後再說吧。主後一八九五年九月，我身兼人妻、寡婦、醫生兼通緝犯、搶匪暨殺人犯的身分，但也永遠是我母親的女兒。我翻山越嶺，來到愛麗絲．沙佛女士的診所舊址，在此安身立命。故事結束。我要去工作了。

# 致謝

萬分感謝Julie Barer的專業指導。也謝謝Callie Garnett總是東戳西問，謝謝Barbara Darko的文案與編輯，還有Liese Mayer及Bloomsbury出版社所有夥伴們對於這個寫作計畫的熱誠與投入。謝謝JoEllen Anderson、Andrew Cowell、Phoebe Hart、Laura Turner慷慨分享專業知識。感謝故事背景懷俄明州「牆洞」（Hole-in-the-Wall）柳溪牧場（Willow Creek Ranch）的熱情招待，謝謝各位給我絕佳的寫作指導。當然絕不能漏掉寫作小組的夥伴們：Anthony Ha、Alice Sola Kim、Karan Mahajan、Tony Tulathimutte、Annie Julia Wyman、James Yeh和Jenny Zhang，謝謝你們。最後要感謝我的家人，尤其是Toby：謝謝你的建議、傾聽、心得、還有開車載著我跑來跑去。

臉譜小說選 FR6593

# 絕壁上的她們

Outlawed

| | |
|---|---|
| 原著作者 | 安娜・諾思（Anna North） |
| 譯　　者 | 力耘 |
| 書封設計 | 莊謹銘 |
| 責任編輯 | 廖培穎 |
| 行銷企畫 | 陳彩玉、林詩玟 |
| 業　　務 | 陳紫晴、林佩瑜、葉晉源 |
| 出　　版 | 臉譜出版<br>城邦文化事業股份有限公司<br>台北市中山區民生東路二段141號5樓<br>電話：886-2-25007696　傳真：886-2-25001952 |
| 發 行 人 | 涂玉雲 |
| 總 經 理 | 陳逸瑛 |
| 編輯總監 | 劉麗真 |
| 發　　行 | 英屬蓋曼群島商家庭傳媒股份有限公司城邦分公司<br>台北市中山區民生東路二段141號11樓<br>客服專線：02-25007718；25007719<br>24小時傳真專線：02-25001990；25001991<br>服務時間：週一至週五上午09:30-12:00；下午13:30-17:00<br>劃撥帳號：19863813　戶名：書虫股份有限公司<br>讀者服務信箱：service@readingclub.com.tw<br>城邦網址：http://www.cite.com.tw |
| 香港發行所 | 城邦（香港）出版集團有限公司<br>香港灣仔駱克道193號東超商業中心1樓<br>電話：852-25086231　傳真：852-25789337 |
| 馬新發行所 | 城邦（馬新）出版集團 Cite (M) Sdn Bhd<br>41, Jalan Radin Anum, Bandar Baru Sri Petaling,<br>57000 Kuala Lumpur, Malaysia.<br>電話：603-90563833　傳真：603-90576622<br>電子信箱：services@cite.my |
| 一版一刷 | 2022年12月 |
| I S B N | 978-626-315-213-7 |

城邦讀書花園
www.cite.com.tw



售價：400元
（本書如有缺頁、破損、倒裝，請寄回更換）

國家圖書館出版品預行編目資料

絕壁上的她們／安娜・諾思（Anna North）著；力耘譯. -- 初版. -- 臺北市：臉譜出版：英屬蓋曼群島商家庭傳媒股份有限公司城邦分公司發行, 2022.12
面；　公分. --（臉譜小說選；FR6593）
譯自：Outlawed
ISBN 978-626-315-213-7（平裝）

874.57　　111016795